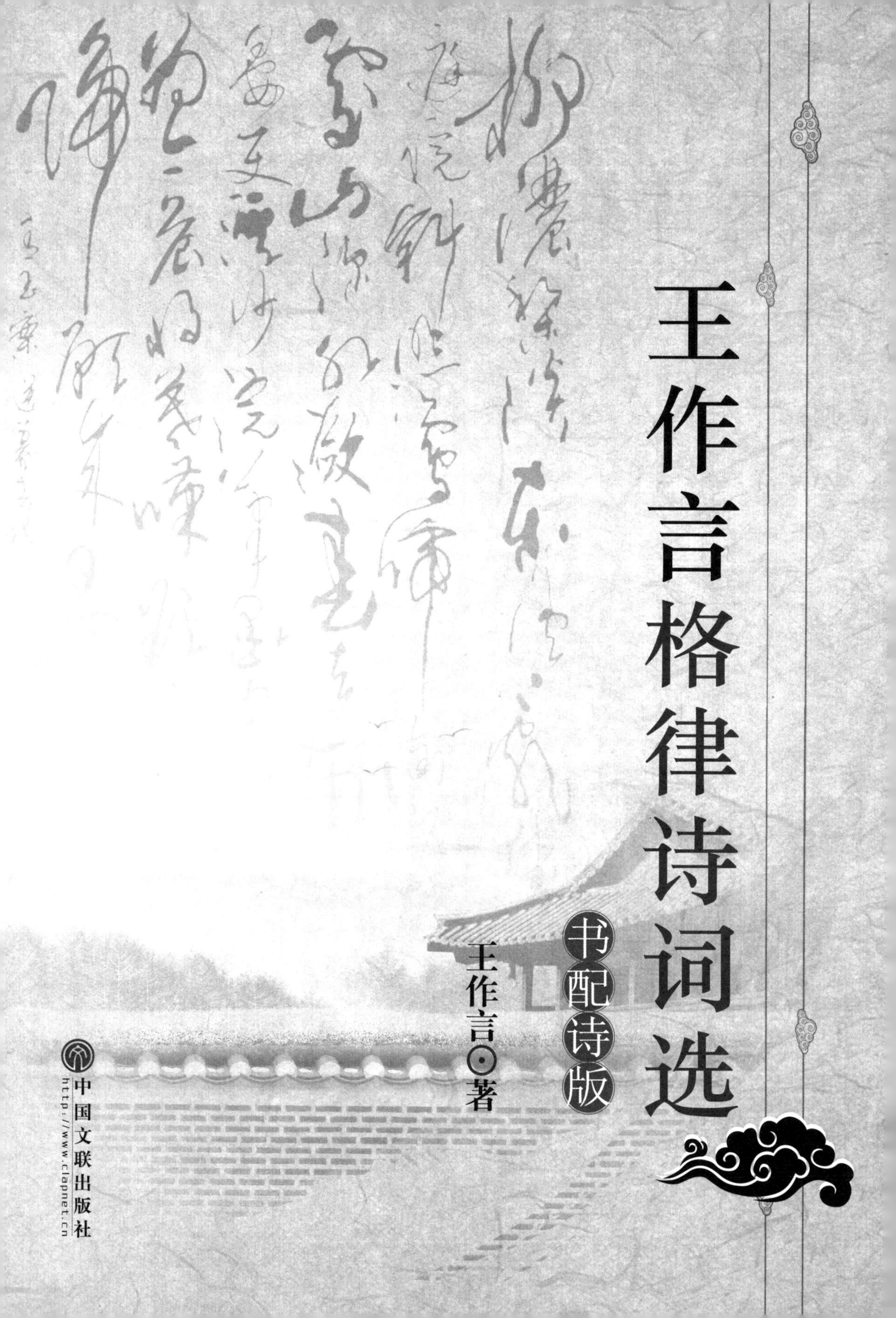

# 王作言格律诗词选

书配诗版

王作言◎著

中国文联出版社
http://www.clapnet.cn

图书在版编目（CIP）数据

王作言格律诗词选 / 王作言著. -- 北京 : 中国文联出版社，2019.1

ISBN 978-7-5190-4157-1

Ⅰ. ①王… Ⅱ. ①王… Ⅲ. ①格律诗－诗集－中国－当代 Ⅳ. ①I227.7

中国版本图书馆 CIP 数据核字 (2019) 第 002107 号

**王作言格律诗词选**

作 者：王作言

出 版 人：朱 庆

终 审 人：奚耀华　　复 审 人：卞正兰

责任编辑：陈若伟　　责任校对：叶 俊

封面设计：悠 悠　　责任印制：陈 晨

出版发行：中国文联出版社

地　　址：北京市朝阳区农展馆南里 10 号，100125

电　　话：010-85923012（咨询）85923000（编务）85923020（邮购）

传　　真：010-85923000（总编室），010-85923020（发行部）

网　　址：http://www.clapnet.cn　　http://www.claplus.cn

E - mail：clap@clapnet.cn　　chenrw@clapnet.cn

印　　刷：廊坊市海翔印刷有限公司

装　　订：廊坊市海翔印刷有限公司

法律顾问：北京市德鸿律师事务所王振勇律师



开　　本：710×1000　　1/16

字　　数：100 千字　　印 张：20.5

版　　次：2019 年 1 月第 1 版　　印 次：2019 年 1 月第 1 次印刷

书　　号：ISBN 978-7-5190-4157-1

定　　价：128.00 元

**书名题签一：**孙文圣

**书名题签二：**尚山（张明智）

**书法作品：**华族画院

**书法家名单：**（按姓氏笔画排序）

| | | | | |
|---|---|---|---|---|
| 于　洋 | 王　志 | 王劲华 | 王胜利 | 王海鴈 |
| 卢　景 | 叶向阳 | 田奇志 | 刘继刚 | 刘新民 |
| 孙文圣 | 孙文佳 | 孙东坡 | 李吉君 | 李泽民 |
| 杨　凯 | 杨秀仁 | 吴　胜 | 吴泓达 | 张　维 |
| 张　霞 | 张永金 | 张红霖 | 张宝忠 | 张保良 |
| 陈　伟 | 陈登远 | 尚　山 | 尚杰锋 | 金威昕 |
| 周文标 | 屈大有 | 赵世雄 | 赵惠勇 | 荆为平 |
| 保国安 | 侯　波 | 洪　潮 | 黄炳壮 | 黄博勇 |
| 曹玉水 | 章秀全 | 韩震江 | 臧家伟 | |

**协助出版：**北京百优图书编辑中心
商界文学艺术家工作委员会
中国商业文化研究会民族文化分会

王作言 格律诗词选

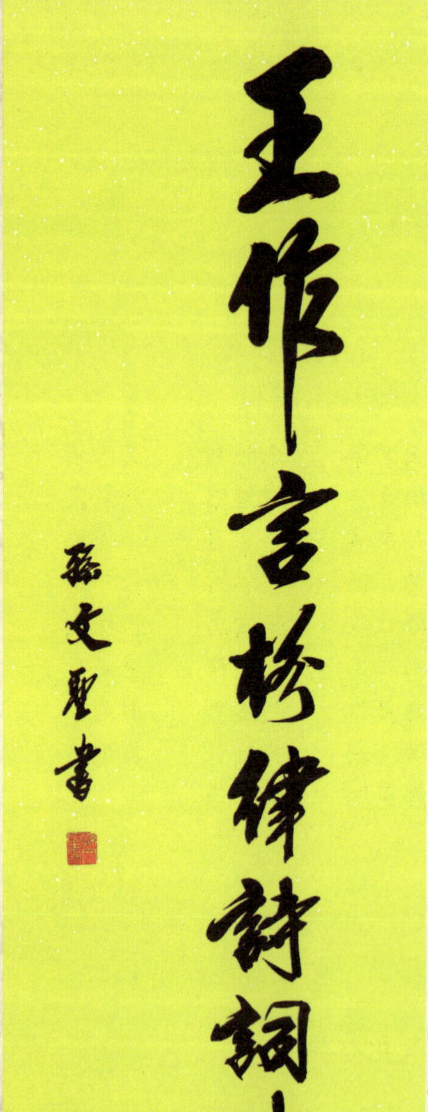


书名题签 · 孙文圣

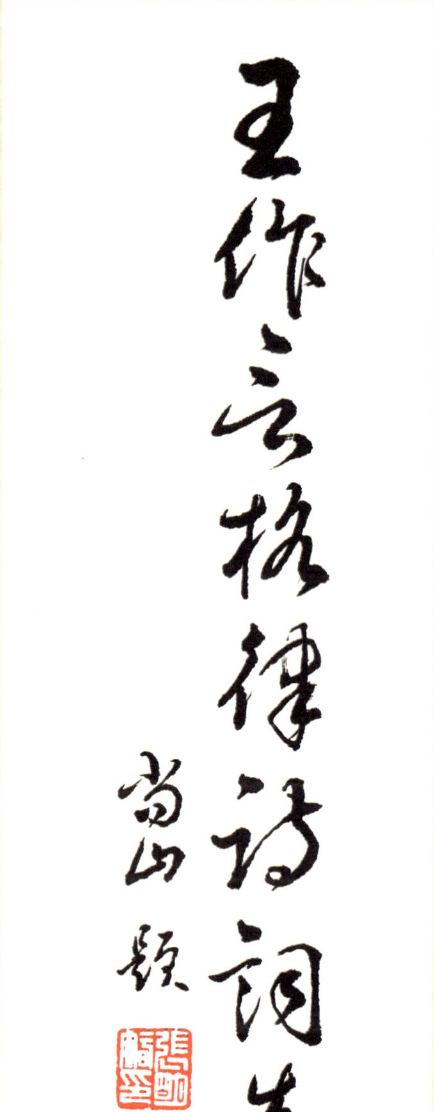


书名题签 · 尚山（张明智）

## 【读王作言《清月轩词》】

晨崧

谁家清月唱新词，　　激动神州琢玉人。
借得春风扶醉韵，　　江山万里荡乾坤。

（作者为中华诗词学会副会长、著名诗人）

## 【水调歌头·读王作言诗词】

钱亚薇

北地正融雪，拜赐赏华章。似携千里兰桂，
展卷已馨香。信手瑰词挥就，抒尽胸中浩渺，
一阕九回肠。浓瀋翰诗墨，赋笔信由缰。

自难忘，壬午雪，朔风狂。且歌新韵，
清室寒壁笑执觞。又是春花漫道，更有新裁锦句，
相映共芬芳。里海池塘浅，寥廓任高翔。

（作者为著名女词人）

# 前　言

这是我的第三部诗集。前些年在出版《王作言诗词选》与《清月轩词》时，已故德高望重的诗人、中国楹联学会前会长马萧萧与著名诗人、中华诗词学会副会长晨崧先生，分别作过序，对我的诗词给与了充分肯定。这种肯定自然就变成了继续创作的动力，于是，便有了今天的《王作言格律诗词选》与读者见面。

中国是一个诗的国度，词的海洋。诗至唐代发展到顶峰，而词的鼎盛时期则在其后的宋朝。千百年来，诗词的长盛不衰以及以它为中心的创作鉴赏体系，辐射并渗透到了我国其它文学乃至艺术领域，成为中国独特的文化现象，构成中华民族优秀传统文化的重要基因。所以，唐诗宋词是最值得我们传承的民族精神财富。而其中的格律诗词，更是值得我们世世代代珍爱的瑰宝。

格律是格律诗词这一文学形式的基本特征，是创作必须遵循的规矩。没有规矩，不成方圆。按照格律的要求，诗词要讲究平仄、对仗、押韵、定句、定言、节奏与章法。缺少这些要素，格律诗词就不可能带给人们美的享受。因此，格律是不可替代的艺术形式。有人认为格律诗词的条条框框容易束缚诗人的创作思想，主张废弃它。这是不可取的。其实，越是宝贵的东西，越需要精致的形式，只有当内容与形式完美结合，才能展现出艺术的无穷魅力。可以想象，如果撇开了格律，唐诗宋词何以能够流传至今天？

当然，任何事物都在发展中，诗词格律也不例外。习近平总书记在文艺工作座谈会上讲话中指出：“传承中华文化，绝不是简单复古，也不是盲目排外，而是古为今用，洋为中用，辩证取舍，推陈出新，摒弃消极因素，继承积极思想，‘以古人之规矩，开自己之生面’，实现中华文化的创造性转化和创新性发展”。随着历史与社会的变迁，我们的民族语言在词汇和发音诸方面都在发生变化，必然影响到诗词声韵。近年来以普通话为依据的新声韵使用越来越广，便是如此。所以说，遵循格律与创新发展并不矛盾。

我历来主张按律写诗，照谱填词，用旧瓶装新酒。但并不意味着我对诗词格律的掌握已经很娴熟了，实际上依然处在不断学习探索之中。基于此，这部集子个别地方出现失律也就在所难免。

这部集子的出版得到了众人的帮助，著名诗人晨崧与著名女词人钱亚薇以特有的诗词形式，对我的作品给予评价，华族画院多位著名书法家挥毫书写我的诗词作品，使集子采取书配诗的形式出版，增加了欣赏价值。中国书法家协会著名书法家孙文圣、尚山（张明智）分别题写了书名。各方面有关人员，都对这部集子的编辑出版发行给与了积极关注，中国文联出版社编辑精心进行编辑设计，可见大家对这部集子所寄予的厚望是何等真切。故此，本人一并表示感谢。

我们现在正处在一个如歌如画的新时代，这个时代催人奋进，令人讴歌。而这个世界上，惟有诗与音乐最能释放人类的灵魂。让我们拿起笔来，用诗词的形式，描绘大好河山，抒发豪情壮志，为实现中华民族的伟大复兴，且歌且舞，奋力前行！

王作言

2018年12月8日

Contents

王作言格律诗词选

书配诗版

# 目录

Contents

王作言格律诗词选

书配诗版

目录

Contents

王作言格律诗词选 书配诗版

目录



【五绝】



【词】

Contents

王作言格律诗词选

目录

Contents

王作言格律诗词选

书配诗版

# 目录

Contents

王作言格律诗词选 书配诗版

# 目录

【七律】

# 望黄河

万里驰驱几徘徊，
长呼曼卷奔东来。
虹披一缕当空舞，
画展两厢次第开。
涓滴不辞均拥抱，
苍生为济任安排。
人间阅尽江无数，
最是黄河荡我怀。

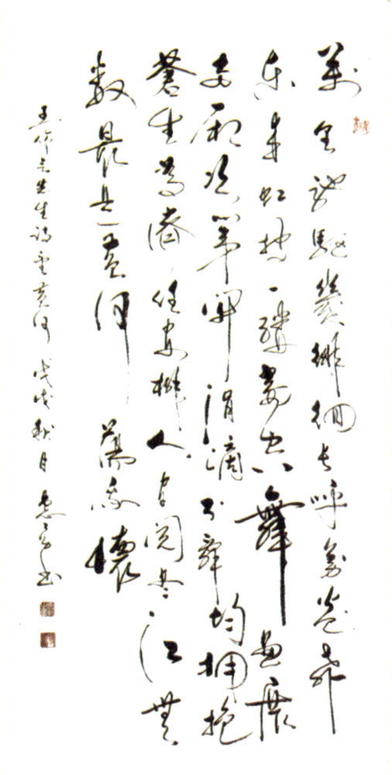

书法·赵惠勇

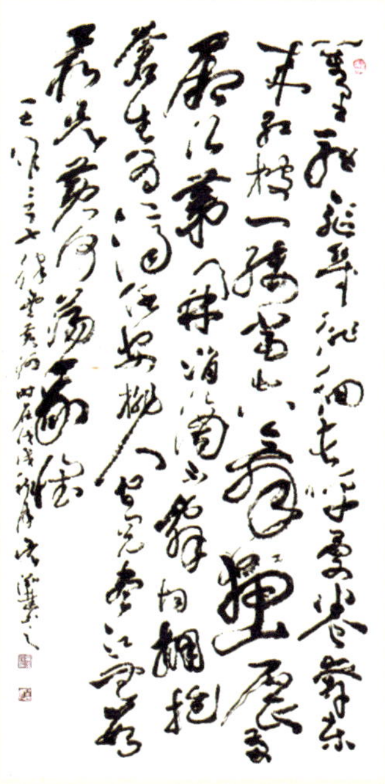

书法·吴泓达

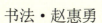

# 秋吟

谁人秋日叹悲寥？
我却秋光更俏娆。
水阔江宽霞照远，
风清气爽月辉高。
霜铺红叶门前路，
雨打黄花柳下桥。
雁叫归声一队过，
当闻大地起春潮。

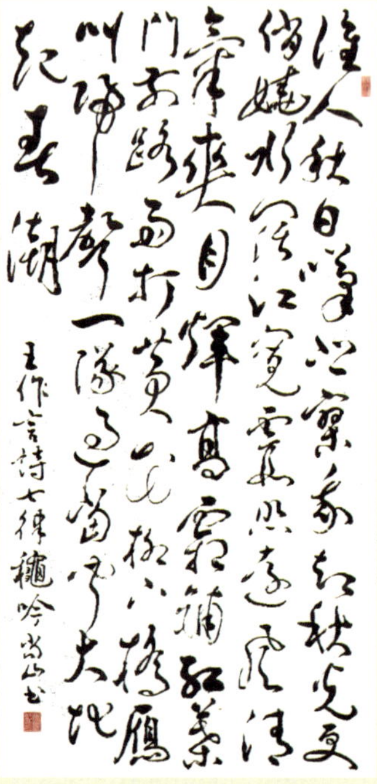

书法·尚山（张明智）

【七律】

## 蓬莱阁

朱楼千载傲苍穹，
气笼丹崖幻缈中。
袖挽昆仑三月雪，
身披东海霞九重。
画栏凭处天风短，
悬壁临前欲念空。
试看落晖灯万点，
波涛翻滚走蛟龙。

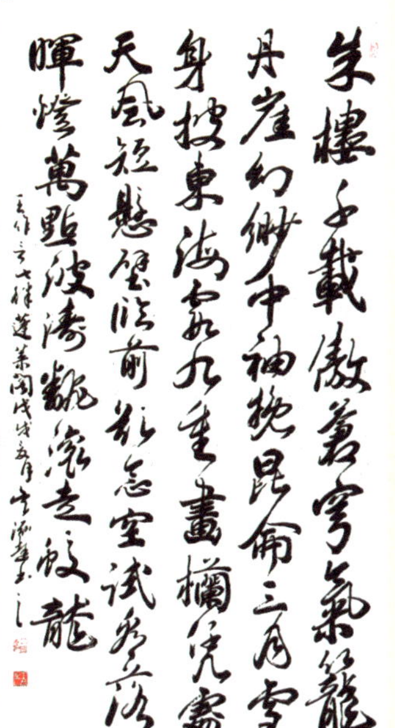

书法·吴泓达

【七律】

# 梦回商业部政研室

卧虎藏龙上四楼，
华灯露影伴春秋。
窗前世界千疆阔，
笔下河山一径幽。
雨过浮云听落絮，
风来大海看飞舟。
曾经岁月知何处，
十里长街似水流。

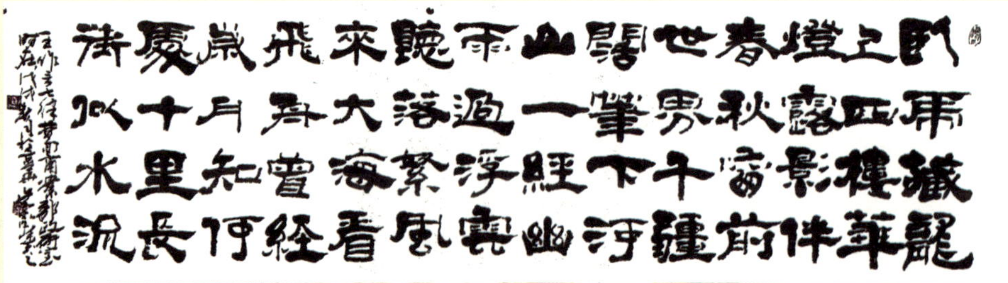

书法·吴泓达

【七律】

# 登长城偶感

万里长城耸入云，
七八好友共登临。
江山依旧天难老，
岁月更移事已新。
回望前丘林渐远，
遥知后岭路更深。
长风送我夕阳下，
笑待来人论古今。

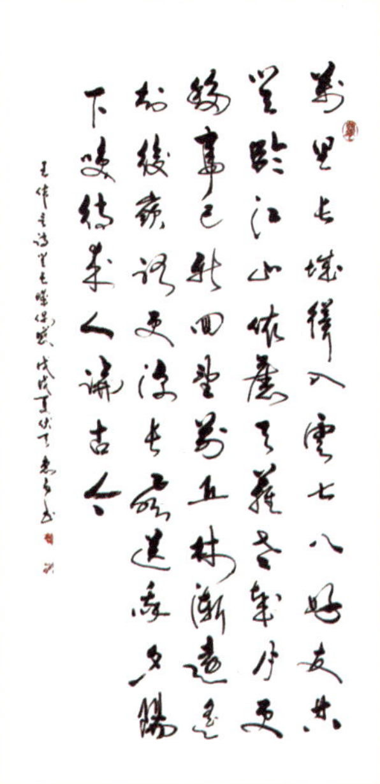

书法·赵惠勇

# 回乡过年

一年一度的春节过后，回乡的农民工们陆续踏上打工归程。看到他们为追求好日子而带疲惫的身影，心中百感交集。

地冻天寒不惧难，
披星戴月奔家园。
老爹陪饮迎春酒，
稚子跟追压岁钱。
二舅三姑行礼数，
左邻右舍问平安。
欢天喜地几日过，
风雪归程泪眼酸。

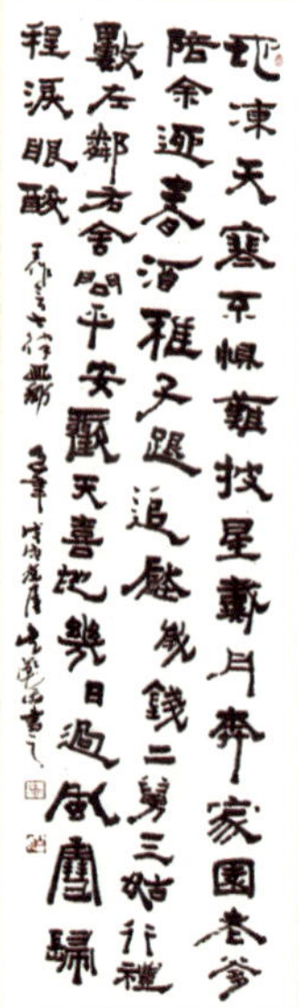

书法·吴泓达

【七律】

## 访天山牧人家

坐揽天山煮奶茶，
亦仙似幻牧人家。
骑云蒙帐披朝旭，
赛雪群羊踏晚霞。
无意红尘风带雨，
有心翠岭草追花。
一壶老酒归栏后，
笑语欢声冬不拉。

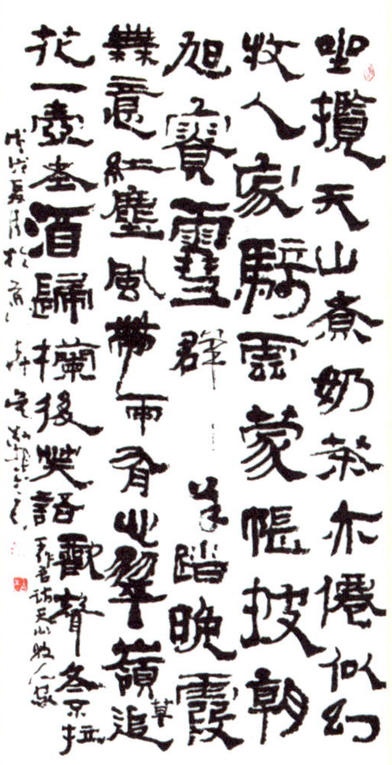

书法・吴泓达

# 回故乡

栌红菊俏又重阳，
尽数归期似倒江。
初入沧溟童气盛，
再偎土炕老腰伤。
几经风雨人犹是，
半许功名路渐荒。
回首云开残照落，
凭来熨我百结肠。

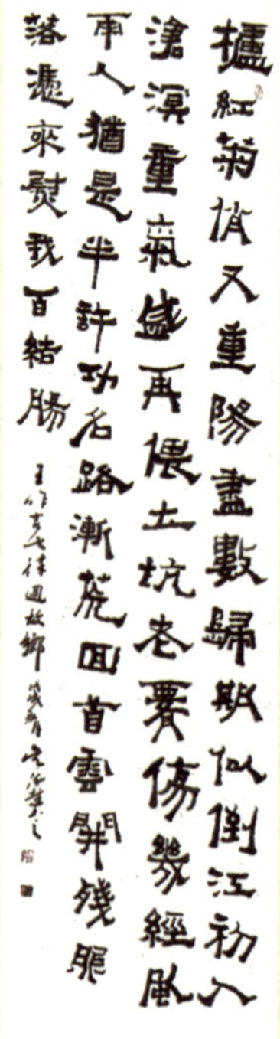


书法·吴泓达

【七律】

# 岭上行

高楼深锁耳目空，
岭上风光尽不同。
野径流溪舒锦绣，
闲云泥燕舞繁荣。
抬头始知杏花雨，
回首犹听柳叶风。
最是一年时光好，
劝君莫作闭门翁。

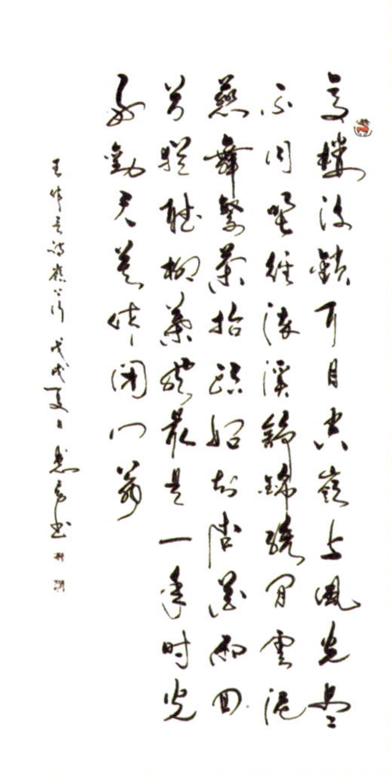

书法 • 赵惠勇

# 秋菊

繁花时节隐他乡，
管让春风与众芳。
不为夺魁争妩媚，
岂能惧雪怕寒霜。
枝头宁可拥香去，
篱下难随落叶伤。
恬淡平生无悔憾，
长留疏影在西窗。

书法 • 赵惠勇

【七律】

# 杨柳吟

结李历久并蒂开，
未肯轻浮水性哀。
碧绿当因河上走，
青白却为路边来。
株株巧叶能诗句，
片片修林可栋材。
我吟娇柳知垂首，
谁唱傲杨把头抬？

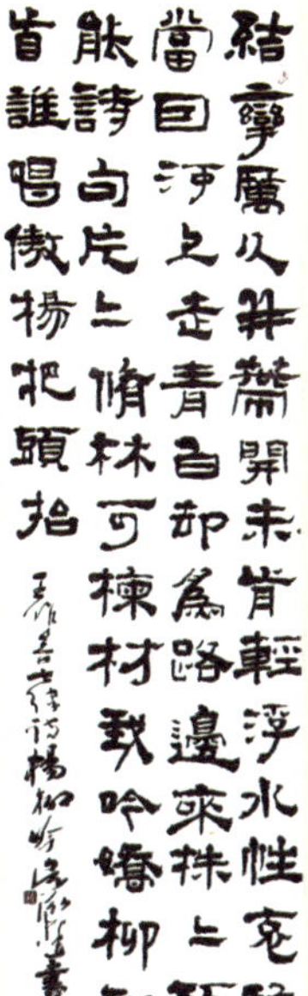

书法·吴泓达

【七律】

## 忆当年青岛母校月下求诗

夜静人稀月如钩，
可知院外小山丘？
常寻妙句山间取，
偶炼新词月下收。
雨暮推敲方落笔，
霜晨评品又添酬。
花鬓回望付一笑，
待冠男儿不懂羞。

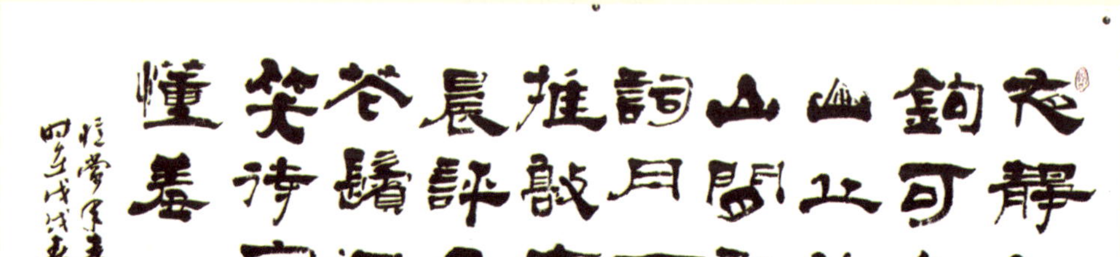

书法 • 吴泓达

【七律】

## 重游南京莫愁湖

无情岁月似川流，
几度春归几素秋。
岸柳依然钗黛女，
儿郎却作杖藜叟。
鱼摇翠叶藏娇萼，
燕捋清波戏画舟。
可叹桑榆难为茧，
一湖烟雨万丝忧。

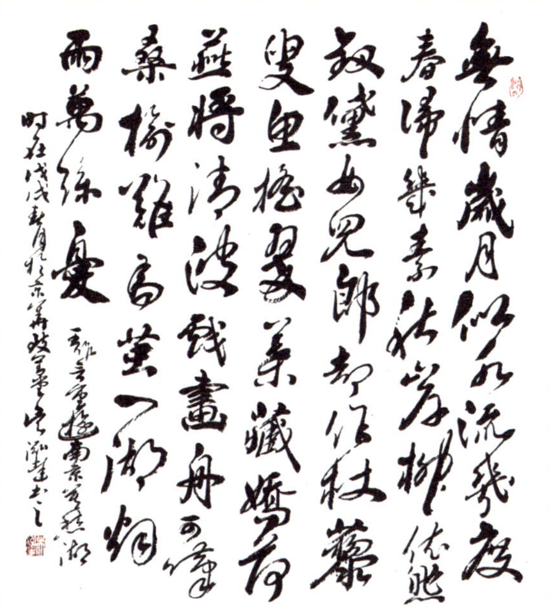

书法·吴泓达

【七律】

# 周日居民院

海棠含露梨拥雪，
柳惹东风絮乱飞。
一夜楼前花竞放，
几时篱下水生辉。
七八翁鹤围棋转，
三五孩童把鸟追。
忽又那厢胭粉雨，
谁家迎娶美人归。

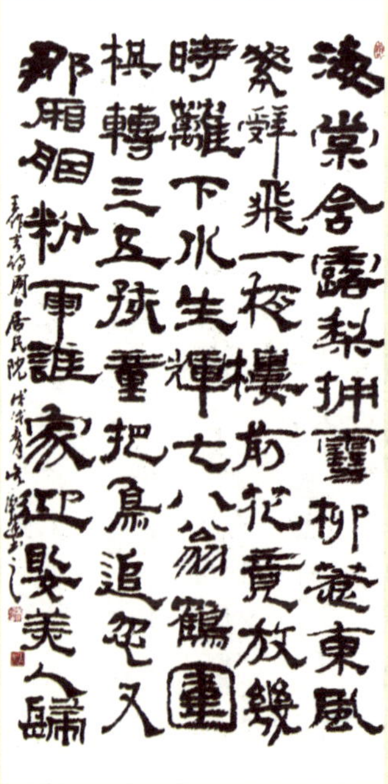

书法·吴泓达

【七律】

## 芳华书院

欲问平生几度秋，
芳华常驻水常流。
一壶龙井千层浪，
两部诗经百尺楼。
雪打寒梅窗外俏，
云蒸锦瑟案前幽。
天公有意春风降，
岁月无痕正果修。

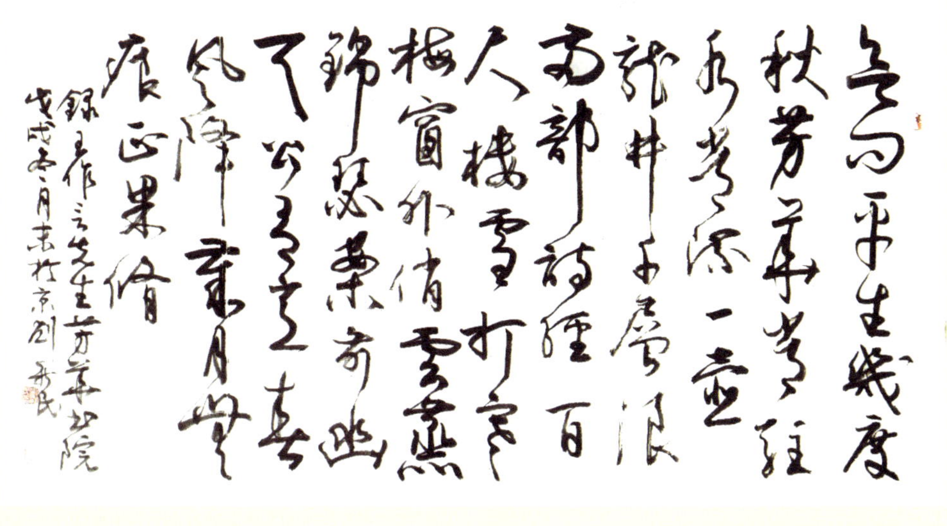

书法·刘新民

【七绝】

## 征鸿

千里山川万里鸿，
长风一展大江东。
人来欲问春归处，
柳绿桃红入画中。

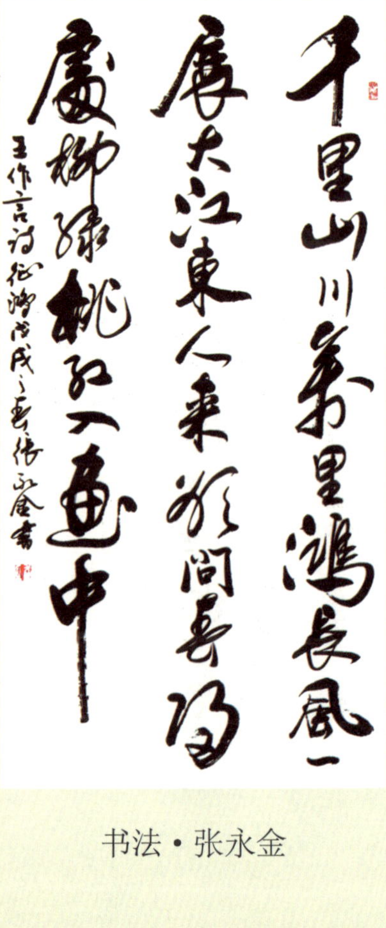


书法·张永金

【七绝】

## 白玉兰

冰魂玉骨多寂寥，
出自瑶台巧匠雕。
饮雾含烟谁识得，
洁来洁去也风骚。

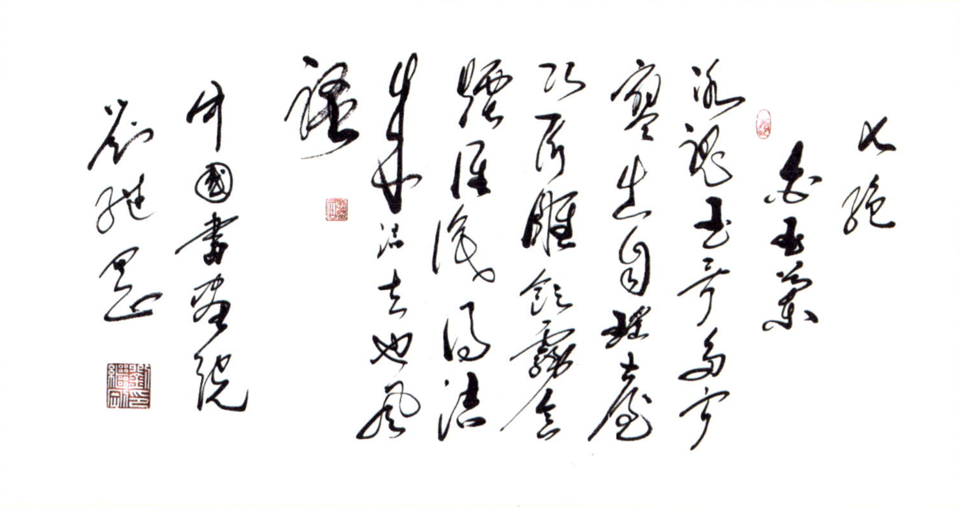

书法·刘继刚

【七绝】

## 贺中共十九大召开

日月乾坤紫气熏，
难逢当下好时辰。
一朝圆得千年梦，
尽览江山万代春。

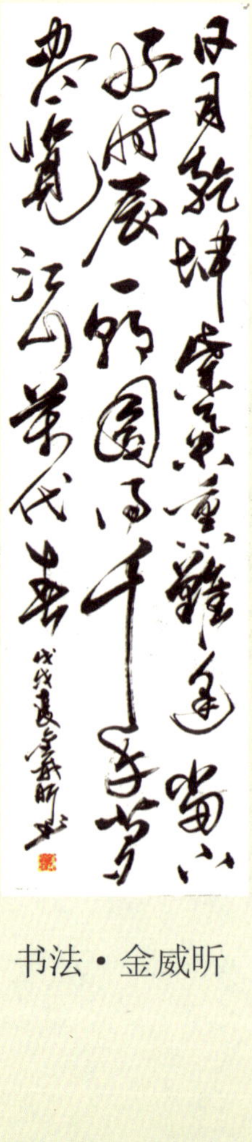

书法 · 金威昕

【七绝】

# 雨后清晨

晨曦初抹小楼明，
山雀声声闹柳汀。
雨润物时难见雨，
情到深处不言情。

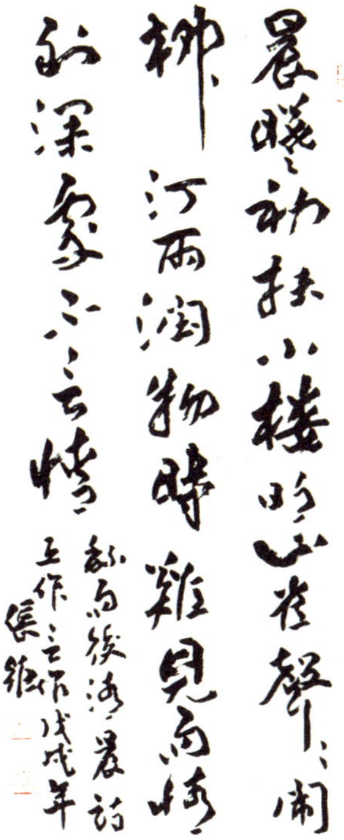

书法 • 张维

【七绝】

## 游园赏花

轻车未至暗香熏，
斗艳争奇各占春。
国色当知谁绘出，
赏花不见育花人。

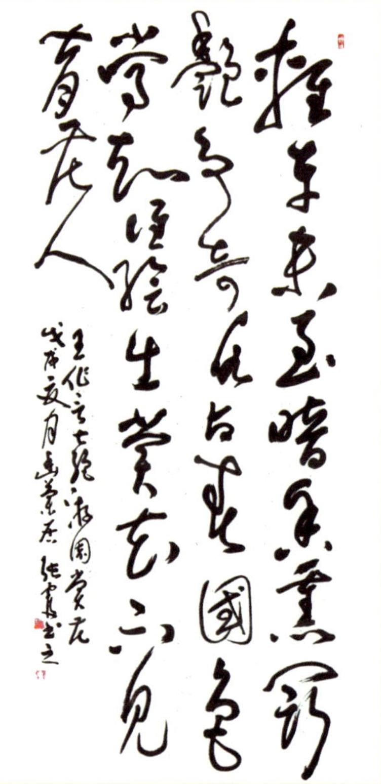

书法·张霞

## 【七绝】

### 北京乘高铁至上海

茶沏京南淡雾飘，
余香未尽到虹桥。
窗前景物模糊看，
一日八千出水蛟。

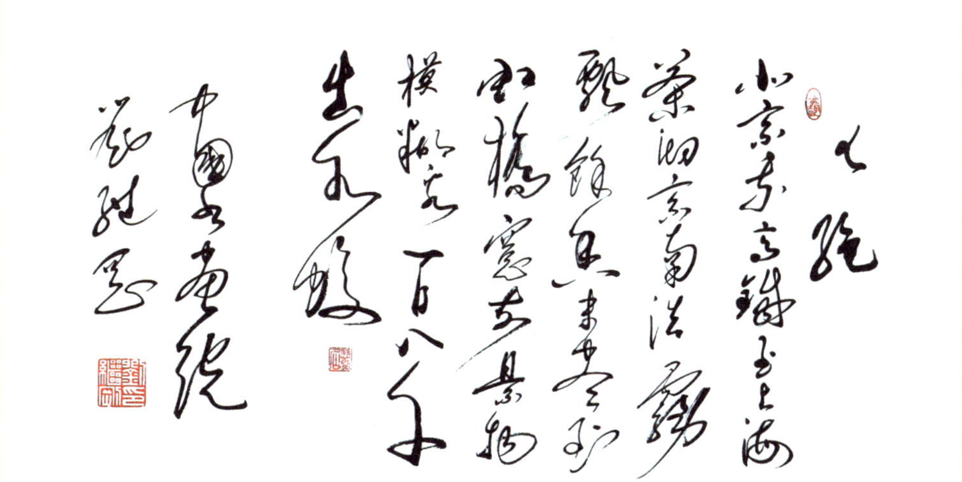

书法·刘继刚

【七绝】

# 才女芷窈

窗前明月照寒霜，
灯下青丝沁墨香。
欲看时光留恋处，
一支画笔染诗章。

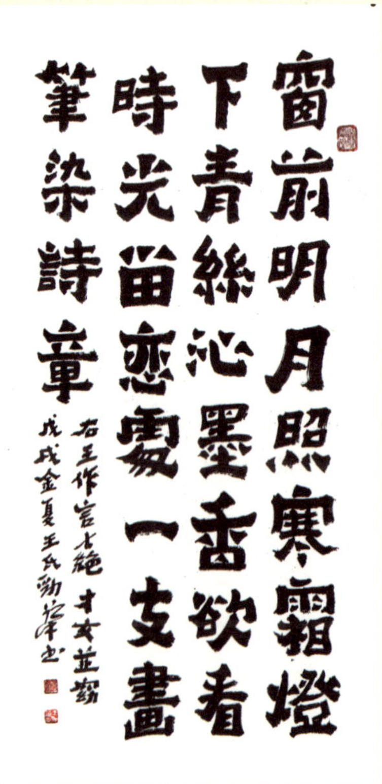


书法 · 王劲华

【七绝】

## 春柳

鹅黄鸭绿问谁描？
试比群芳几分娇。
二月河风帘外看，
前时碧玉把郎撩。

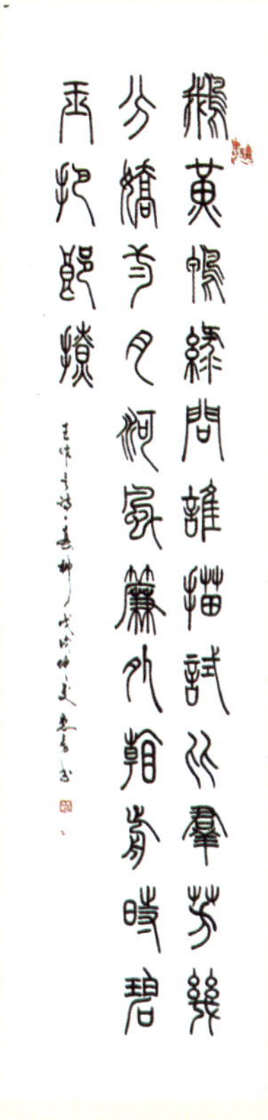

书法·赵惠勇

# 春夜思

故里春归路上先，
牛欢马叫别样天。
更深欲读未曾进，
锦榻何因夜不眠？

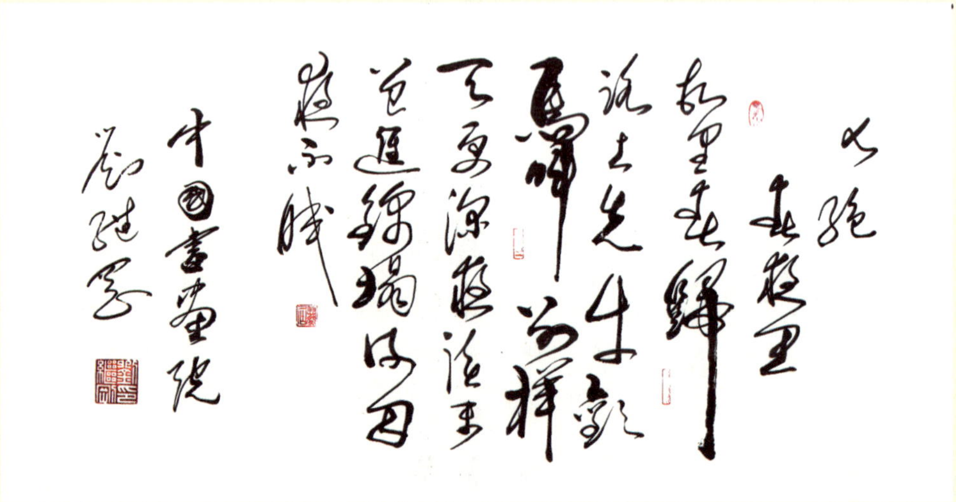

书法·刘继刚

【七绝】

# 春雨

夜来春雨打帘栊，
细鼓丝琴响到明。
惹醒谁家布谷鸟，
直从山野要耕声。

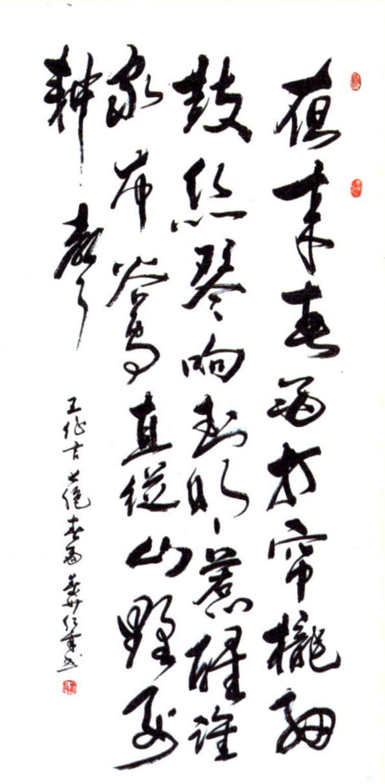

书法·张红霖

## 辞母返京

霜风深夜入登州，
脚下难迈心里纠。
可恨光阴留不住，
扬尘直去忍回头。

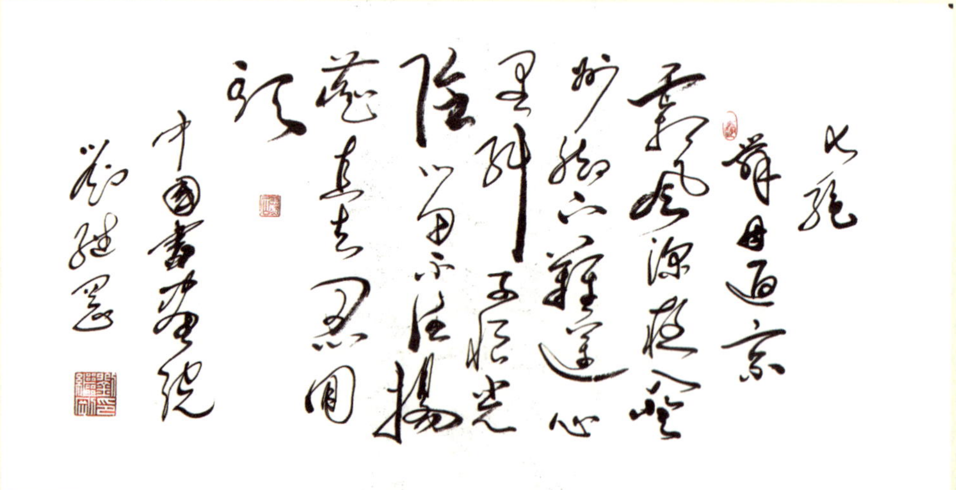

书法・刘继刚

## 大雁北飞

昔人常叹雁南归，
今日我吟塞北飞。
朗朗长空一队过，
千山万树染春晖。

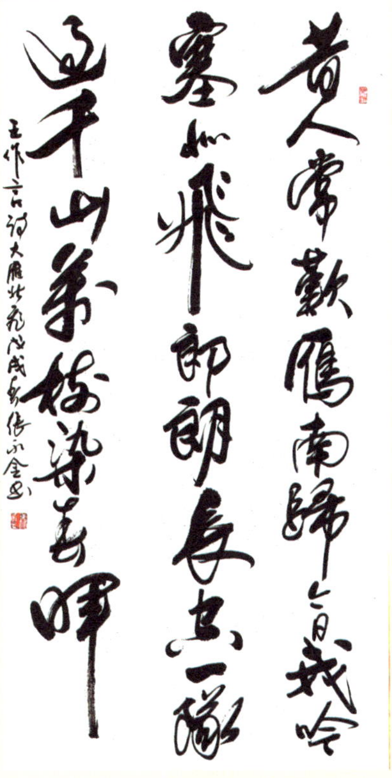

书法 • 张永金

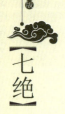

# 登山偶得

此山望去那山高，
皆为停足山半腰。
但使攀临绝顶上，
群峰仰尔在云霄。

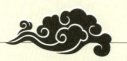

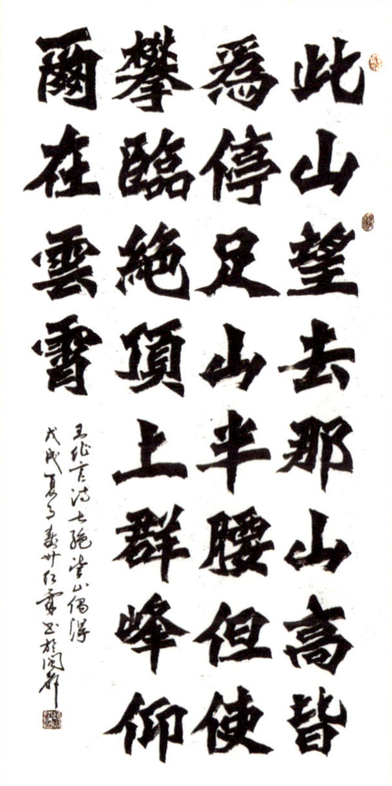


书法 • 张红霖

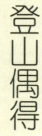

## 杜鹃花

沐雨临风尽意开，
喷芳吐艳为春来。
此身本应山间长，
何教孤家锁阳台？

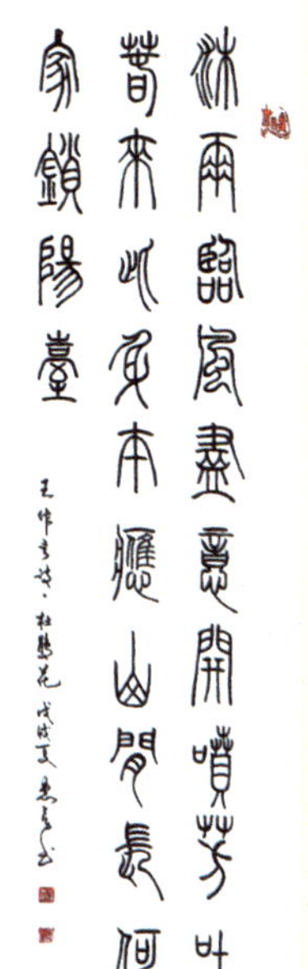

书法·赵惠勇

# 凤凰岭

凤凰岭上彩屏开，
七色斑斓摄我怀。
岂料东风生醉意，
摇摇晃晃扑过来。

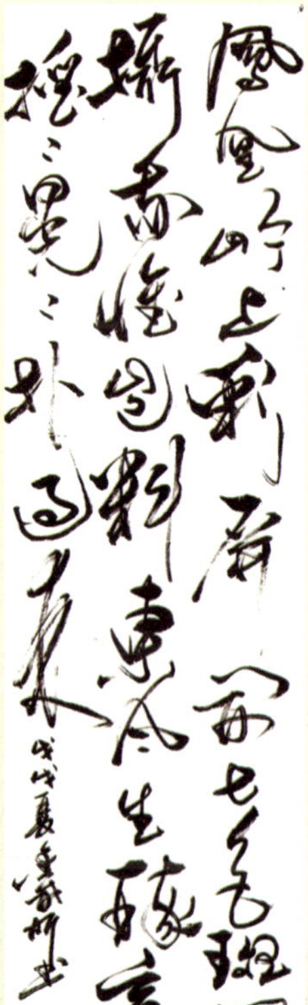

书法・金威昕

【七绝】

## 好邻居

丹桂一棵两家香，
童儿三个桌一张。
葡藤也怕分你我，
紫玉珍珠越过墙。

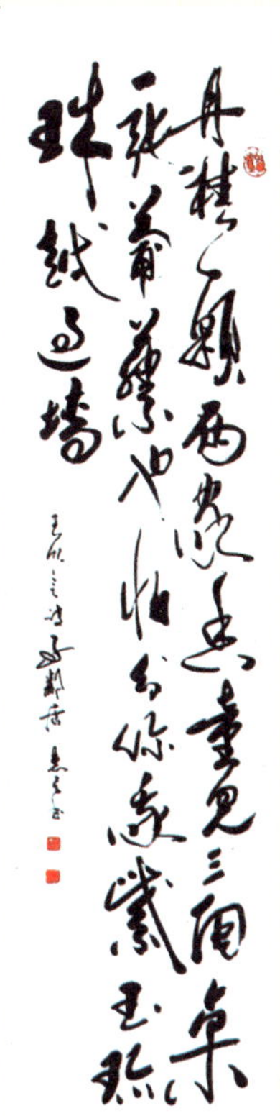

书法 · 赵惠勇

【七绝】

## 好友青岛聚会未罢乘车回京

琴台海月正当圆，
催向长笛阵阵寒。
酒杯未干音未尽，
直伴长龙到窗前。

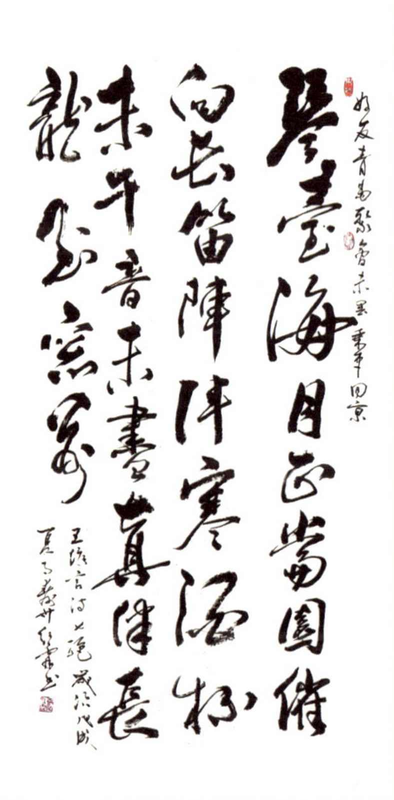

书法 • 张红霖

【七绝】

# 贺和谐中国年度大会成功

暖风扑面碧云天，
装点江山智慧捐。
万古一春中国梦，
和谐着意马着鞭。

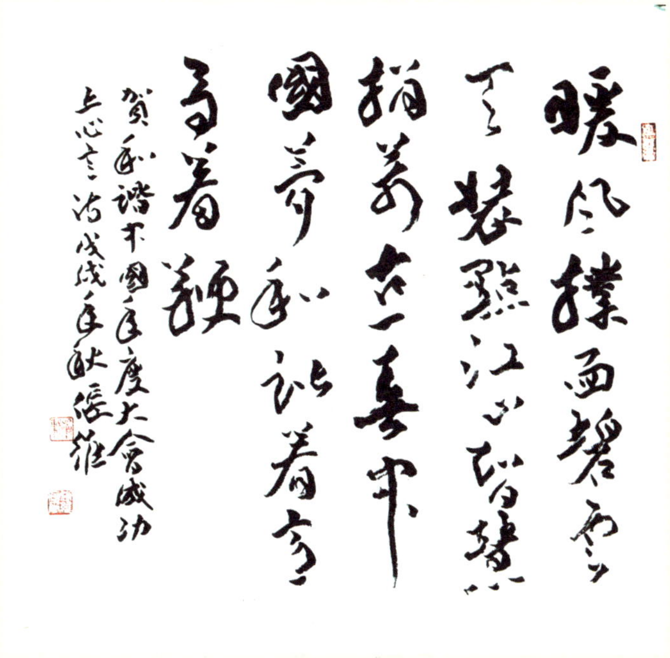

书法·张维

【七绝】

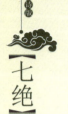

# 开犁

晨星摇落月依稀，
陌上匆匆鸟未啼。
人道春光无限好，
农家只取雨浇犁。

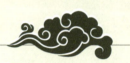

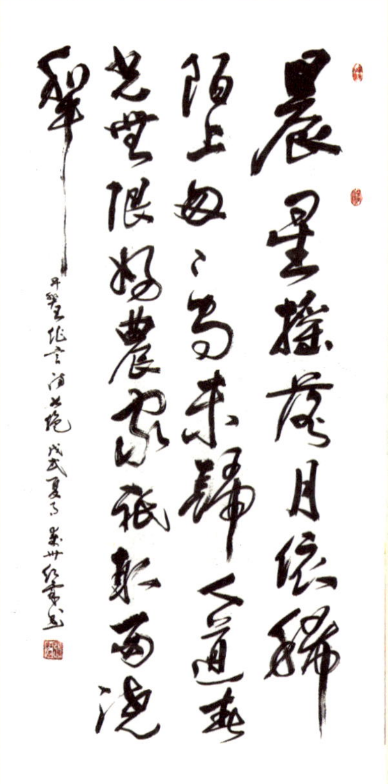

书法 • 张红霖

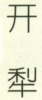

# 昆仑山人

家门开自彩云间，
王母邀咱三月三。
扁担一挑蟠池上，
归来仙女娶回山。

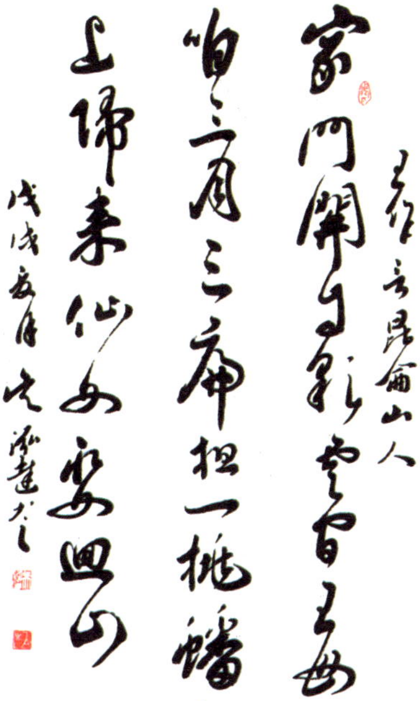

书法·吴泓达

【七绝】

## 梁燕归

君辞雨后在深秋，
月锁闺门不胜忧。
掐指当还算今日，
低旋曼舞登瓦楼。

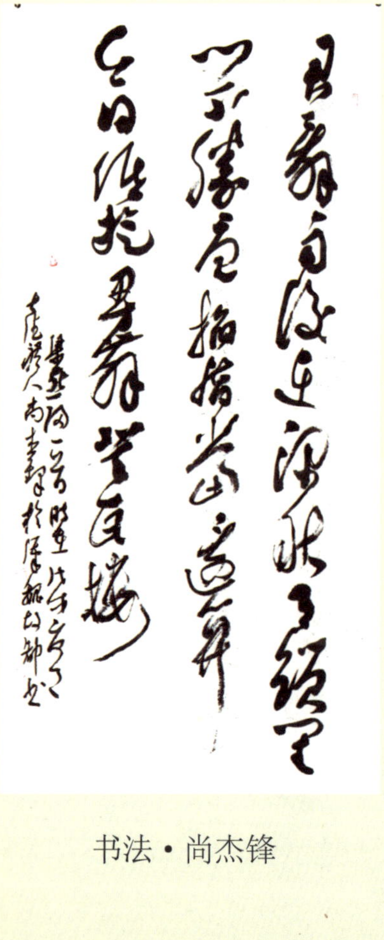

书法·尚杰锋

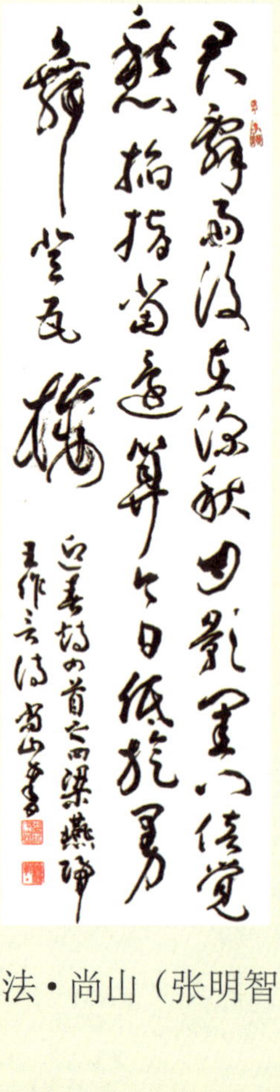

书法·尚山（张明智）

【七绝】

## 柳芽

朝朝望尽眼昏花，
暮暮方知未出发。
忽报东风夜里降，
千枝万树垂绿纱。

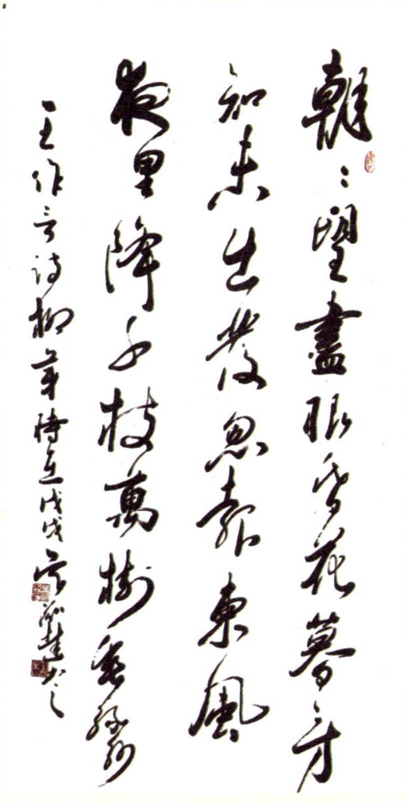

书法·吴泓达

【七绝】

## 落花吟

风轻雨敛近黄昏，
篱下枝头不见君。
才共蝶飞蜂舞过，
泥尘碾处自孤吟。

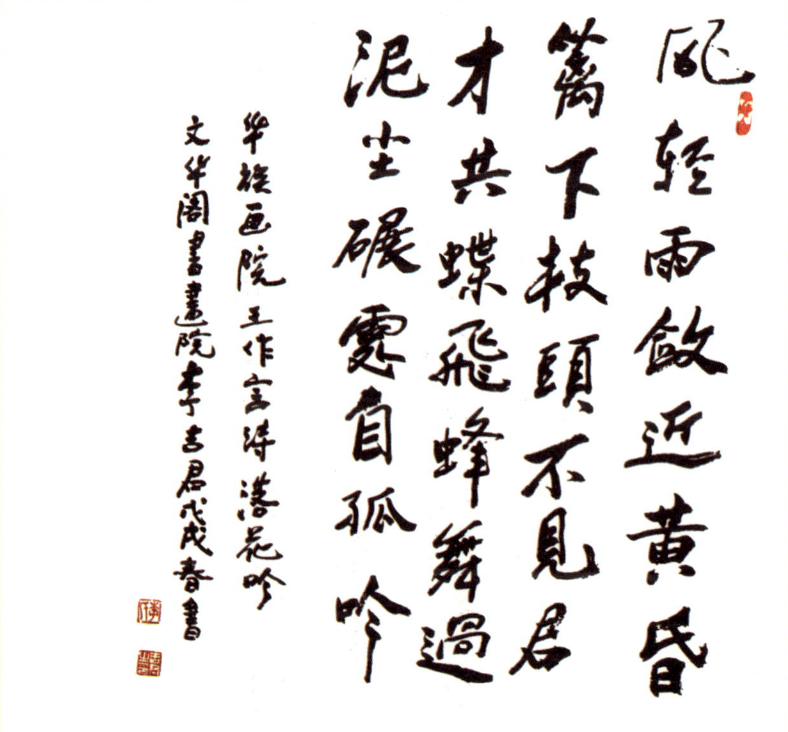

书法 • 李吉君

【七绝】

## 漫步龙潭湖

香莲吐翠燕低飞，
昔日龙舟又显威。
可叹人生无往返，
怎比春光去还回。

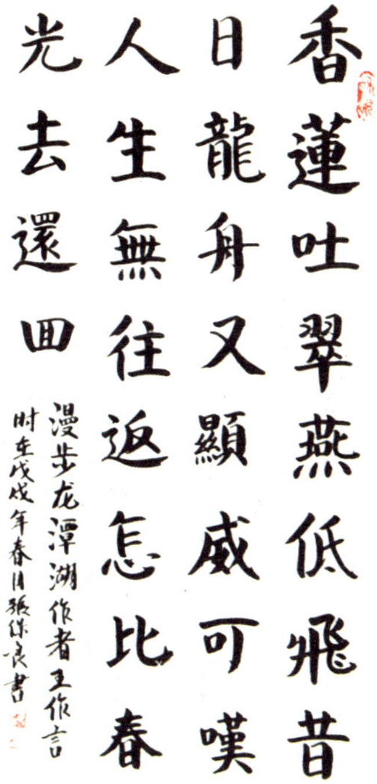


书法 • 张保良

【七绝】

# 七夕

每逢七夕会佳人，
天上凡间一样真。
鹊桥从此无须架，
网穿红线万千根。

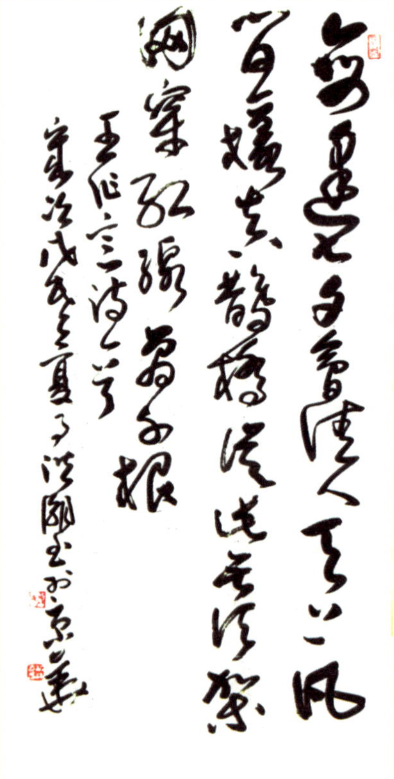

书法·洪潮

【七绝】

## 清明

清明车堵路上人，
尘雾销凝欲断魂。
孝子贤孙身后走，
风和日月又一村。

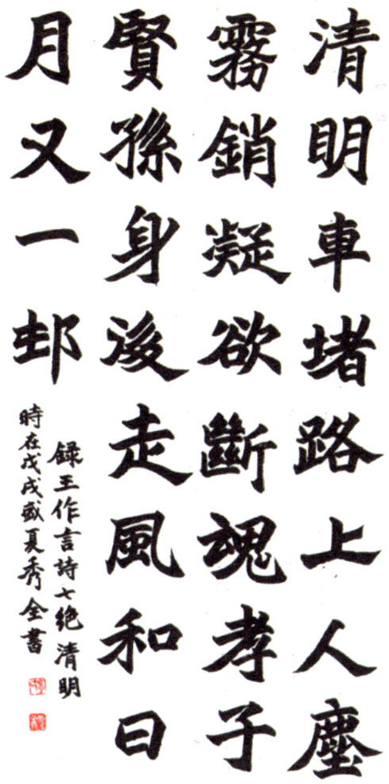
清明車堵路上人塵
霧銷凝欲斷魂孝子
賢孫身後走風和日
月又一邨
録王作言詩七绝清明
時在戊戌歲夏秀全書

书法·章秀全

【七绝】

# 秋咏山花赠挚友

衰叶残风暮雨凉，
琴弦不解九回肠。
若知芳艳终须退，
何为羞红避闹堂。

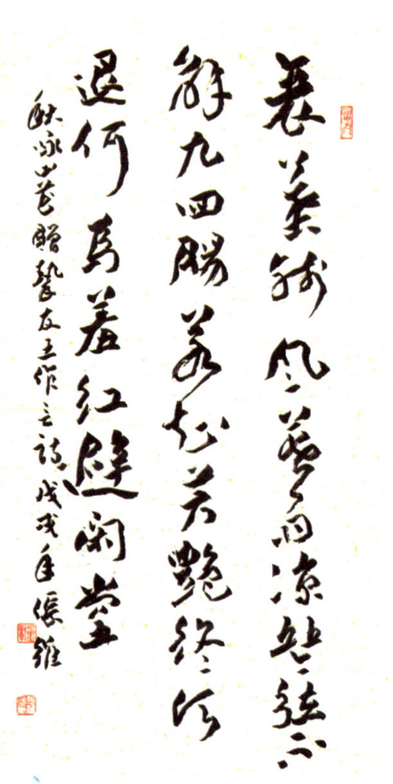

书法·张维

# 秋雨夜思

暮雨斜风竞相追，
高楼箫管恼人吹。
凭栏愧向长天短，
怯问流莺几日归。

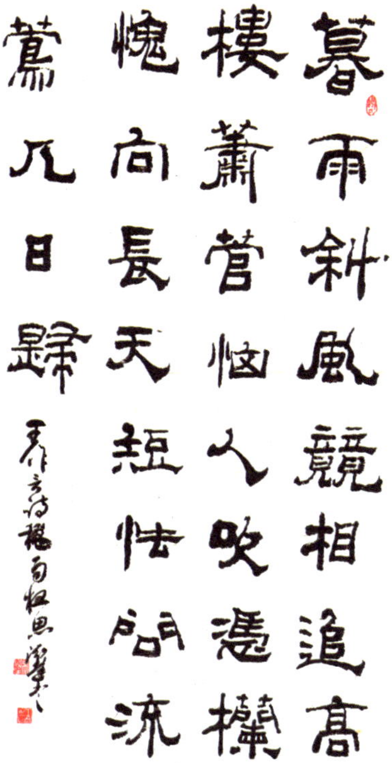


书法·吴泓达

# 失眠之夜

何人楼上奏良宵？
夜笼红棉碎梦凋。
无力再调灯色冷，
帘前偏雨打芭蕉。

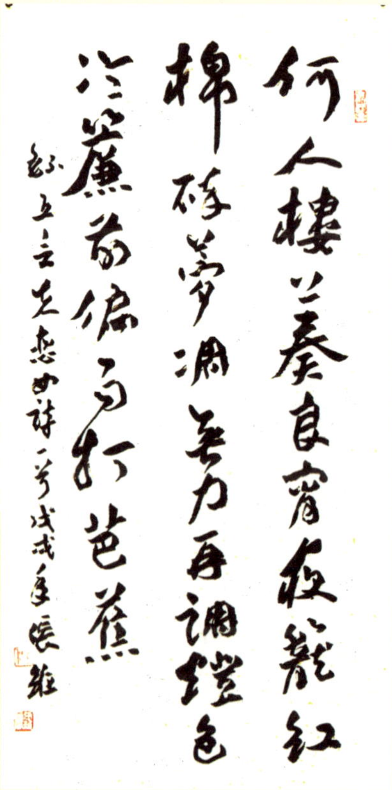

书法·张维

【七绝】

## 赠田作成

木屋深藏碧云间，
菜果飘香绿满园。
多少追求如梦至，
赛过神仙是老田。

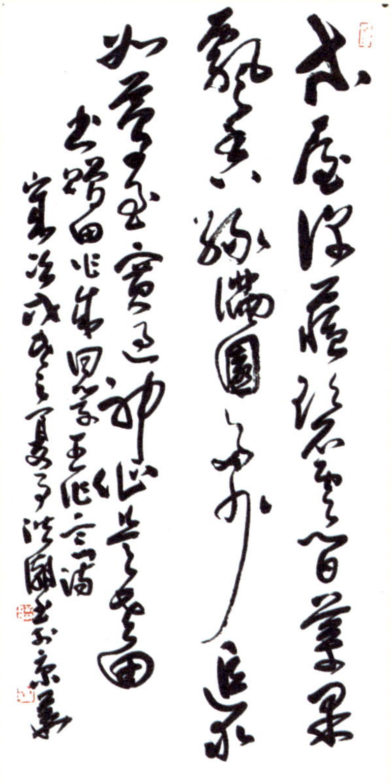

书法·洪潮

## 水城归渔

日落沧溟月待生，
薄纱绕港浪初平。
银鸥也解渔家事，
护引归帆进水城。

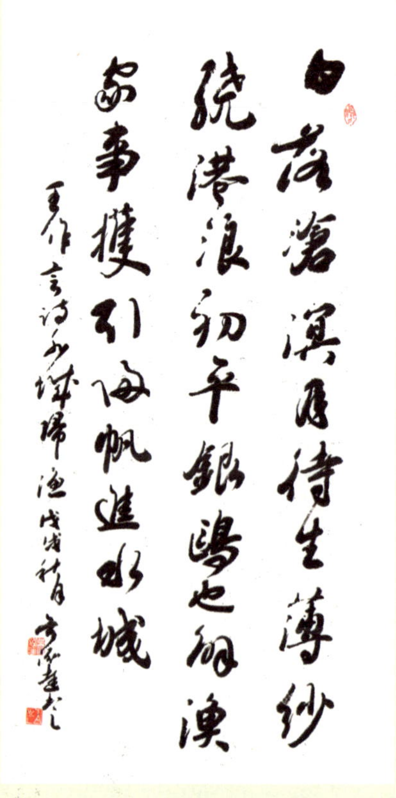

书法 • 吴泓达

## 水之颂

常兴浩淼卷狂澜，
也为穿石志不迁。
举善终归成造化，
心纯借得洗尘寰。

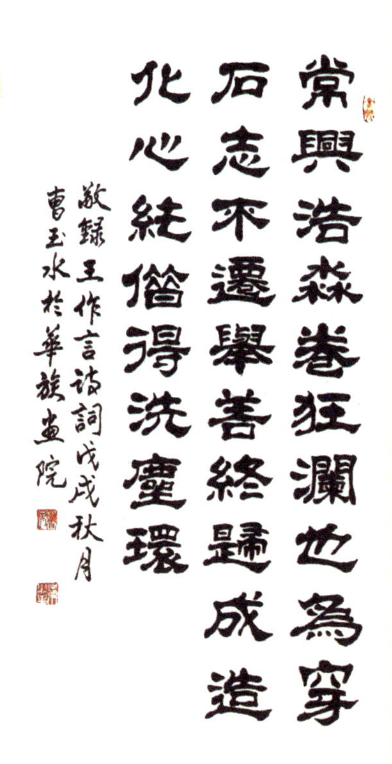


书法 • 曹玉水

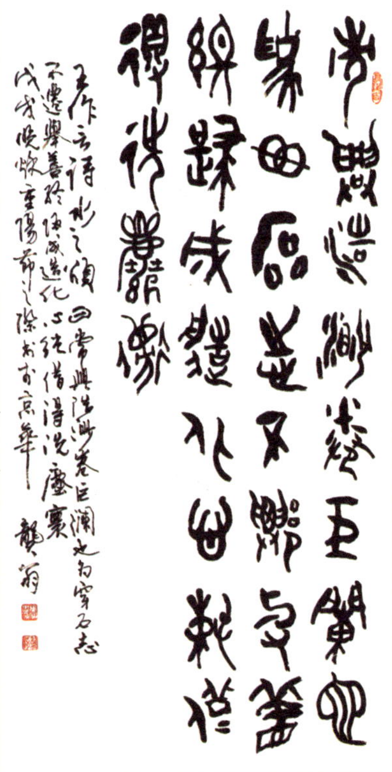

书法•龔翁(张宝忠)

# 送好友出国赴任

莫愁路远有高山，
一展雄姿云雾穿。
美酒洗尘为君备，
海关不是汉时关。

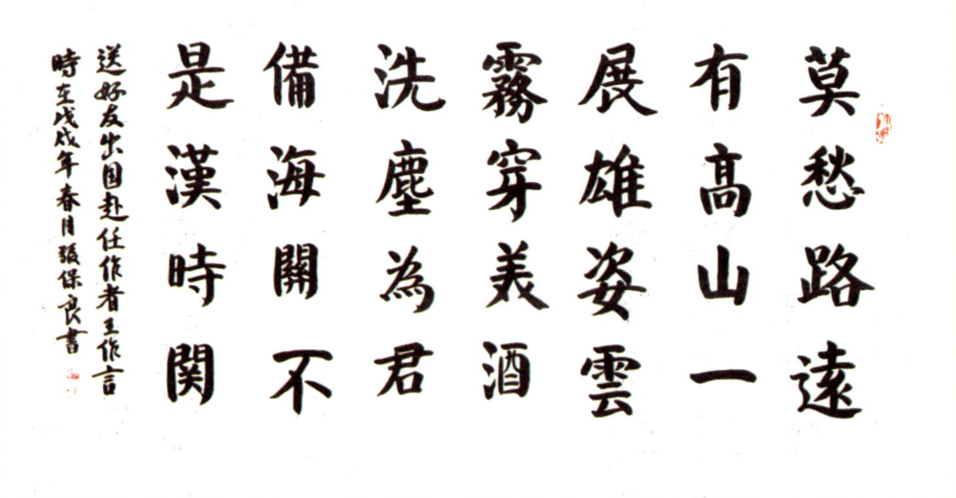


书法 • 张保良

【七绝】

## 送友南归

龙潭腊月冰上寒，
折柳赠君赴岭南。
请采红棉春半叶，
嫁与长城一座山。

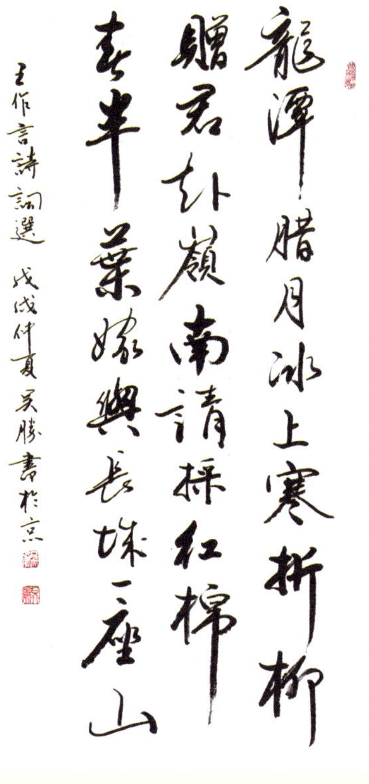


书法・吴胜

【七绝】

## 送友之女乡下成婚

暮色苍苍柳色殷，
嘉宾楼上送嘉宾。
张灯结彩桃林下，
小院声声唤丽人。

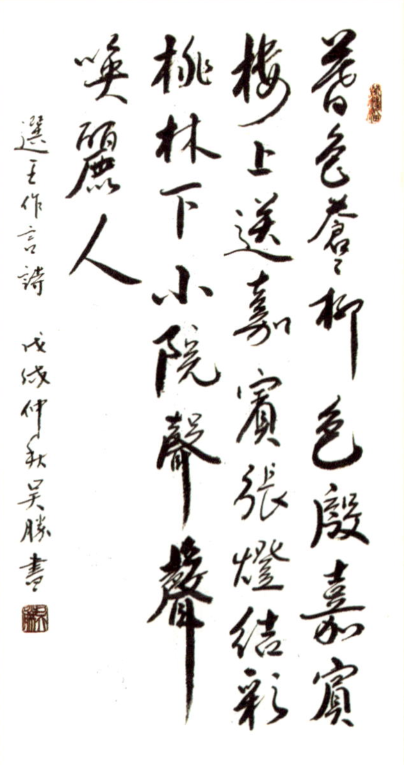


书法·吴胜

【七绝】

## 题耒老村院内杨树赠张翼村长

参天树木众人浇，
廊柱非材也俏娆。
独立乾坤凭造化，
雄姿雅韵有来朝。

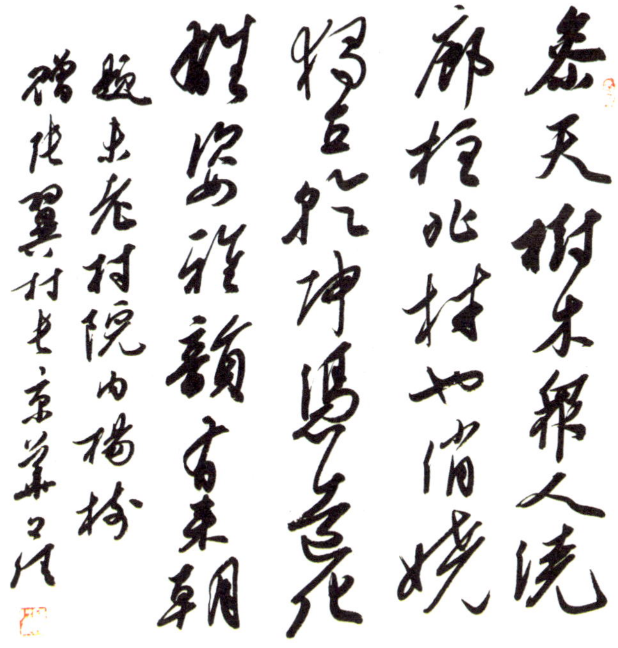

书法·孙文佳

# 听雨

诗书一卷久倚屏，
帘外何时滴漏声。
坐看人生多少事，
尽从灯下雨中听。

书法・张维

【七绝】

# 晚江归舟

残阳西下暮云收，
苇岸闲亭向晚秋。
风静林疏流水倦，
一江清月罩归舟。

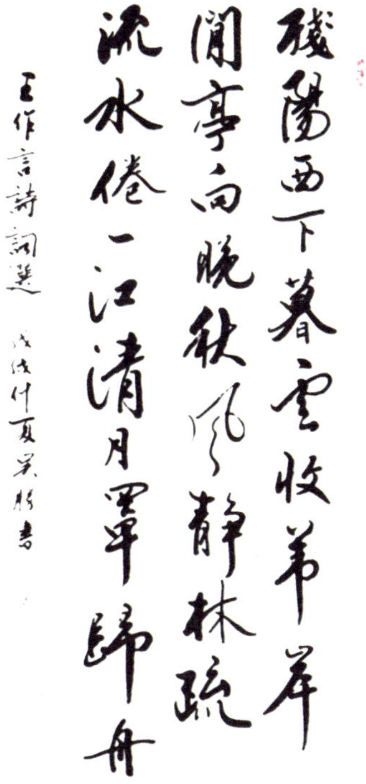

书法·吴胜

# 无题

为得新诗字字敲，
黄鹂无故恼人焦。
欲将抬手挥它去，
妙句飞来柳树梢。

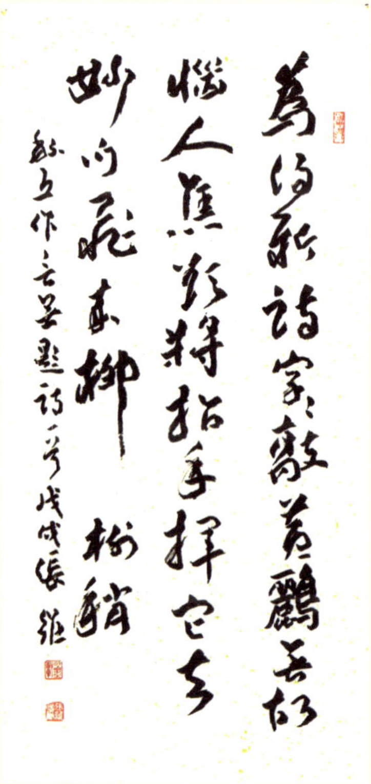

书法·张维

【七绝】

## 夏日过官塘

万泉清波世无双，
槟榔风沁椰林香。
抬头尽染须眉绿，
慢展凉茵过官塘。

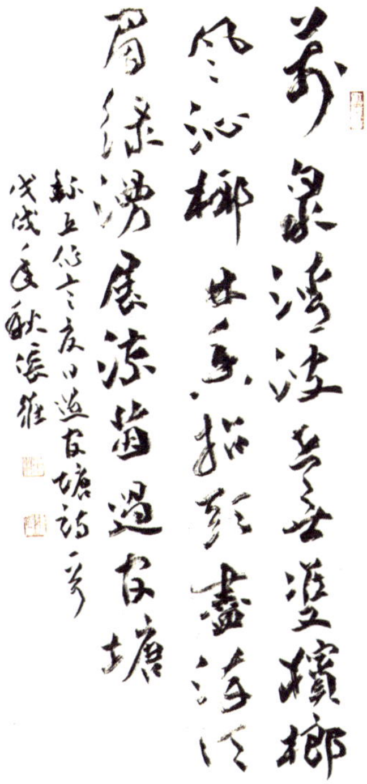

书法·张维

【七绝】

## 仙阁观沧海

采药徐生无奏音，
秦皇汉武继登临。
谁人世上能长久，
徒费君王稚子心。

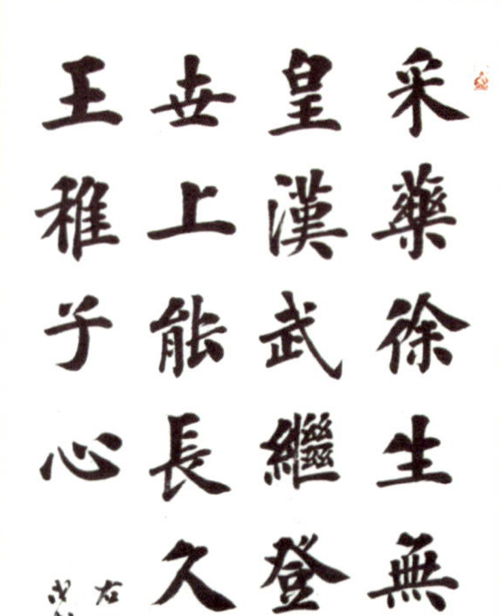


书法·孙东坡

【七绝】

## 乡音

滔滔瀚海百竿深，
大树遮天叶恋根。
把盏推杯人不醉，
直教醉人是乡音。

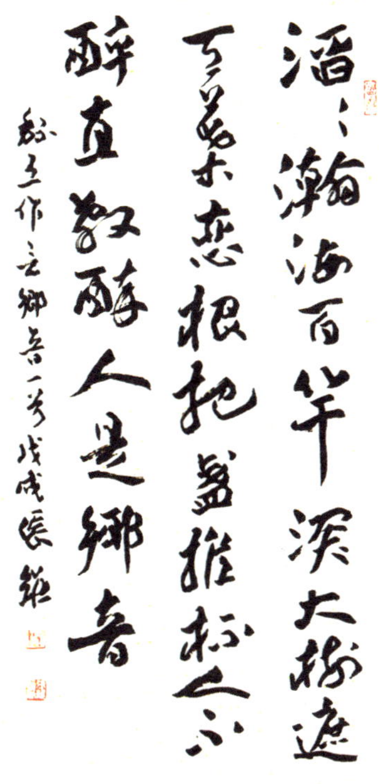

书法·张维

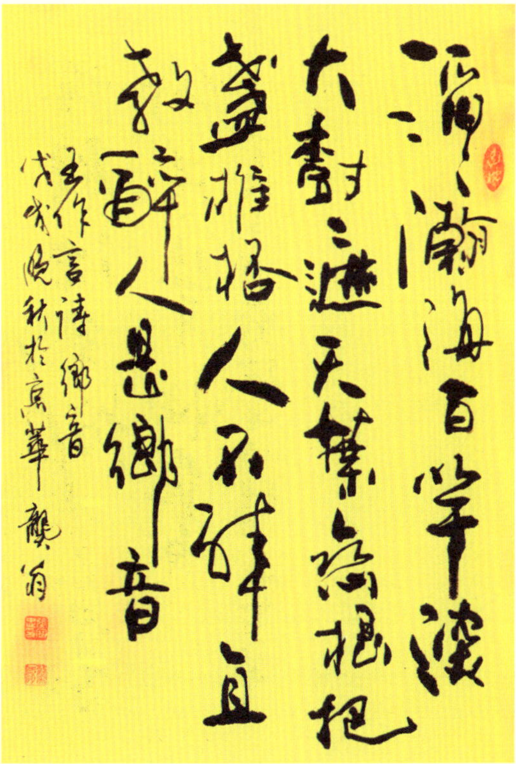

书法·龔翁(张宝忠)

# 野径

葎草捧珠初觉凉，
丁香着露染衣裳。
鹂声摇醒沉思柳，
问我偷藏几袖香。

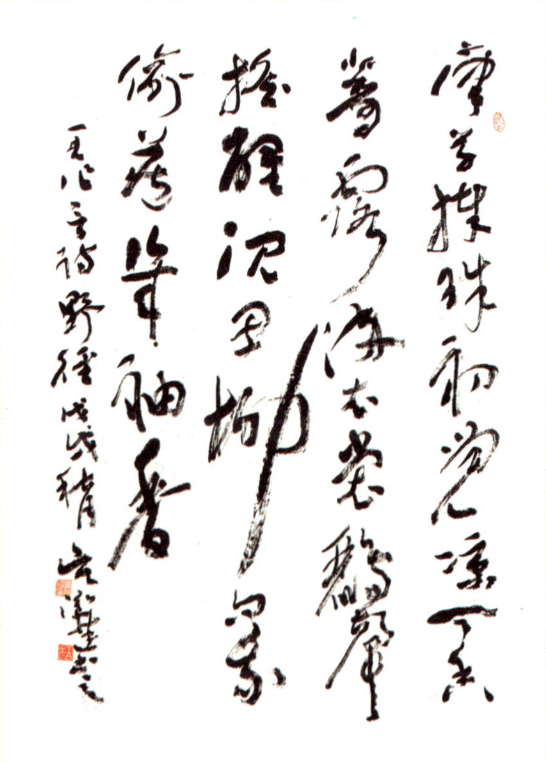

书法·吴泓达

【七绝】

# 春映浅溪

东风醉卧柳荫堤，
嫩叶娇枝落浅溪。
惊诧皇城采春女，
白云顶上浣纱衣。

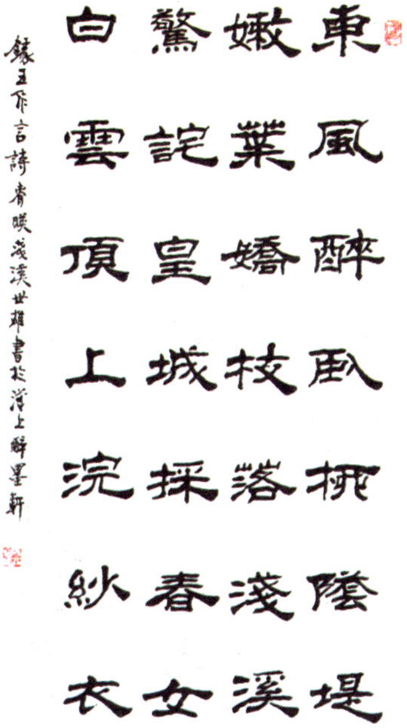


书法 • 赵世雄

【七绝】

## 校友重逢

为君斟满敞怀干，
别时不易聚更难。
今日当欢今日醉，
他朝今日问何年。

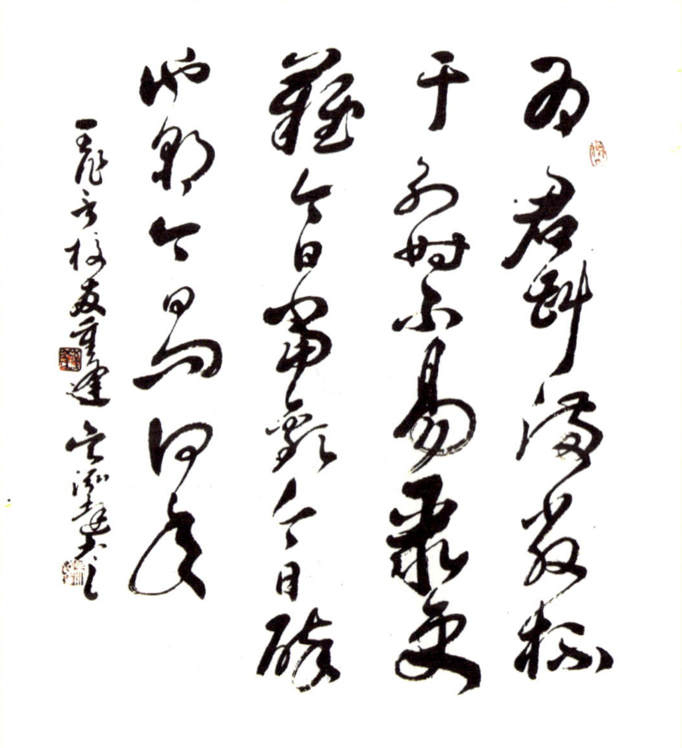

书法·吴泓达

【七绝】

# 寻春

东风款款自天涯，
路草半苏柳染纱，
树鸟飞来又飞去，
不知春落向谁家。

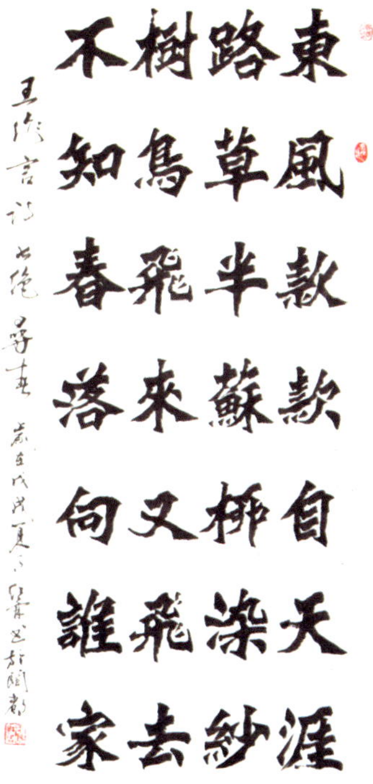

书法・张红霖

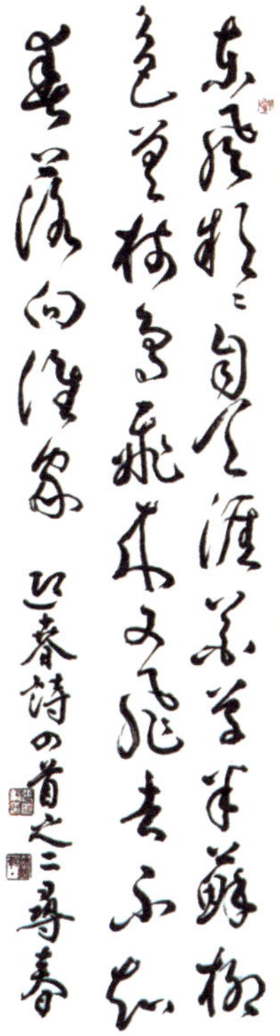

书法・尚山（张明智）

【七绝】

## 迎春使节

冰释池塘柳待裁，
寒风渐作岸边埃。
阶前舞动罗裙女，
料是东君派使来。

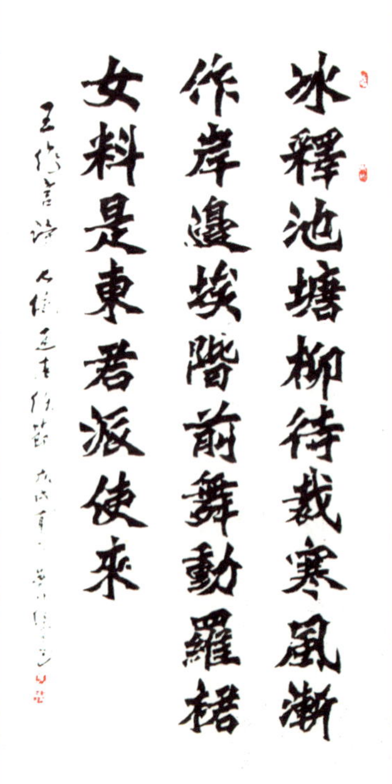


书法 • 张红霖

# 咏竹

冰姿傲骨露难侵，
翠绿含烟出世尘。
不向芳菲争冶艳，
但寻劲节为知音。

书法・孙东坡

书法・龔翁（张宝忠）

【七绝】

## 由烟台至蓬莱

晨风为我洗襟怀，
碧野白帆左右裁。
只道人间仙境远，
孰知脚下已蓬莱。

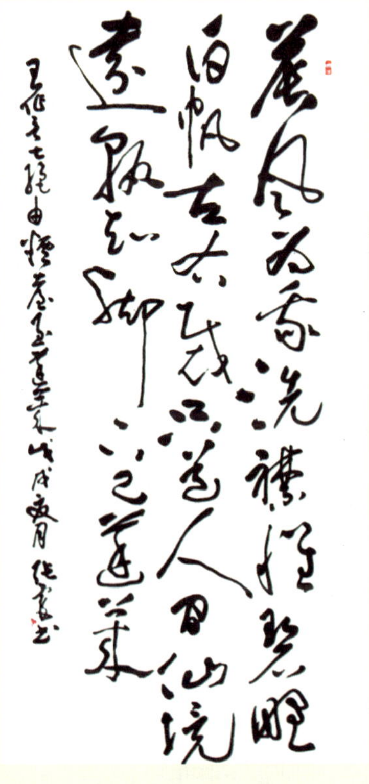

书法·张霞

【七绝】

## 重见徐玉刚

青山移梦五十春，
沧海潮音已霜鬓。
岂料烟台传喜讯，
东风送我旧时人。

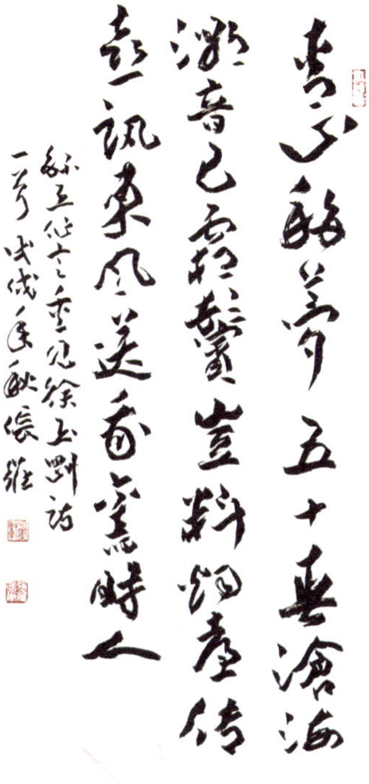

书法·张维

【七绝】

## 月下饮

夜色苍茫柳色深，
花街竹院酒香熏。
举杯同饮邀明月，
不负人生醉几分。

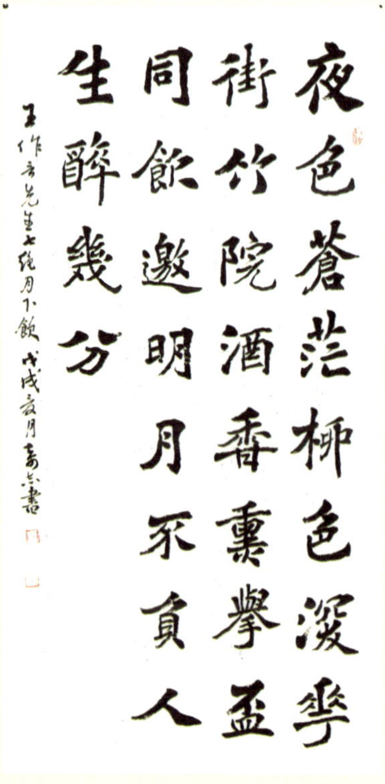


书法 • 田奇志

【七绝】

# 三八节赠女校友

六十七八一枝花，
不言娇嫩比端雅。
七十八九花依旧，
舞动夕阳唱晚霞。

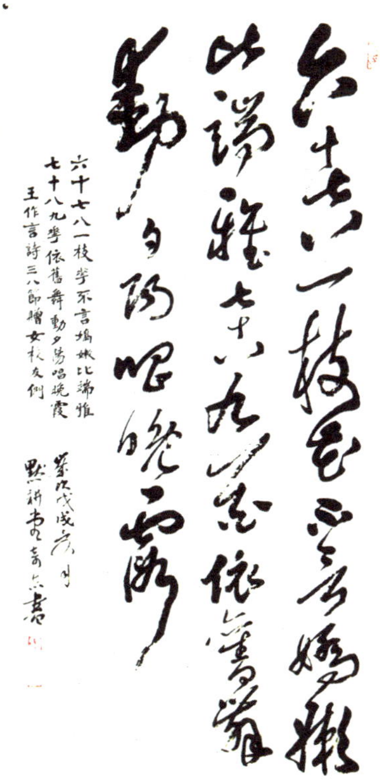

书法·田奇志

【七绝】

## 长堤秋雨

雾笼廊桥树掩楼，
秋风无力戏渔鸥。
忽来飘过瑶台雨，
说与闲云几缕愁。

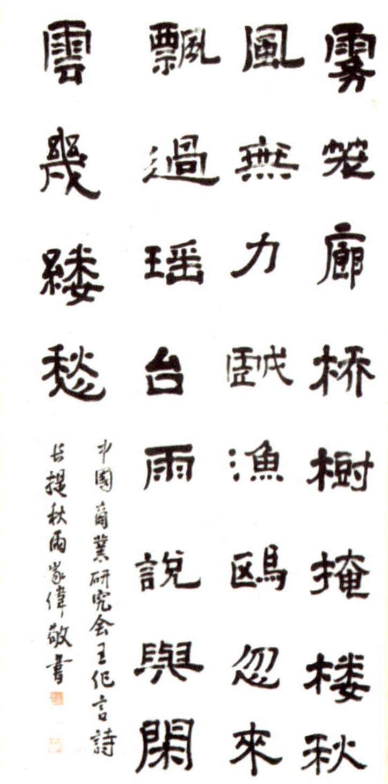


书法·藏家伟

【七绝】

## 泛舟昆明湖

扁舟一叶自悠行，
湖色山光共月明。
烟柳临池浓似酒，
西堤桥下醉东风。

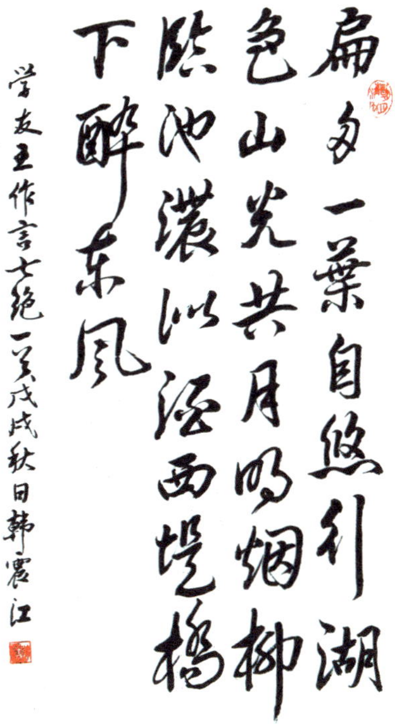

书法·韩震江

# 重见母校

依旧丹楼照紫光，
楼前俏木近枯黄。
归来不知名头改，
却指家乡是外乡。

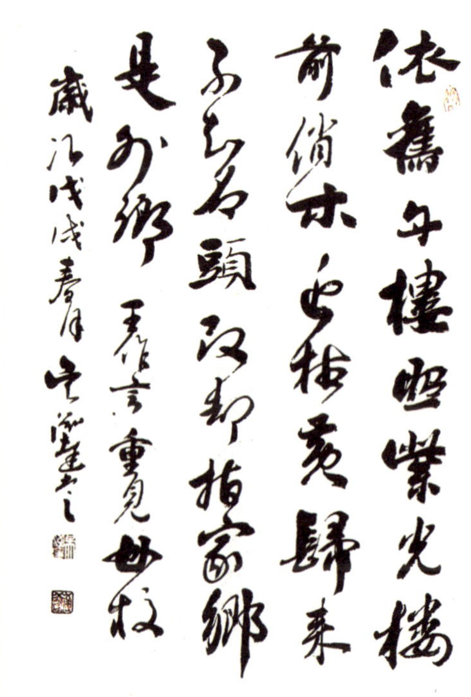

书法 • 吴泓达

# 庄户人家

鱼塘半亩猪两头，
圆月一轮照彩楼。
老酒鲜蔬炕桌满，
绕膝儿孙乐悠悠。

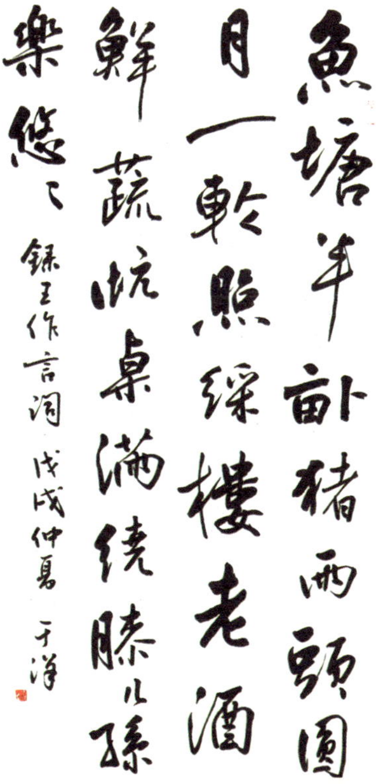


书法 • 于洋

【七绝】

## 题张来亮夕阳红图

大夫本是栋梁材，
见惯残云卷尘埃。
人道夕阳无限好，
但知犹自鹤飞来。

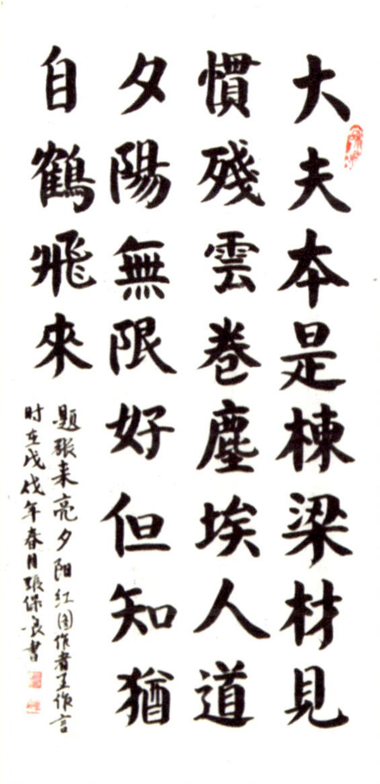
大夫本是棟梁材見
慣殘雲卷塵埃人道
夕陽無限好但知猶
自鶴飛來
題張来亮夕阳红图作者王作言
时在戊戌年春月張保良書

书法 • 张保良

【七绝】

## 为芷窈画题诗

万古人间四月天，
嫣红至盛意将阑。
黛山莫为心憔悴，
等我来年把春缠。

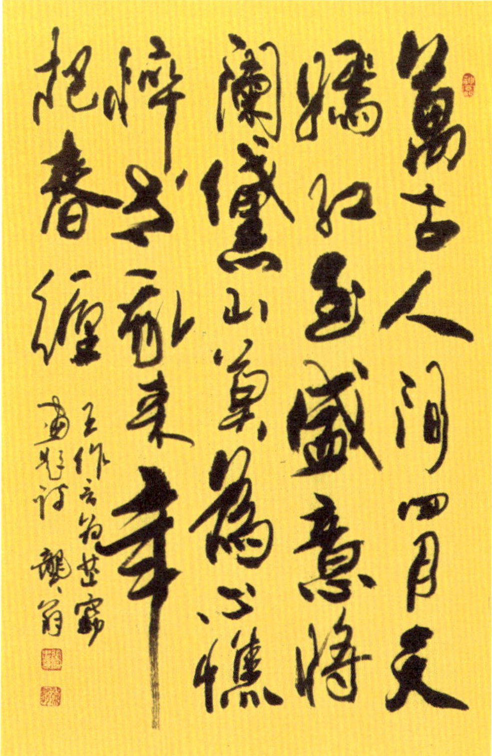

书法•龔翁（张宝忠）

## 题芷窈山河笼祥图

薄雾轻纱披上装，
山河一派吉祥光。
放舟划棹寻何处，
无限生机向海洋。

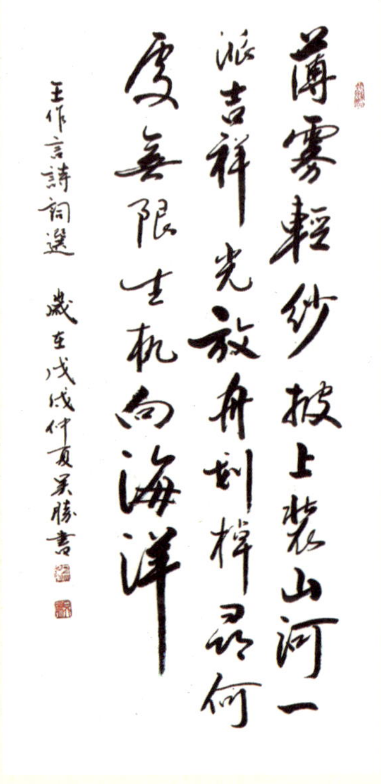


书法 • 吴胜

【七绝】

## 题芷窈夜江孤舟图

凝望家乡土瓦楼，
一江寒月伴孤舟。
此番经去归期远，
独自船头丽人愁。

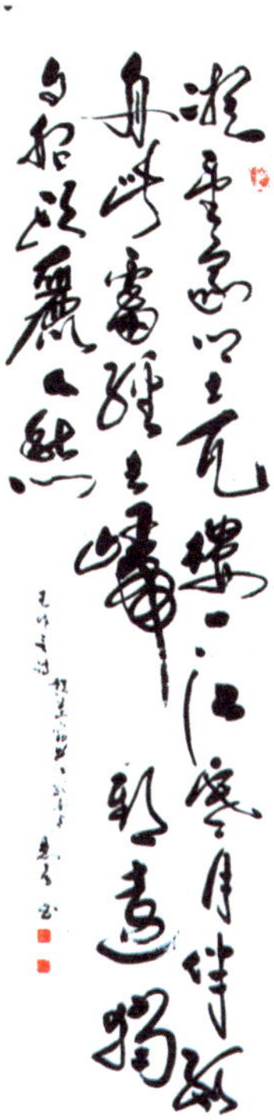

书法·赵惠勇

【七绝】

# 京都春雪

腊月无音二月迟，
都城应是换装时。
一丝残雪一分暖，
化入绫罗未可知。

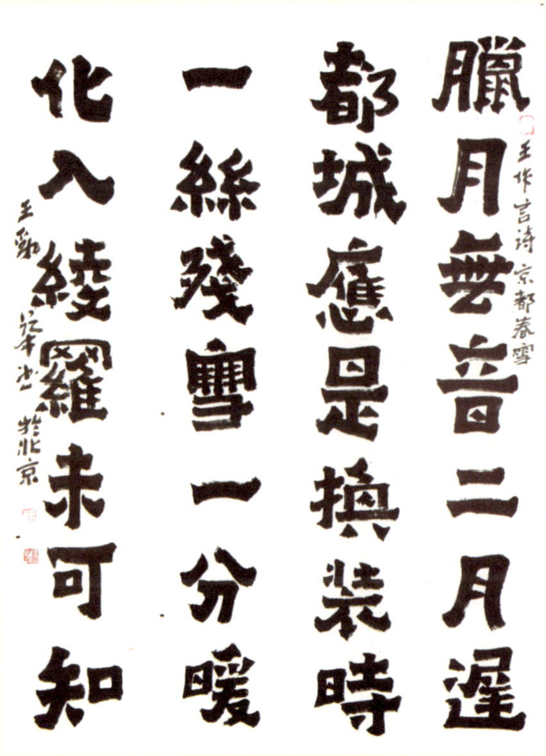

书法·王劲华

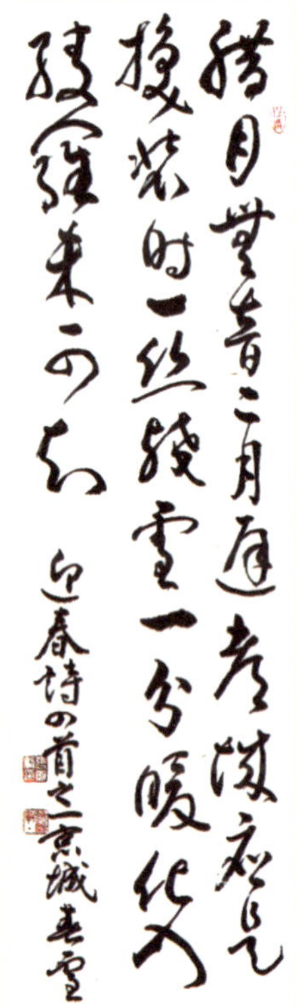

书法·尚山（张明智）

【七绝】

## 蓬莱阁苏公祠诵东坡居士海市诗

太守五朝奉旨归，
毫生蜃气阁生辉。
山川炳焕输琼韵，
落日长风逐浪飞。

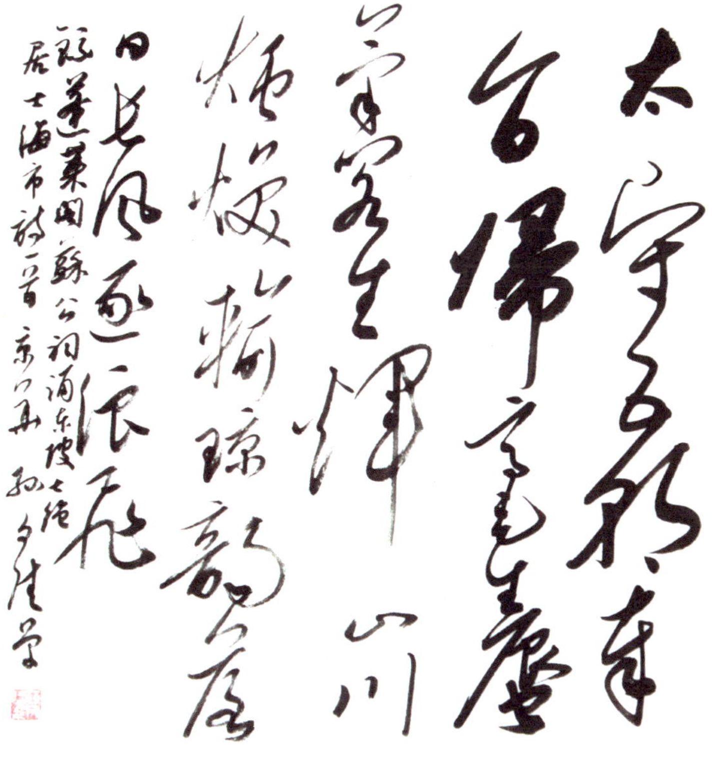

书法·于洋

【七绝】

## 卸中国商业文化研究会执行会长任

晒纸桥晖半笼纱，
凭栏碎雪乱扬花。
驱车走马随流水，
问酒敲诗送晚霞。

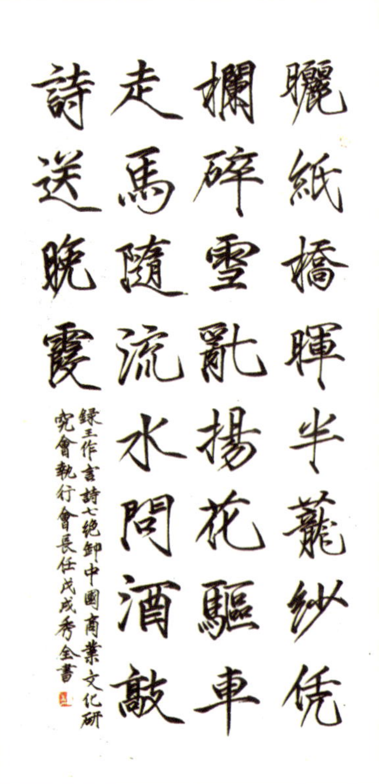


书法 • 王劲华

## 观东白画作

时光恰好日当头，
尽染层林又一秋。
借问江山谁绘得，
蓑衣草笠笑君侯。

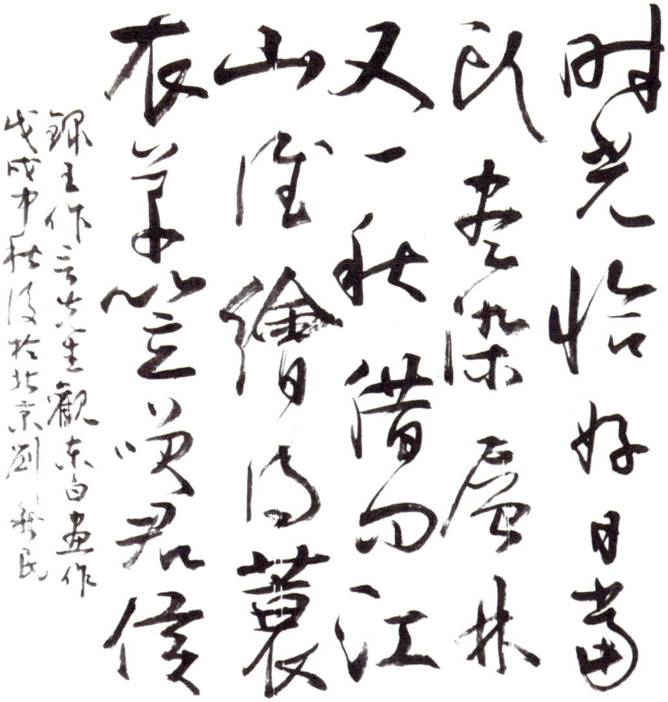

书法·刘新民

# 春夜

夜静新芽发，
惊虫三两声。
风陪人入睡，
独有月光明。

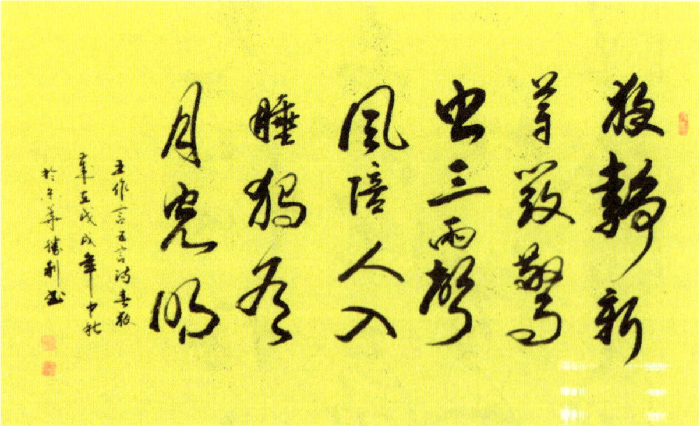

书法・王胜利

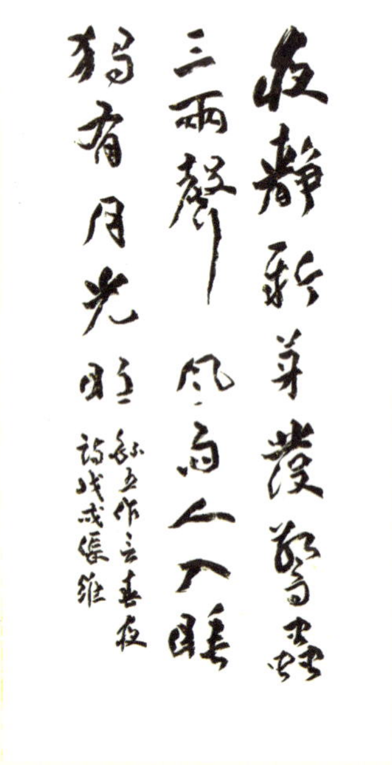

书法・张维

# 溪上钓诗

鹂鸣柳上春，
雨滴黛山真。
落日溪头坐，
竿长妙句新。

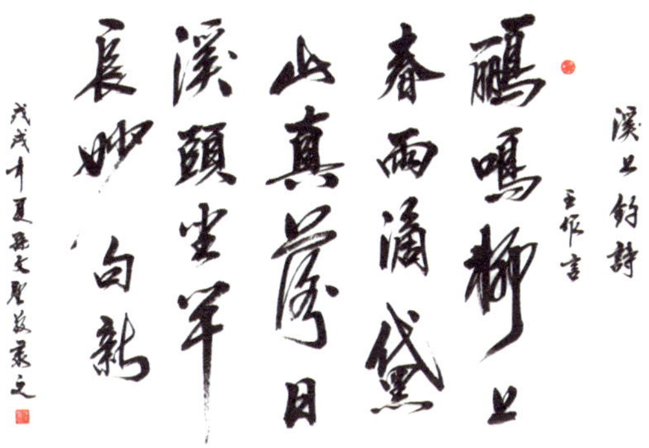
书法 • 孙文圣

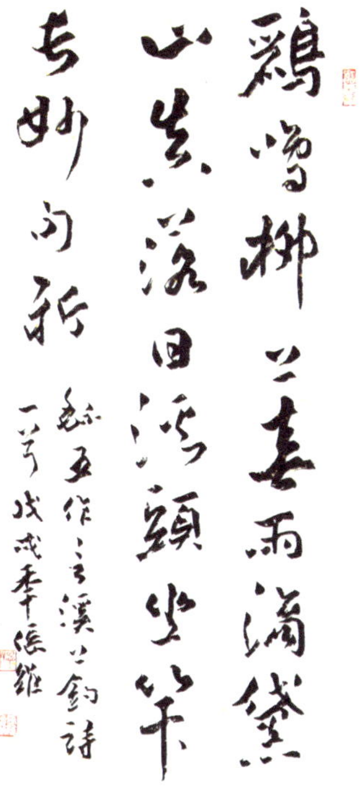
书法 • 张维

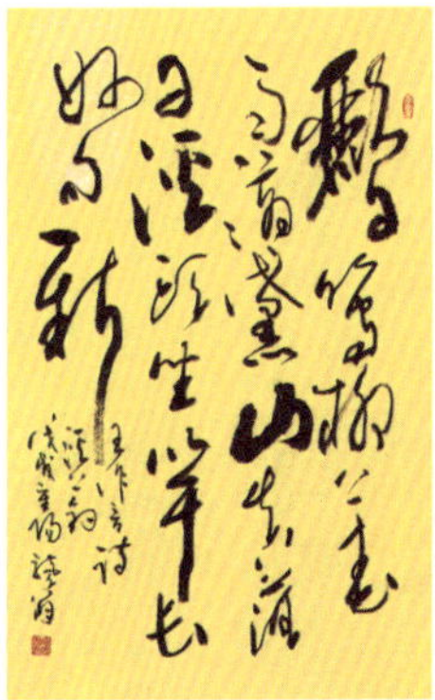
书法 • 龔翁（张宝忠）

# 登蓬莱阁二首

其一

海上起高山，
楼藏云雾端。
抬头摘星月，
回首炼金丹。

其二

求丹不见还，
遗恨两千年。
今日登临者，
人人皆神仙。

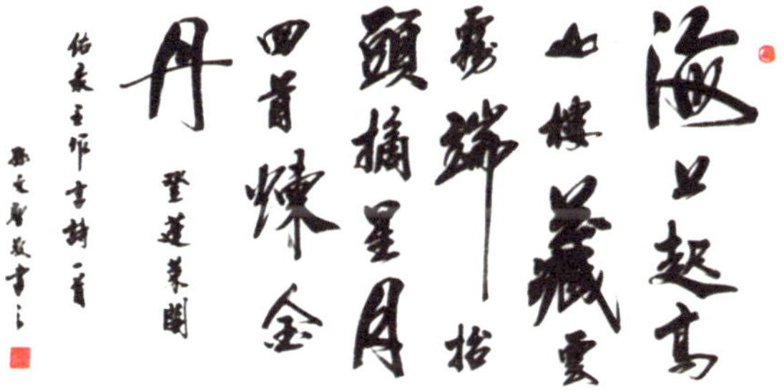

书法 • 孙文圣

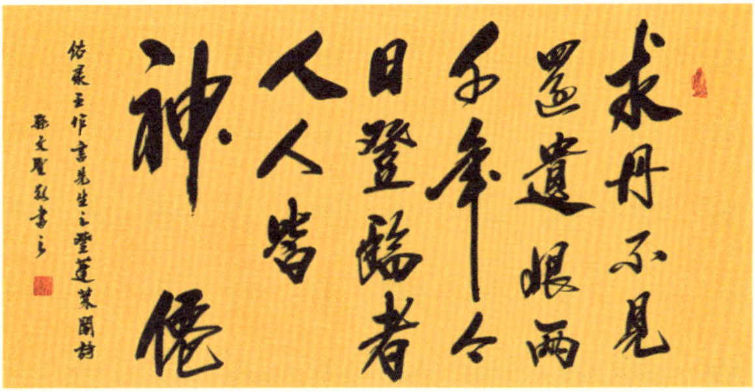

书法 • 孙文圣

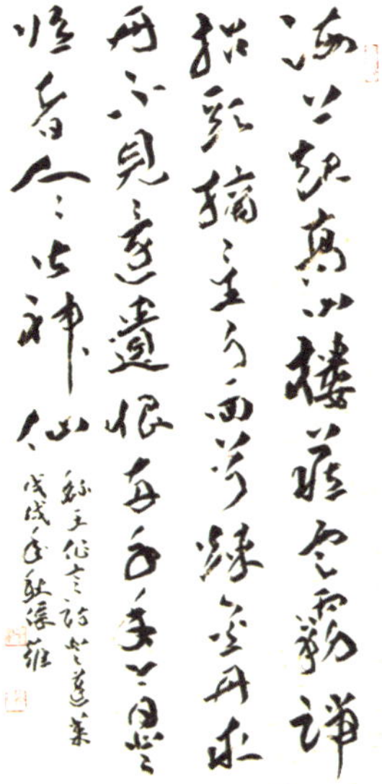

书法 • 张维

【五绝】

## 共度中秋

月挂柳梢头，
银光罩九州。
阖家欢庆日，
路上有人愁。

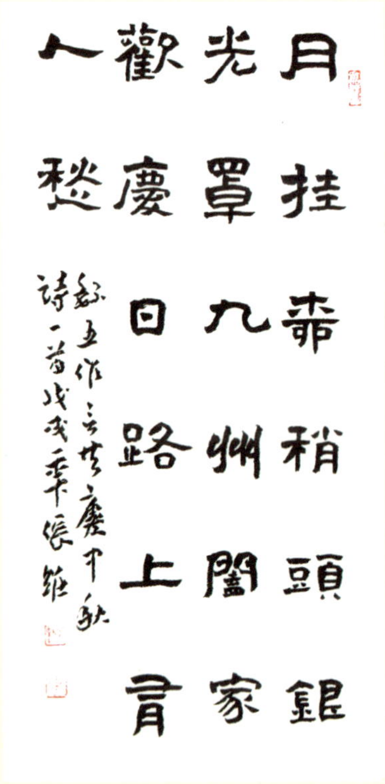


书法 • 张维

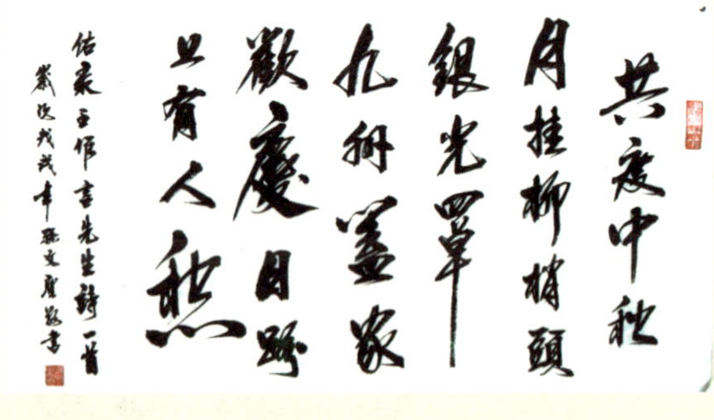


书法 • 孙文圣

## 题芷窈踏雪寻梅图

踏雪探芳颜，
高枝出手寒。
只知春讯报，
岂管锦衣单。

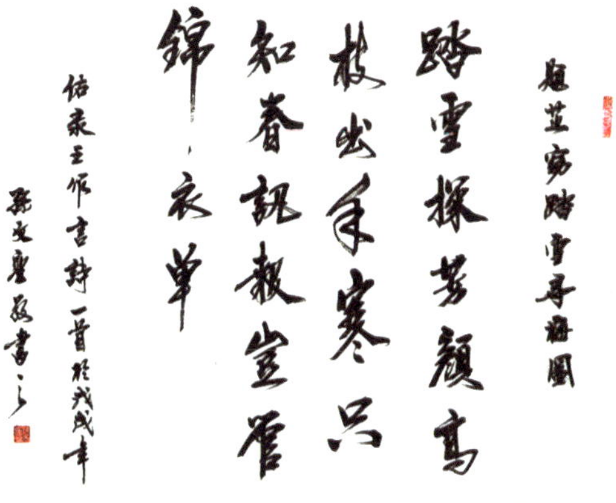

书法·孙文圣

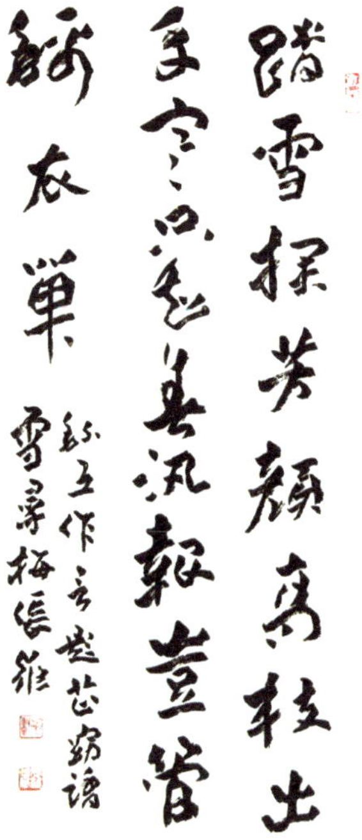

书法·张维

【五绝】

## 问春

燕舞千姿影，
莺啼百啭喉。
欲知春日事，
垄上问耕牛。

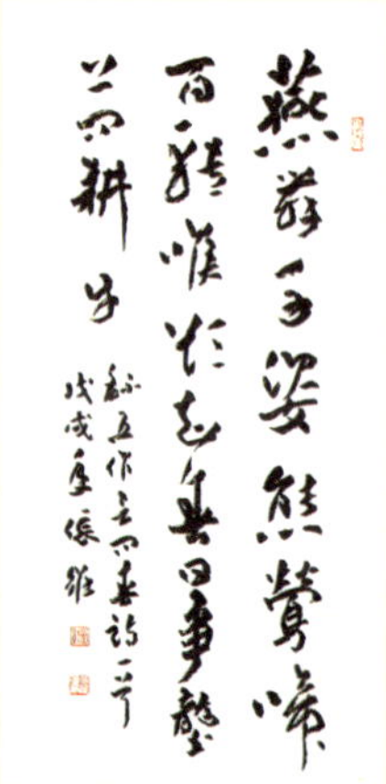

书法 • 张维

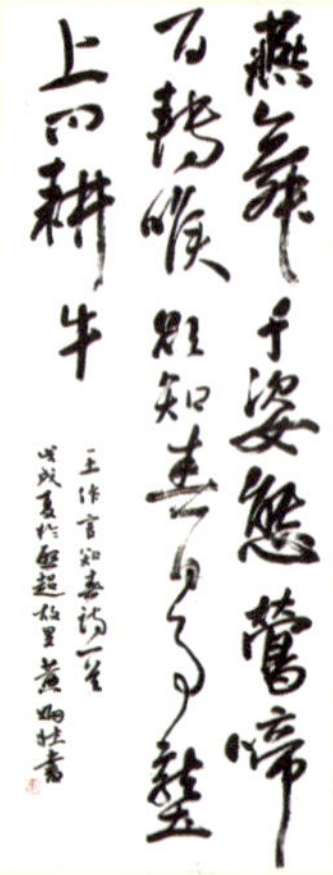

书法 • 黄炳壮

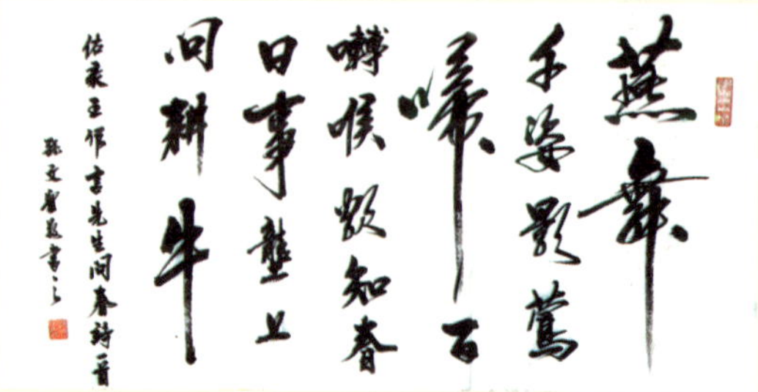

书法 • 孙文圣

## 丁酉中秋

久做长城客，
怀揣大海情。
瑶空偷问月，
可向故园明？

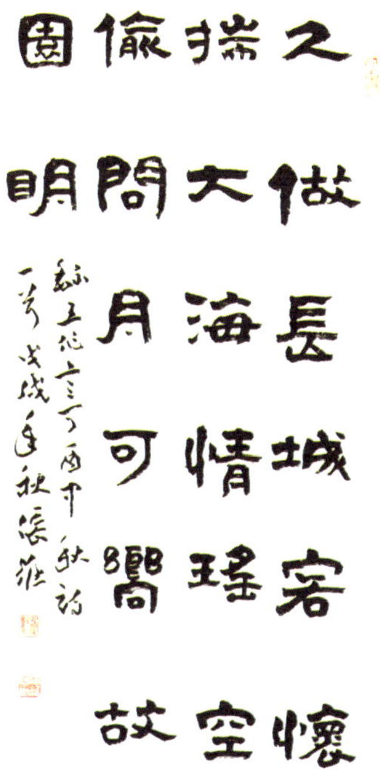

书法·张维

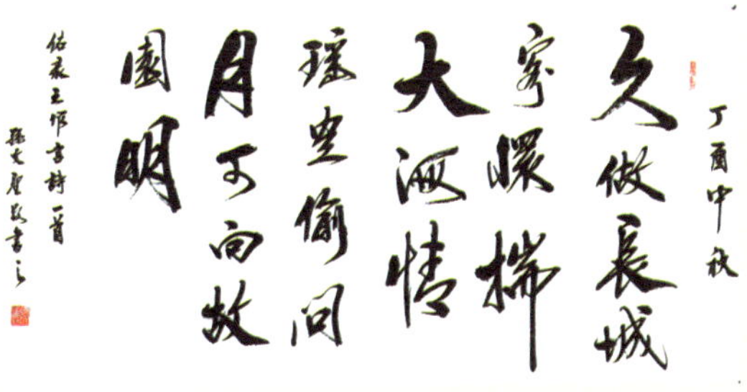

书法·孙文圣

# 满江红

## 波斯波利斯遗址[1]

屈指兴亡，消一瞬、灰飞烟灭。
空怅望，荒丘[2]石壁，乱云残月。
欲送万国[3]朝贡客，犹追百柱[4]帝王业。
向樽池、笳管舞辉煌，声声怯。

高台上，灵都阙；悬崖[5]下，孤君穴。
奈江山已去，枉弹泪血。不堪回首前事断，忍将放目今朝窃。
却留此、千古梦一帘，凭人谒。

注：（1）波斯波利斯位于伊朗南部设拉子，是波斯帝国大流士一世即位后为纪念阿契美尼德王国历代国王而兴建的都城，世界上最强大的帝国心脏。公元前330年，马其顿亚历山大大帝率远征军重创了波斯大军后，焚毁了波斯波利斯。遗址气势雄伟，已列入《世界遗产名录》。（2）“荒丘”句：遗址背靠光秃秃的赫马特山，雄踞在15米高的天然石质平台上，留下无数巨大的石刻柱子、石门框和石壁。（3）“万国”：指遗址保留完好的万国门，进入万国门就进入了遗址建筑群的主体。当时波斯帝国有35个属国，浮雕上刻有来自不同属国和民族朝贡团的图案。（4）“百柱”：指建筑群中有一座100根13米高的石柱而支撑的觐见大殿，国王在这华丽的大殿里，透过柱林之间气宇非凡地款待远方的客人。（5）“悬崖”二句：波斯波利斯遗址东北6公里处的山崖石壁上凿有一座座殿门，为大流士一世与另三个国王的陵墓。由于他们既是帝王，又信奉拜火教，便按照拜火教的方式安葬，与天地同在，凿壁为墓。

## 附：钱亚薇词

# 行香子

### 读王作言《满江红．波斯波利斯遗址》

帝业森森，铁骑辚辚，几时间，尽付前尘。
金瓯圆缺，泪血仇恩，叹那些年、那些事、那些人。

沧海桑田，无数君臣，一般般，过眼烟云。
残垣故址，岁月留痕，且影中存、酒中品、诗中论。

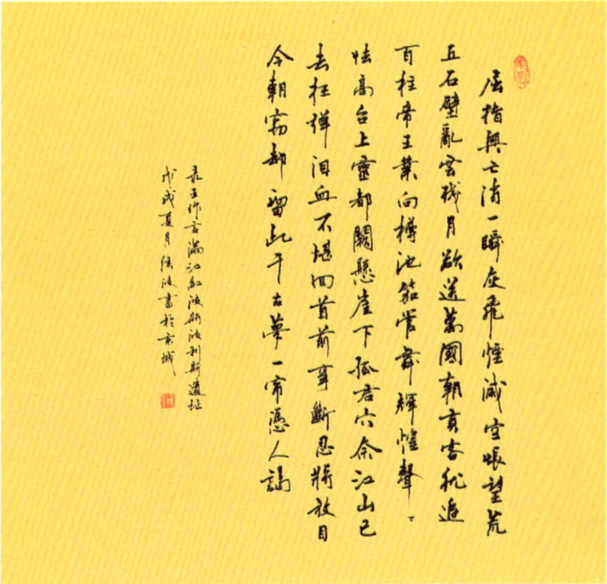

书法 • 侯波

# 满江红

## 访哥里斯大林故居[1]

土瓦柴门，几曾是、寻常庭馆？
料不会，落尘烟里，冷清门槛。
昼日遥思云千朵，
夜来又数灯几盏。
念窗前、滚滚铁轮[2]声，声声远。

斯人去，从未返；
乡客来，韶光转。
叹英豪一世，秋风一卷。
挂剑无奈黄叶尽，
卧斗尚恋斜阳短。
正萧萧、飞雪过山河，
天已晚。

注：（1）斯大林故居哥里在格鲁吉亚首都第比利斯以西，约八十公里处。斯大林在这里出生，并度过青少年时代。（2）“铁轮”句：第二次世界大战期间，斯大林乘坐的专列，陈列在故居外。

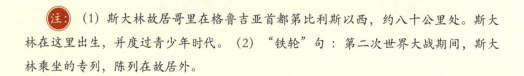

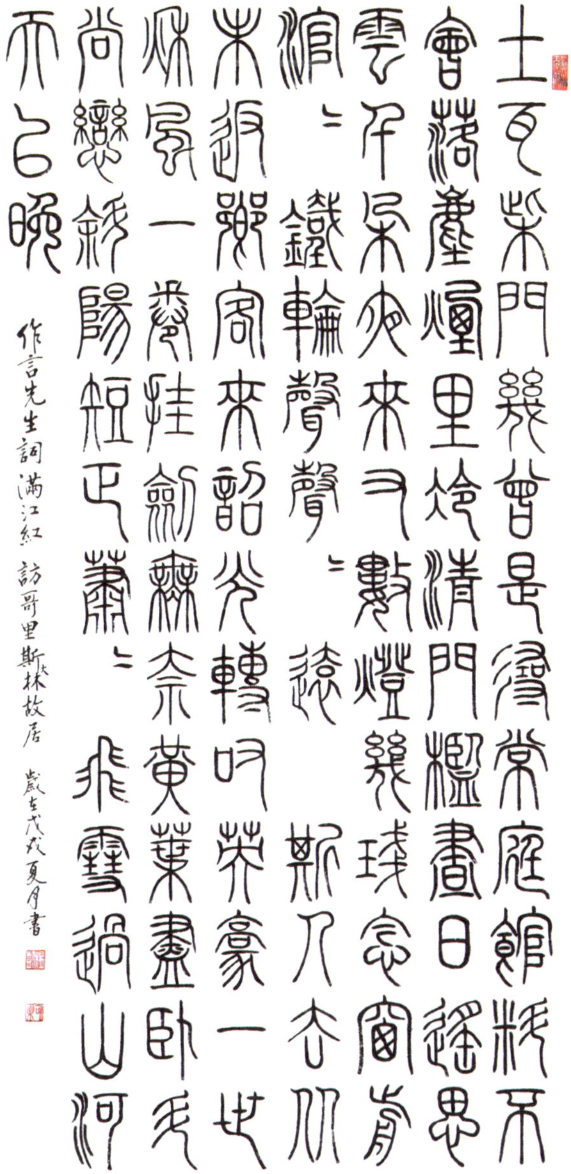


书法・杨凯

# 满江红

## 谒西湖武穆庙，步岳词韵

浩浩江河，
东流去、千秋不歇。
长天阔，
古来同在，英魂忠烈。
刀刃揩干亡国泪，
马蹄踏碎贺兰月。
最堪悲、案侧有奸佞，伤心切。

西风起，初雨雪；夜幕降，香烛灭。
叹将军依旧，
袍单盔缺。
荡气一声发冲冠，
肝肠九曲心喷血。
向中原、壮志看几分，
书天阙。

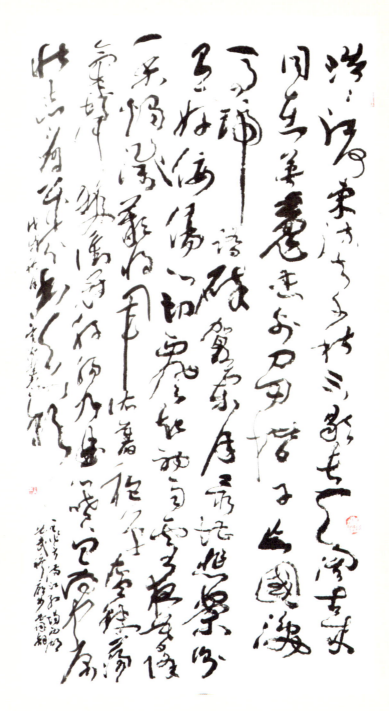

书法·吴泓达

# 满江红

## 九月九日寄京都兄弟

休叹浮生，
东逝水、空负杨柳。
老来事，
不遂人意，
十常八九。
窗外斜阳秋色重，
榻前青影投樽酒。
欲重来、意气少年华，何时有？

回相望，江川荀；
前将看，峰崖陡。
这情肠恰似，云烟路口。
善泪怕随西楼上，
多愁当向武陵走。
趁今辰、高处再登眺，
苍天久。

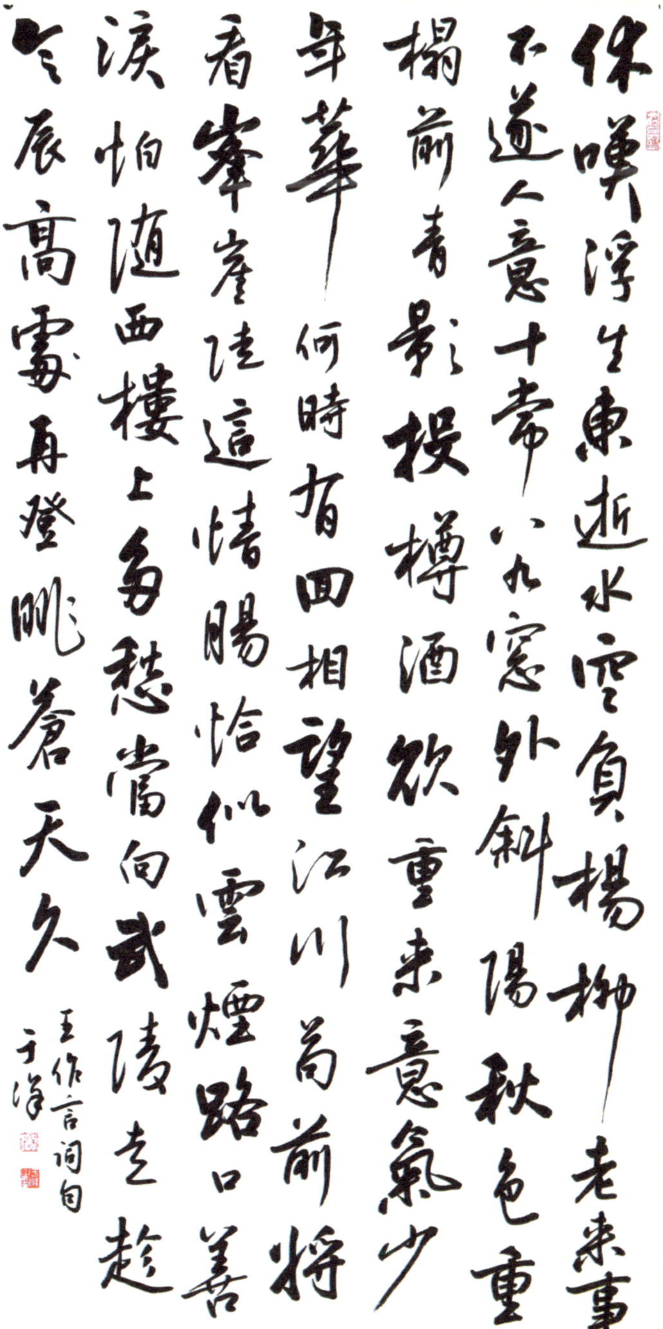
休嘆浮生東逝水空負楊柳老來事
不遂人意十常八九窗外斜陽秋色重
榻前青影樓樽酒欲重來意氣少
年華何時有四相望江川蜀前將
看峰崖陡這情腸恰似雲煙路口暮
淚怕隨西樓上多愁當向武陵去趁
良辰高處再登眺蒼天久
王作言词句
于洋

书法 · 于洋

# 沁园春

## 阳关凭吊

大漠连天，千载风萧，万仞雪寒。
对幽幽古道，匆匆征士；
绵绵边塞，烽火狼烟。
马蹄声嘶，长空云黯，
金甲黄沙破楼兰。
徒悲泣，惟秦时凉月，
独枕残关。

金樽一酹关前，
吊白骨忠魂烈儿男。
想羌笛杨柳，春风已度；
竹箫壮酒，故人当还。
远处驼铃，悄声摇过，
惊梦长眠古董滩。
皆往矣，问沧桑岁月，
何日江山！

大漠連天千載風蕭萬仞雪寒對幽、古道多、征士絲
綿邊塞烽火狼煙馬蹄聲嘶長空雲黯金甲黃沙破樓蘭
徒悲泣雁秦時涼月獨枕殘關 倉樽一爵關前吊白骨
忠魂烈兒男想羌笛楊柳春風已度竹蕭壯酒故人當還
遠處駝鈴悄轂飆過騖寥長眠古董灘皆往矣問滄桑歲
月何日江山

王作言詞沁園春 陽關憑吊 戊戌歲秋月 周文標書

书法・周文标

# 沁园春

## 古都洛阳吟

昨日东风，几点余寒，满目姹红。
领三山①五水，九宫六殿；龙门②溢彩，白马释宗。
思念③诸侯，退兵孟津，尤叹辅臣放昏庸。
曹瞒去，瞬间吴晋灭，惨淡中兴。

江山社稷匆匆，惜乱世英豪睡梦中。
有三都资治④，经天雷贯；杜楼琵琶⑤，动地呼声。
环顾中原，感怆千古，先慰杜康祭汉陵。
春光短，看天姿国色，享尽升平。

注：(1)“领三山”两句：洛阳有邙山、龙门山、周山，洛水、伊水、涧河、瀍河与金水，故称三山五水。(2)“龙门”两句：龙门是指我国三大石窟之一的龙门石窟。白马则是指建造在洛阳的白马寺，它是东汉时期梵僧用白马驮佛经到洛阳后兴建的，佛教由此传入我国，有“释宗”之说。(3)“思念”两句：指历史上发生在洛阳的八百诸侯会孟津和伊尹迎放太甲两个事件。公元前11世纪，商纣王无道，诸侯叛离，周武王发兵至孟津，八百诸侯求会，要求伐纣，武王认为灭商时机未到，结果退兵。商朝第四代国王太甲继位之初暴虐昏庸，辅国大臣伊尹把他放逐到桐宫三年，悔过后又迎回主持朝政，天下太平。(4)“三都资治”：分别指西晋秘书郎左思所写的《三都赋》和宋代司马光居洛阳19年编撰的《资治通鉴》。前者举国轰动，曾引起洛阳纸贵这一千古佳话。后者上起战国，下迄五代，是一部不朽的编年体通史巨著。(5)“杜楼琵琶”：分别指唐代两位大诗人杜甫和白居易，前者墓在偃师的杜楼村，后者则在龙门山的琵琶峰上。

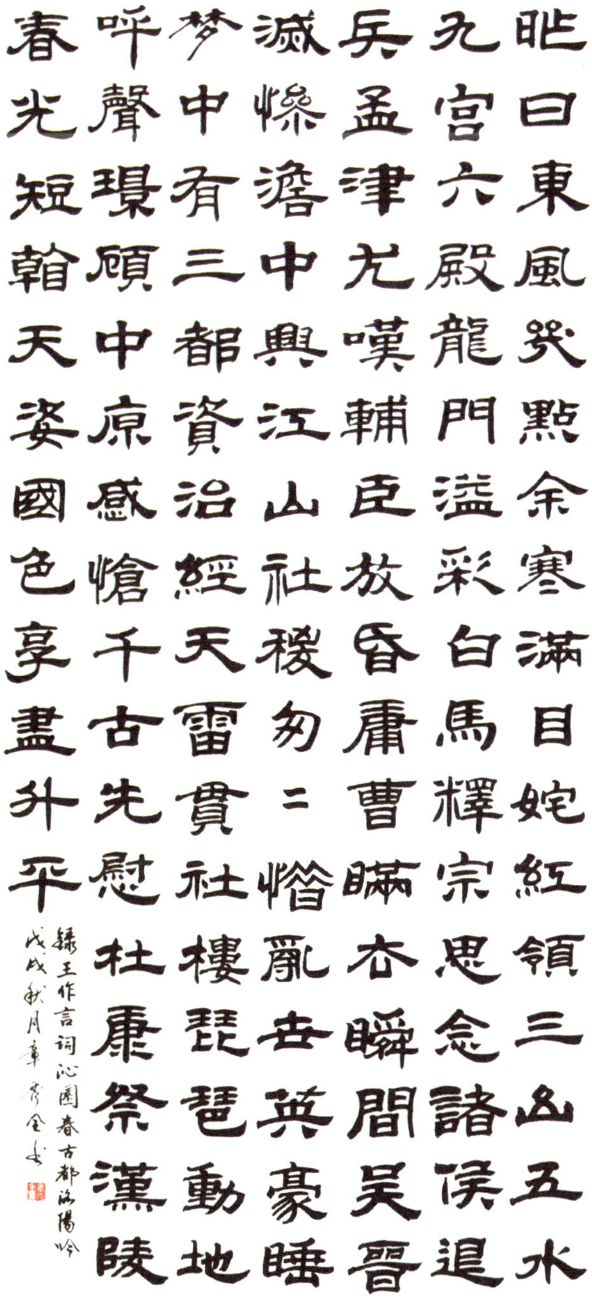
昨日東風炎點余寒滿目姹紅領三山五水
九宮六殿龍門溢彩白馬釋宗思念諸侯退
兵孟津尤嘆輔臣放昏庸曹瞞杳瞬間吳晉
滅燦滄中興江山社稷匆匆愴亂去英豪睡
夢中有三都資治經天雷貫社樓琵琶動地
呼聲環顧中原感愴千古先慰杜康祭漢陵
春光短韻天姿國色享盡升平
錄王作言詞沁園春古都洛陽吟
戊戌秋月章秀全書

书法·章秀全

# 望海潮

## 登蓬莱阁

丹崖形峻，壁伸云绕，高擎琼阁飞亭。
蜃气楼台，烟霓幽洞，一帘天地丹青。
碧海送长风。
更堞雉余照，月挂沧溟。
螺链轻摇，
满帆归唱浪涛声。

古今过往匆匆。
叹秦皇汉武，未得长生。
太守五朝，徒留恨墨，引来多少诗情。
尘外堪迷蒙。
任鸥歌鹭语，万点渔灯。
多少人间仙境，
都在美梦中。

丹崖飞峻壁仲宣楼　高耸琼阁飞亭层气接台

烟霞通一帘天隆丹青碧海送长虹更蝶难

余恨月桂沧溟螺键轻桥满飘阵唱浪涛毂古今遇

桂每欢秦皇汉武未消长生太守五朝徒尚恨墨

引来多少诗情尘外境迷豪任鸥鹭语万点渔灯

多少人间仙境都在美梦中

王作言先生词往海潮登蓬莱阁　戊戌仲夏于北京　夔翁

书法·夔翁（张宝忠）

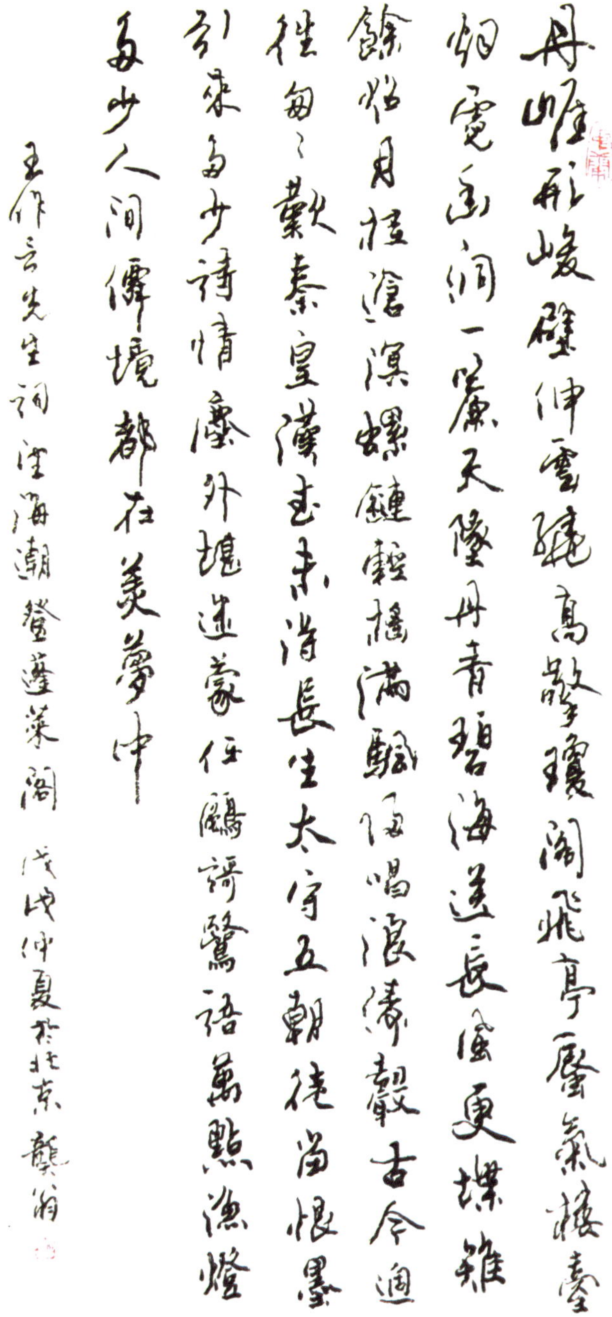

# 望海潮

## 再过嘉峪关

长空凝碧，绛河疏落，
孤楼淡影凋闲。
萦梦西凉，遥思唐汉，
城头画角声残。
今夜是何年？望沉寂丝路，昨日狼烟。
边塞谍书，
火追风撵向长安。

更催露重霜寒。
伴黄沙戈壁，雪域祁连。
曾记上回，苍天衮野，
几多壮志雕檐。
往事沉如铅。
对古钟高挂，暗换羞颜。
徒教雄关朗月，
无语话从前。

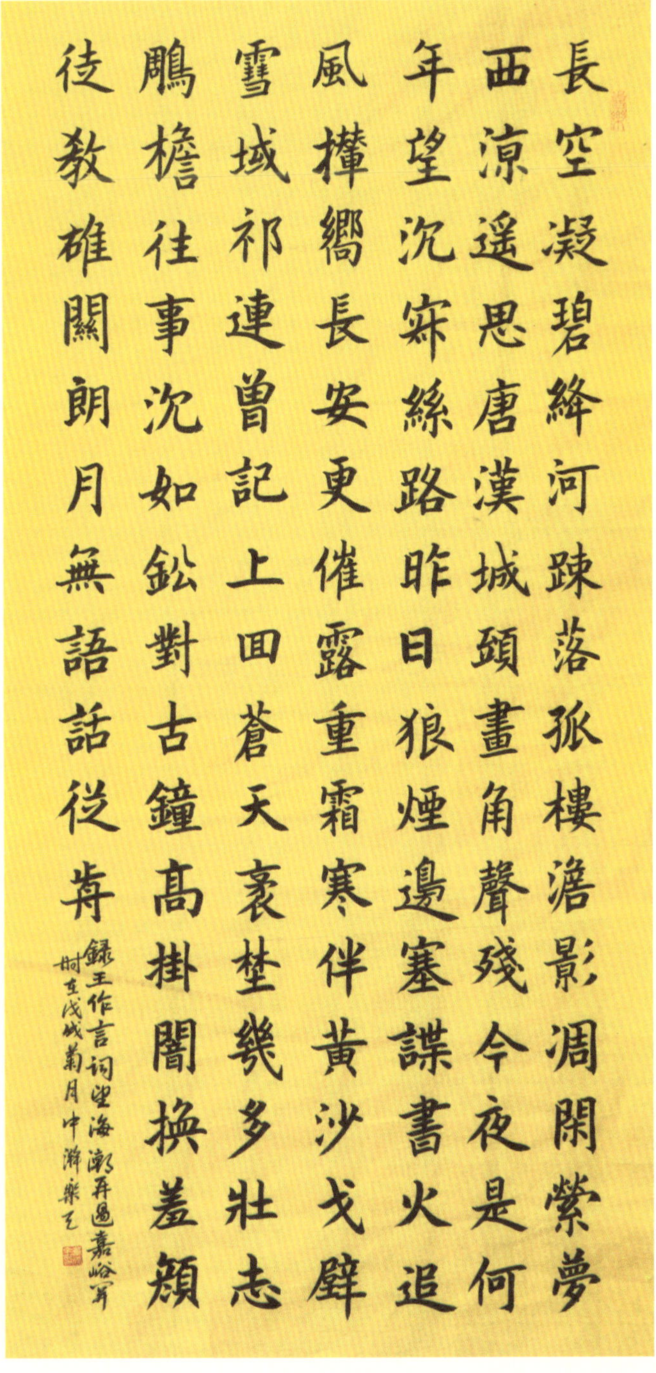
長空凝碧絳河疎落孤樓滄影凋閑縈夢
西涼遥思唐漢城頭畫角聲殘今夜是何
年望沉寐絲路昨日狼煙邊塞諜書火追
風攆嚮長安更催露重霜寒伴黄沙戈壁
雪域祁連曾記上回蒼天裒埜幾多壯志
鵬檐往事沉如鉛對古鐘高掛閣換蓋顏
徒教雄關朗月無語話從肯
録王作言詞望海潮再過嘉峪関
時在戊戌菊月中澣

书法·章秀全

# 桂枝香

## 泰山眺望

乾坤浩荡，正齐鲁乍青，朝旭初放。
万里秦川如绣，楚越春盎。
北疆沃野烟波里，
中原叠翠翻珠浪。
紫萦皇顶，雾熏脚下，
气收云涨。

自古江山英雄创。
念陈氏吴郎，铁寒金壮。
商洛王旗卷过，前廷宫阆。
虎门一炬成灰烬，
怒发冲冠后人唱。
烈魂无泪，天街常把，
岱宗相望。

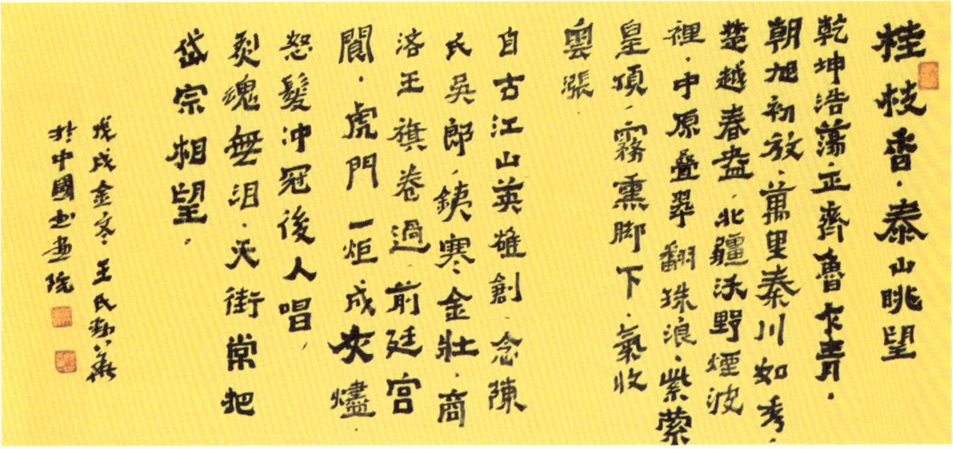
桂枝香·泰山眺望
乾坤浩蕩，正齊魯東青，朝旭初放。萬里秦川如秀，楚越春盎。北疆沃野煙波裡，中原疊翠翻珠浪。紫縈皇頂，霧熏腳下，氣收雲漲。
自古江山英雄創，念陳氏吳郎，鐵寒金壯。商洛王旗卷過，前廷宮闕。虎門一炬成灰燼，怒髮沖冠後人唱。烈魂無淚，天街崇把，岱宗相望。
戊戌金秋 王氏勁華 於中國書畫院

书法 • 王劲华

# 桂枝香

## 落叶吟

阶前柳院，奈夜里西风，落金吹遍。
沙沙帘栊声碎，枝头消半。
远山近岭今时改，
雨魂云魄芳心乱。
望归途上，迟迟几翼，衡阳孤雁。

莫教宋玉吟《九辩》。
恐旧恨方纾，又来新怨。
不如随波去也，付予江畔。
化成泥土思明日，
败痕离处重相见。
婆娑情韵，婀娜风态，万般无限。

阶前柳院奈夜空莺落金吹遍沙崖摇鼙俺枝
颈消半色延巅时坡皎芳家晓
途迟翼衡阳孤雁莫教宋玉九辩怨书
恨方纤子新怨随波去也付予江畔化
泥土思明日驭痕家垂相见婆娑韵娜
娜风新敏无限

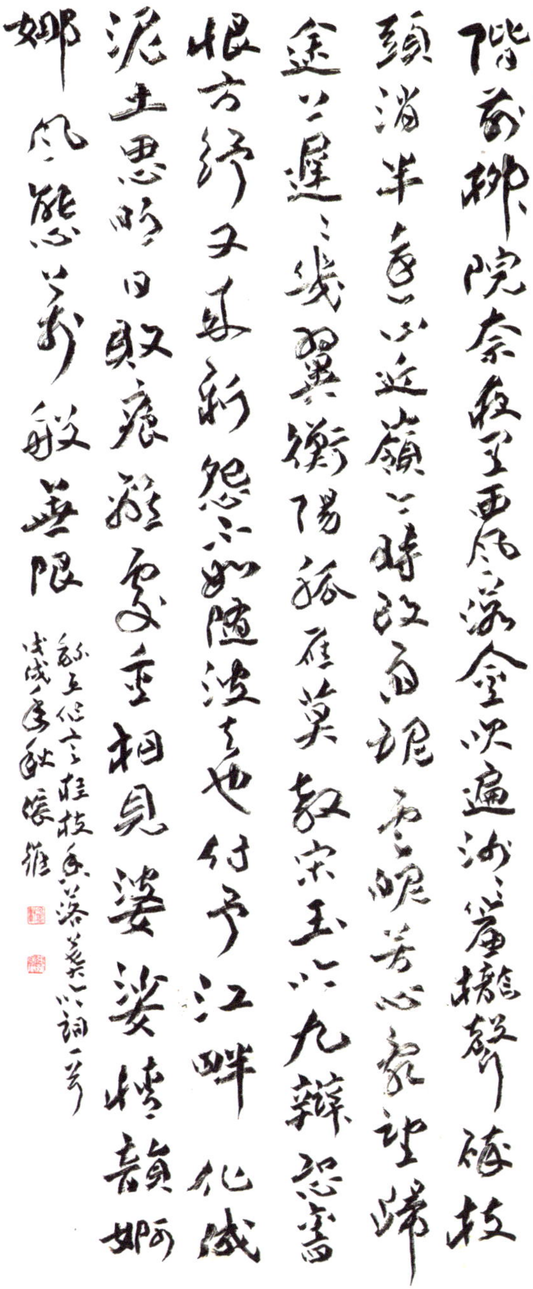

书法·张维

# 水调歌头

## 重阳登高

九月几时九，今度又重阳。
闲把层楼独上，海阔韵风长。
何来前时鸥雁，多少狂雨凶浪，
任是自飞翔。
人在轻晖里，霜重菊花黄。

春丝尽，秋声起，古难抗。
莫学二晏①，
飞花恨罢落叶伤。
天有阴晴雨雪，业在兴衰成败，挥就是文章。
但采凌云志，
潇洒驾天罡。

注：（1）“莫学二晏”两句中的“二晏”为北宋时期的太平宰相晏殊和其七子晏几道。父子均是著名词人，面对春去秋来写了很多感伤惆怅的词句。

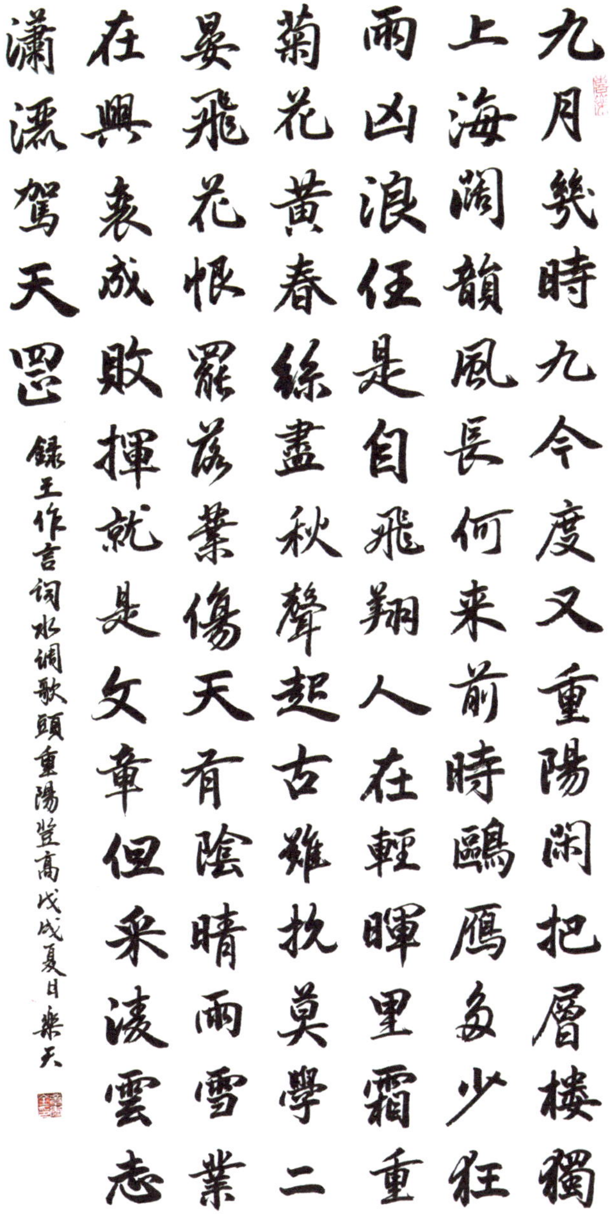
九月幾時九今度又重陽閑把層樓獨
上海闊韻風長何来前時鷗鴈多少狂
雨凶浪任是自飛翔人在輕暉里霜重
菊花黃春絲盡秋聲起古難執莫學二
晏飛花恨羅落葉傷天有陰晴雨雪業
在興衰成敗揮就是文章但采凌雲志
瀟灑駕天罡
錄王作言词水调歌頭重陽登高戊戌夏日樂天

书法·乐天（章秀全）

# 水调歌头

## 咏蝶

羽蜕尘寰外，飞入绣窗前。
画须罗翼轻展，婀娜自悠然。
方吮新枝朵朵，又理斜晖片片，
向晚任等闲。
更与追蜂影，芳丛舞翩跹。

春香采，花期占，皆婵媛。
此情应是、庄梦化罢又青鸾。
曾记西园酥雨，
池涨蛙声渐远，
廊下尽缠绵。
怕惹东风醒，
恍似在人间。

羽蜕尘寰外飞入绣幨前画阁罗翼轻展
娴娜自悠然方晚新枝朵又理斜晖片向
晚任等闲更兴追蜂影芳丛翩跹春香
採花期佑皆蝉媛此情应是庄瀛化罢又
青鸾曾记西园酥雨池涨蛙鼓渐远廊下
尽缠绵怕惹东篱醒恍似在人间

王作言先生词 水调歌头咏蝶 戊戌初夏 龔翁

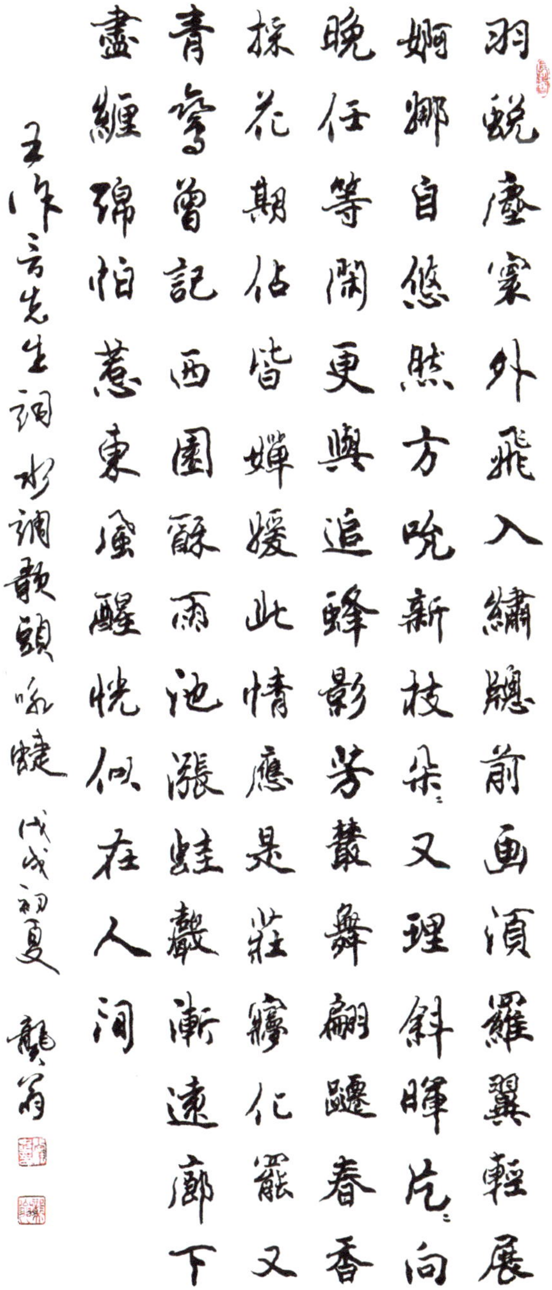

书法·龔翁（张宝忠）

# 水调歌头

## 梦回母校

依旧琴台月，脉脉上轩窗。
窗前俏影何处？
经岁画枯黄。
犹记青林似哺，赫赫参天巨木，露雨又娇阳。
且道均材器，
梁柱固家邦。

浑然是，红砖楼，雪白墙。
台前人面非故，熟语话耳长。
勤为晨浇暮灌，乐在春挥秋洒，
耗尽老肝肠。
明月年年照，
人伴月沧桑。

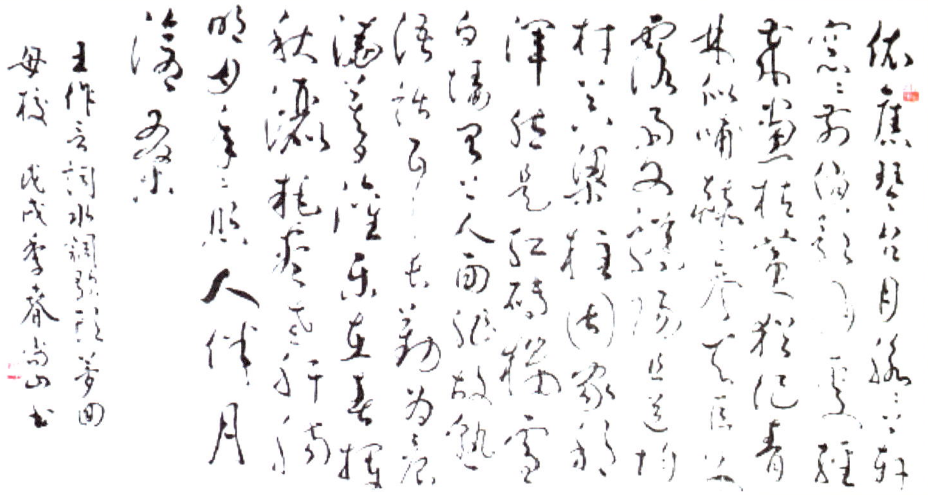

书法·尚山（张明智）

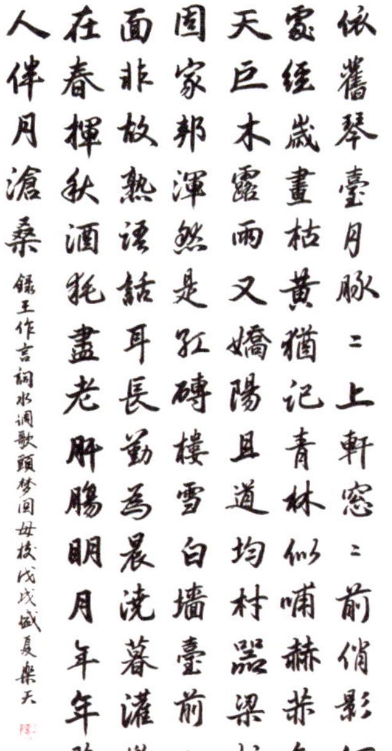


书法·乐天（章秀全）

# 水调歌头

## 生日感怀

往事知几许，岁月暗穿梭。
一盏清醇荡起，千顷万重波。
帘外银光澄澈，
肝胆洁莹曾照，气壮举山河。
未与卢生面，
不识有南柯。

残更漏，眠丝断，尽陂陀。
颜怯容消金镜，斗米比廉颇。
怎奈浮生如梦，
谁教流年似水，尘世叹何多。
八百风霜路，
三叠水调歌。

往事如烟诉 岁月暗蹉跎 一盏清醇吴越 千顷万重波 鉴外银光潋滟 肝胆浩溏曾怕气 壮丽山河未兴 平生面不识 有南柯 残更遍

瞑丝断 尽限 阮颜情容消 金镜斗米此庶郎 怎奈浮生如梦 谁教流年似水 尘世叹何多 八百蜃霄路 三叠水调歌

王作言词水调歌头 生日感怀 戊戌初夏 夔翁

书法·夔翁（张宝忠）

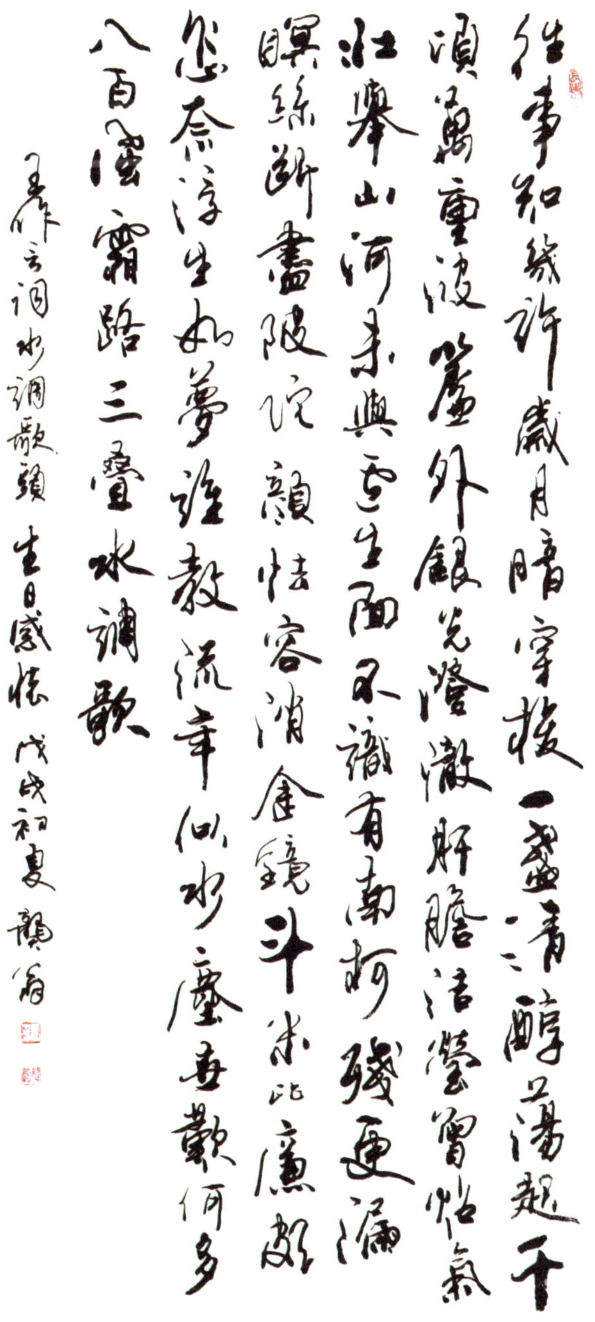

# 水调歌头

## 初冬游里海

空碧流云动，海阔浪潮汹。
莫道冰霜水渚，乐在骇涛中。
天际舟帆点点，身下游鱼簇簇，
举首送鸥翃。
几曲溟王路，
半卷快哉风。

察寰世，思云化，贯长虹。
男儿生就钢骨，何惧赛蛟龙？
任汝寒烟似罩，哪管藏礁如壁，
看过一毫轻。
多少遗憾事，
都由转头生。

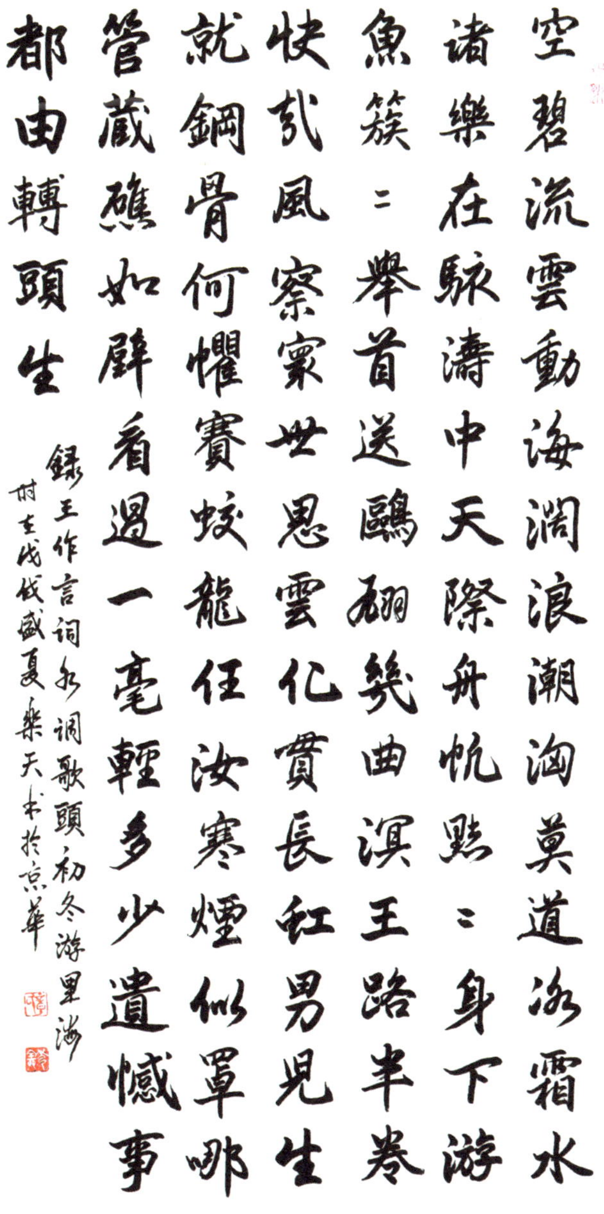
空碧流雲動海濶浪潮洶莫道冰霜水
諸樂在脉濤中天際舟帆點點身下游
魚簇簇舉首送鷗翔幾曲溟王路半卷
快哉風察寰世思雲化貫長虹男兒生
就鋼骨何懼賽蛟龍任汝寒煙似罩哪
管藏礁如辟看過一毫輕多少遺憾事
都由轉頭生
錄王作言詞水調歌頭初冬游里海
時在戊戌盛夏樂天書於京華

书法·乐天（章秀全）

# 水调歌头

## 斯德哥尔摩观波罗的海日出

浪平晨风淡，天近见轻氤，
人道羲和六龙，
车驾舞祥云。
须臾皱波疏摇，断处红霓染遍，
万顷溟香熏。
惊诧扶桑外，
昳女出浴盆。

西施面，飞燕容，玉珠裙。
将梳暗妒夜蟾，
羞避为冰轮。
催觉生灵魂魄，携来乾坤共照，
日气资暄春。
男儿自当惜，
今朝好时辰。

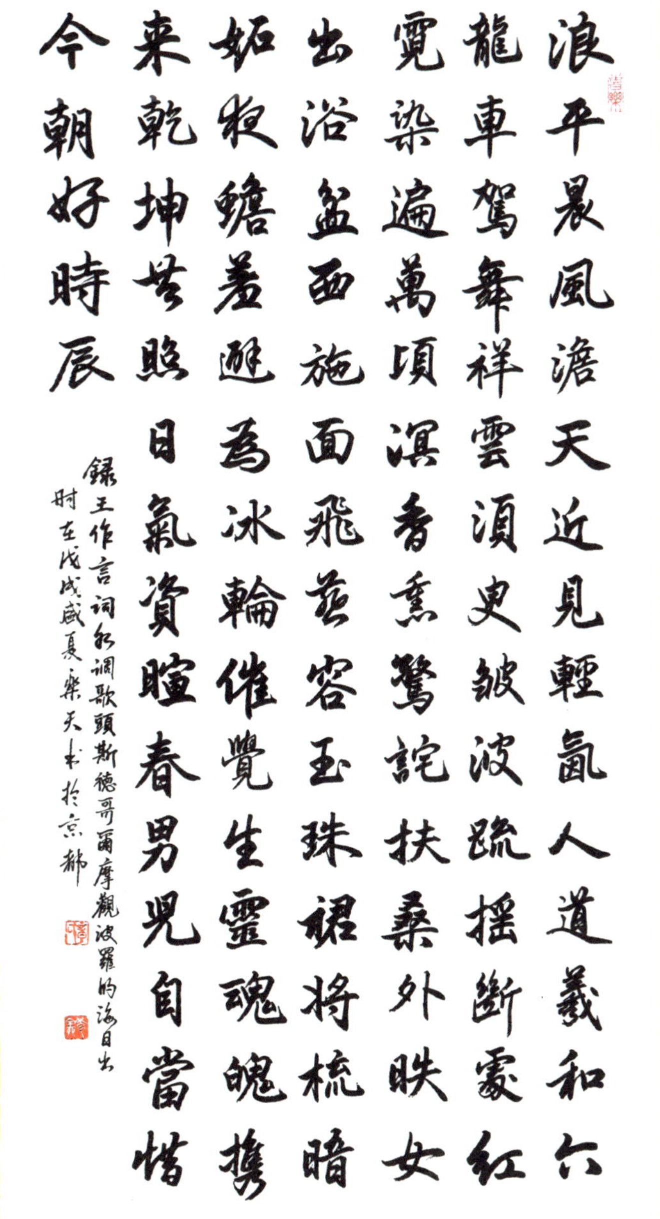
浪平晨風澹天近見輕氤人道羲和六
龍車駕舞祥雲須臾皺波蹴摇斷靄紅
霓染遍萬頃溟香熏鷺詫扶桑外朕女
出浴盆西施面飛燕容玉珠裙將梳暗
姤粧饞羞避為冰輪催覺生靈魂魄攜
來乾坤普照日氣資膛春男兒自當惜
今朝好時辰
錄王作言词水调歌頭斯德哥爾摩觀波羅的海日出
時在戊戌歲夏樂天书於京都

书法·乐天（章秀全）

# 水调歌头

## 受任《国际商报》总编辑感怀

燕赵初回暖，楚越已阳春。
百尺琼楼独上，袅袅紫烟熏。
俯仰苍天沃野，
一览高山流水，
万里好乾坤。
多少英雄志，
从古写到今。

此间事，无从计，顿千钧。
时来斗转星换，岁月正流金。
妄敢眉韬胸竹，料得栖风沐雨，
更有露霜侵。
鸿雁窗前过，
知我几寸心？

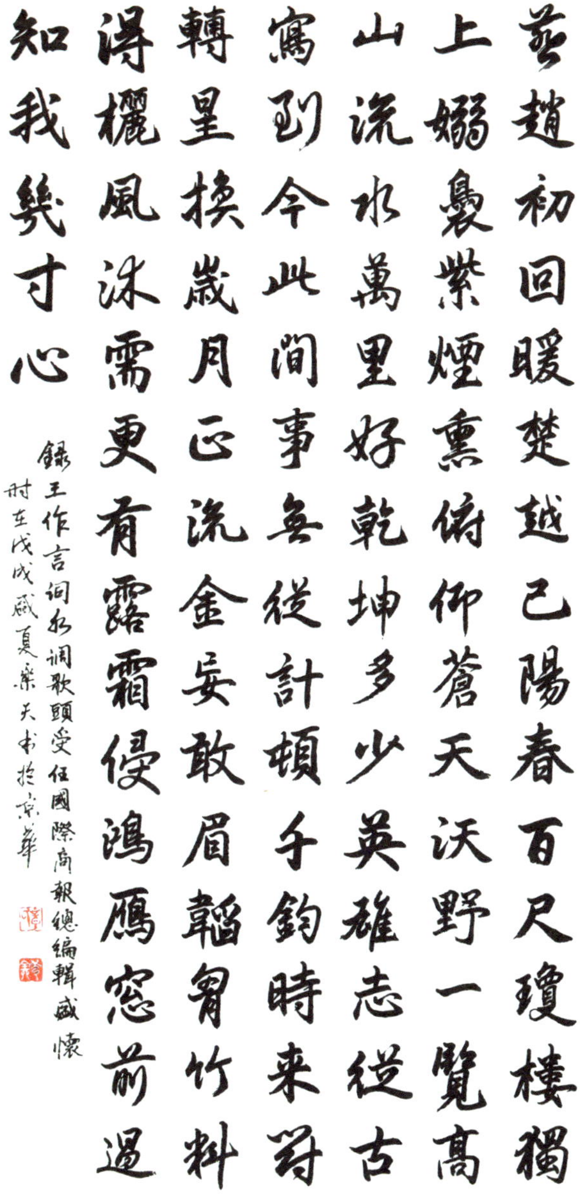
莫道初回暖楚越已陽春百尺瓊樓獨
上嫋裊紫煙熏俯仰蒼天沃野一覽高
山流水萬里好乾坤多少英雄志從古
寫到今此間事無從計頓千鈞時来對
轉星換歲月正流金安敢眉韜胷竹料
得攪風沐需更有露霜侵鴻雁窗前過
知我幾寸心
錄王作言詞水調歌頭受任國際商報總編輯感懷
時在戊戌歲夏樂天书於京華

书法·乐天（章秀全）

笔情墨意

# 钗头凤

## 咏牡丹

琼芳荟，凝香佩，
紫绯青碧惟此醉。
风熏冠，云蒸面，
天赐仙姿，落惊鸿雁。
叹，叹，叹。

魂魁慰，羞言媚，
巷扉朱户无贱贵。
初霞羡，余辉恋，
最恨西风，夜偷堤岸。
慢，慢，慢。

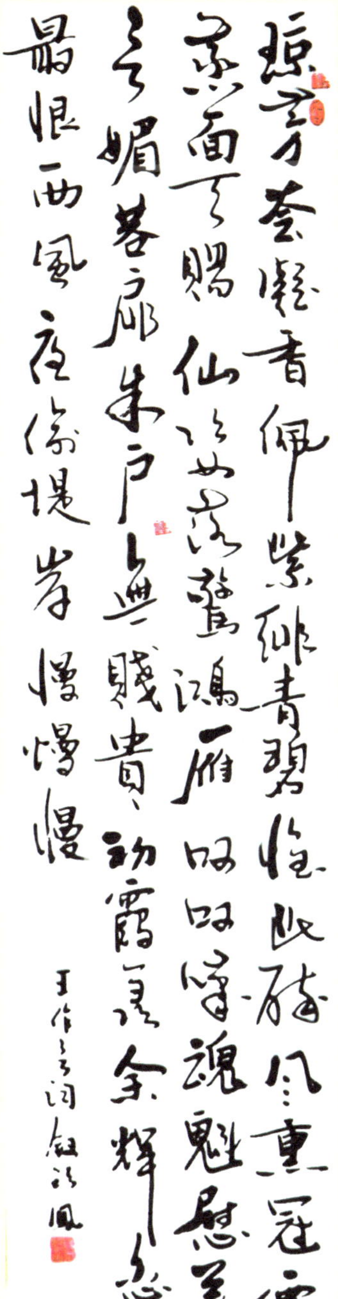

书法·杨秀仁

# 点绛唇

## 九寨沟赏水

九寨葱茏，
淌一沟绿风银浪。
碧池珠漾，
直透三千丈。

古木栖鱼，
系蓝天云上。
实难忘，
秀水神觋，
世间独此酿。

九寨□鱼龙□一泓绿
□□银浪碧□珠□
直遥三千丈古木栖
鱼系蓝天云上卖
□岁□□神眈世
□独此顽

王作言词 杨秀□书

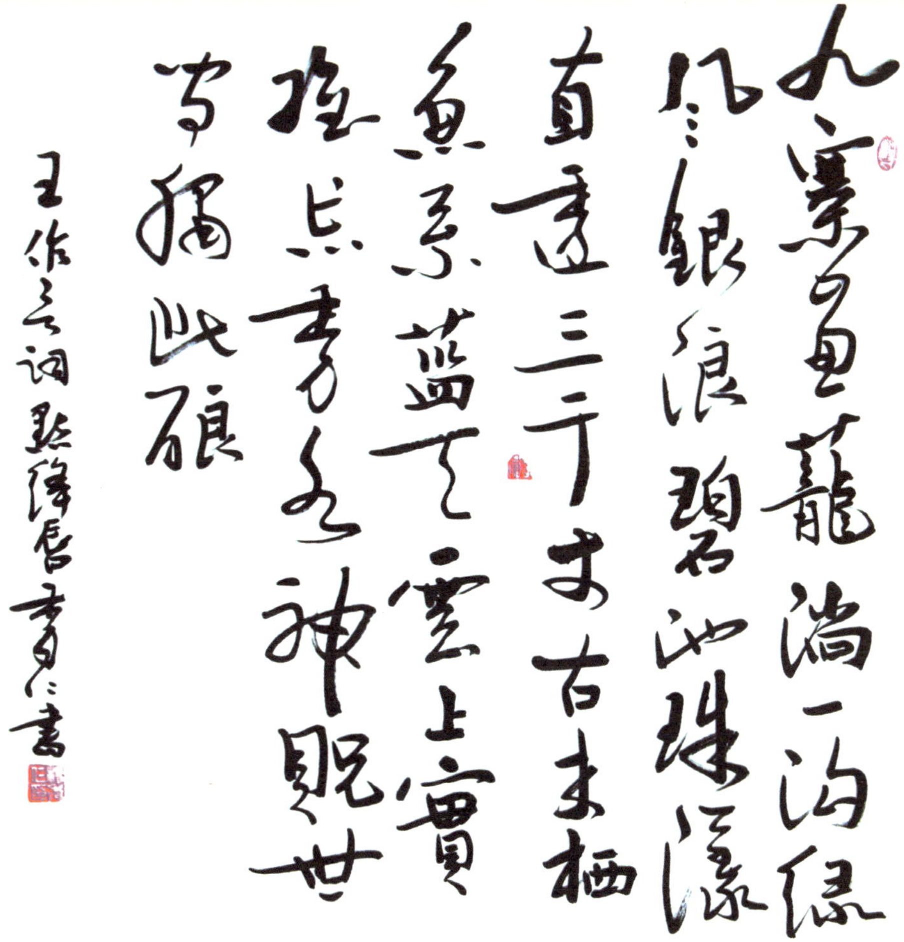

书法·杨秀仁

# 点绛唇

## 菊　颂

岭陌人家，
洁妆玉雅芳如许。
几多霜雨，
常作秋风旅。

荟叶修枝，
舞尽蝶蜂曲。
听吟语，
睿思千缕，
怎奈窈窕女。

喑哑人家情似玉雅方如

许风多身霜乃常作秋

风旅荟弃俏枝舞史

喧婚曲听吟语書里

千陈怎奈家寂如

王作言词联律启事作言书

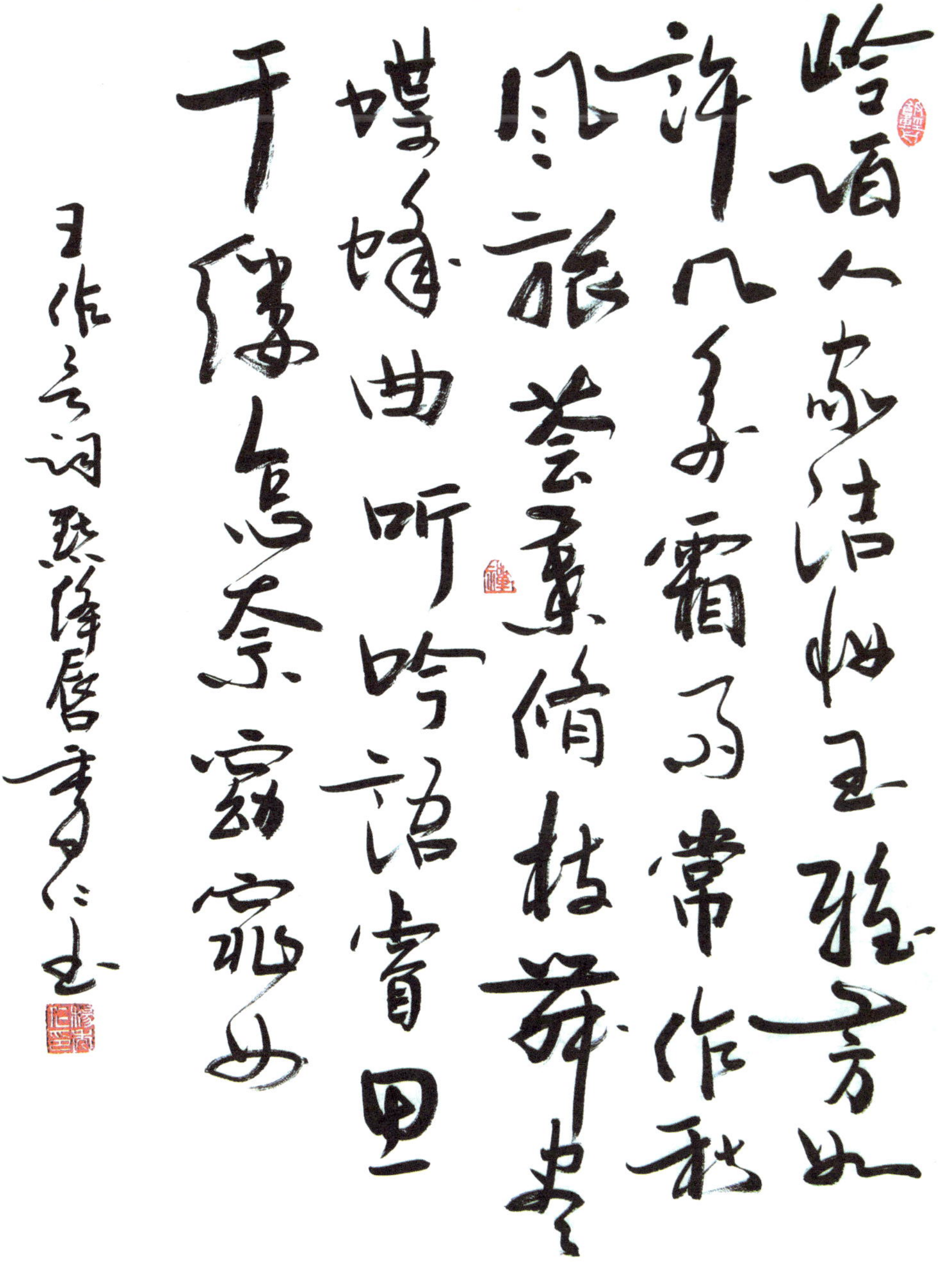

书法·杨秀仁

# 点绛唇

## 秋夜投宿祁连山下

眉黛绵延，
秋风先把祁连管。
霜铺胸袒，
一片青荫剪。

故国烽烟，
历历沙尘碾。
流光远，
玉关情缓，
马啸声婉转。

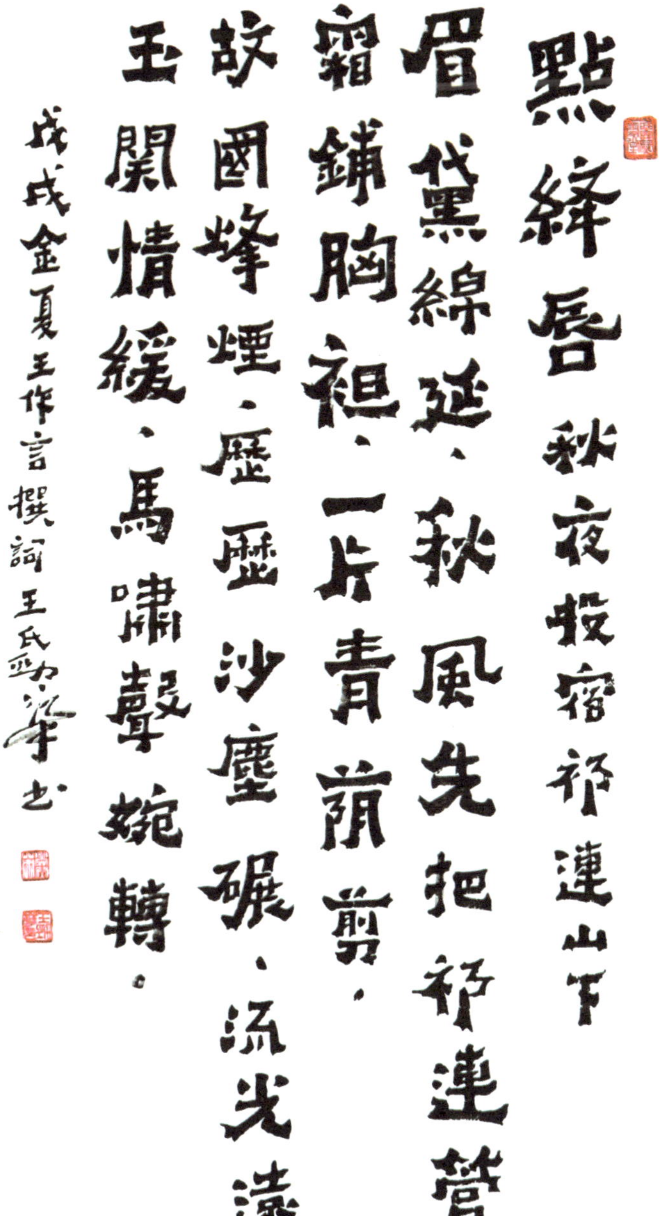
點絳唇 秋夜投宿祁連山下
眉黛綿延、秋風先把祁連營。
霜鋪胸袒、一片青萷翦、
故國烽煙、歷歷沙塵礫、流光遠。
玉關情緩、馬嘯聲婉轉。
戊戌金夏王作言撰詞 王氏劲华书也

书法・王劲华

# 点绛唇

## 暮春花落

漫野芳华，
东风忍忌红花妒。
谁言花护，
吹落红无数。

断魄残魂，撒遍漂流处。
青春付，
一生一度，
笑向子规路。

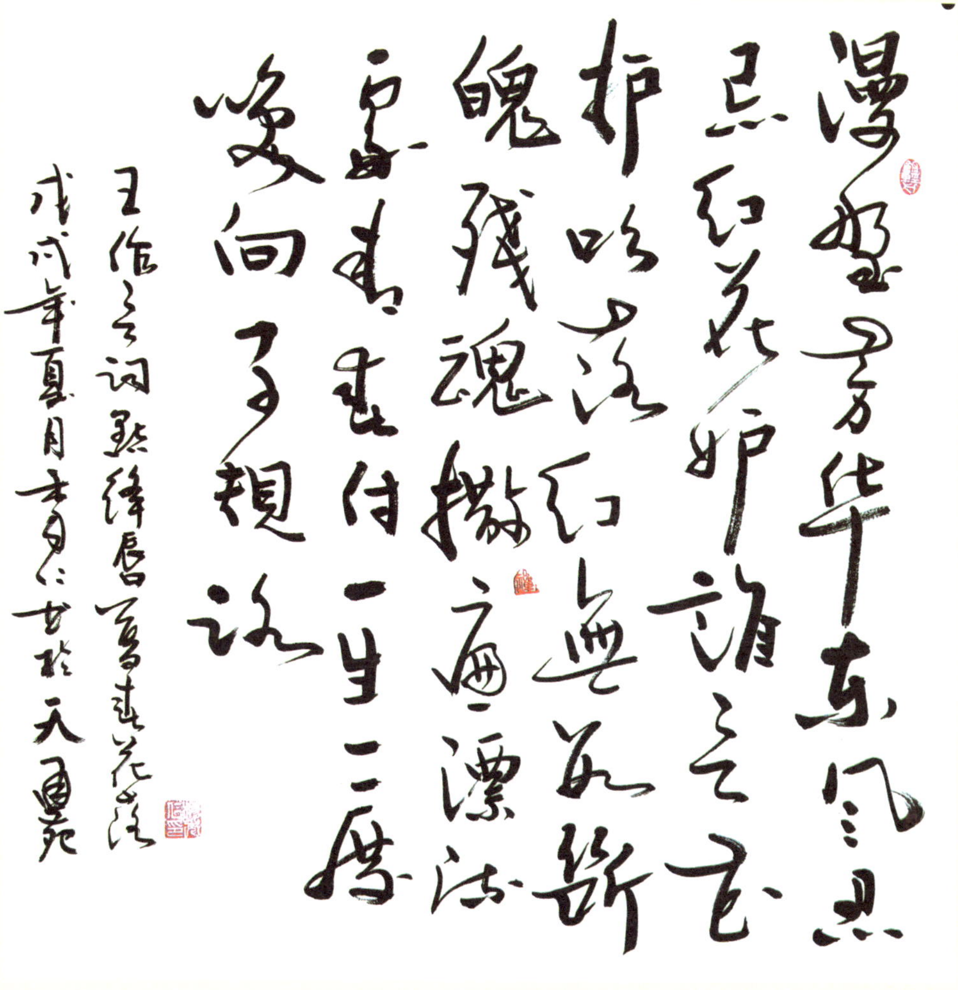

书法·杨秀仁

# 蝶恋花

## 离别

憨月将阑星欲瘁，
更漏频催、
夜睡人难睡。
不尽江河秋浪沸，
东枝露鸟啼心愦。

冷面低栏实可恚，
去又唤回、别语声声碎。
渐去渐远铅步退，
影身独立珍珠泪。

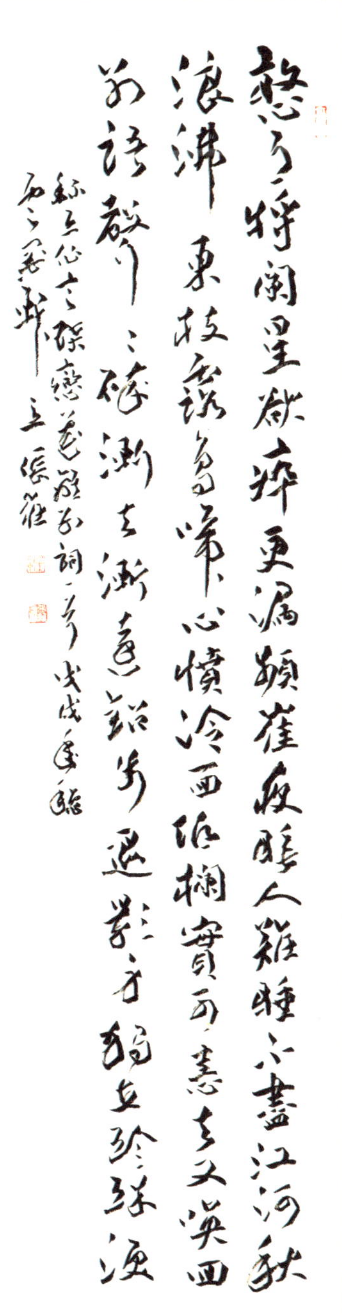

书法 • 张维

# 蝶恋花

## 冬　至

云暮低沉风似箭，
落碎难寻、别了离亭雁。
怅望烟笼雪花漫，
枯枝方遂三冬愿。

夜里莺声轻又断，
不到阳春、争与春光面？
都是廊前梅俏隽，
芳情惹我神丝乱。

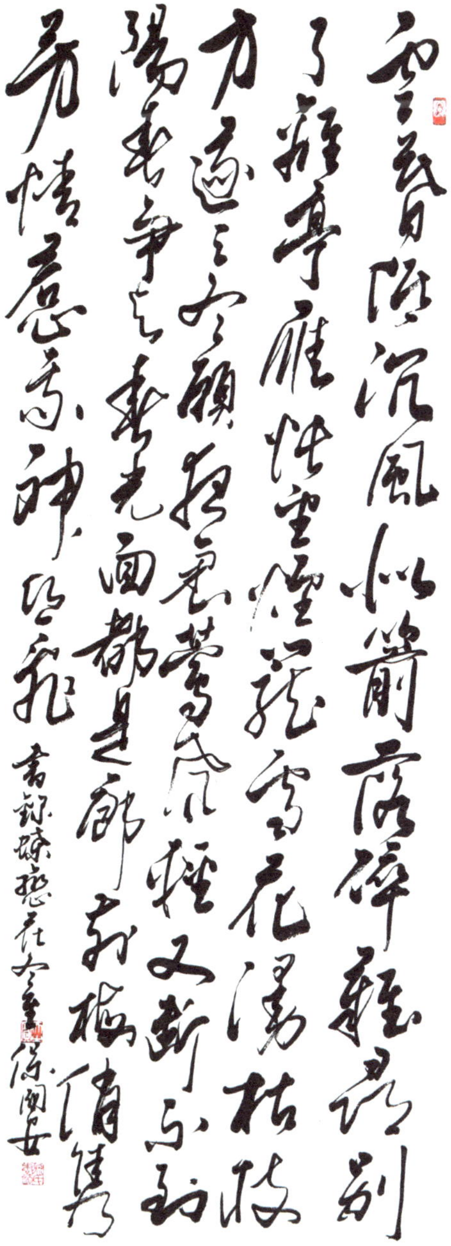

书法 · 保国安

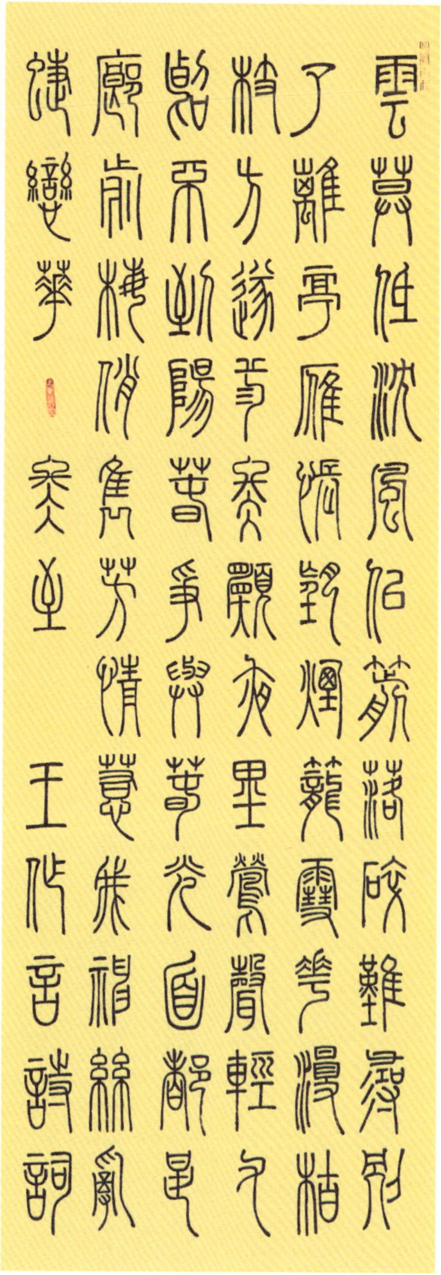

书法 · 王海鳫

# 风入松

## 夜箫

凤凰台上夜闻箫，
雨打芭蕉。
声声都是心头泪，
一滴滴、透湿凉宵。
日久不堪鸾镜，
黛眉锁、俏容凋。

长亭十里几回艄，
无语悄消。
三秋未过音信绝，
莫非他、换了新袍？
但问归来空雁，
此情奴怎开销。

鳳凰臺上夜聞簫雨打芭蕉聲聲都是
心頭淚一滴滴透濕良宵日久不堪鸞鏡
黛眉銷俏容凋長亭十里幾回艄無語悄
消三秋未過音信絕莫非他換了新袍但問歸
來空雁此情奴怎開銷

王作言詞 盧景書

书法・卢景

# 贺新郎

## 家乡大海情恋

终为蓬壶眷。
任徐风、追抚碧浪，
暮思晨盼。
淡雾流云穿白鹭，
望处渔舟一片。
更托出朝阳滢遍。
犹记儿时初试网，
挂新帆、鱼跃桨花溅。
飞入梦，未曾断。

丽天赫赫秋华转。
向坨玑、痴求蜃气，落曛偷换。
谁遣广寒轻泻月， 绿岛冰洁如幻。
远望处、长笛芭扇。
若驾蛟龙巡四海，又恐它、只把深宫恋。
神难定，过飞雁。

终为蓬壶卷住徐风追桂碧浪

万里晨昀凌雾沉处牵云家

渔母弓夹拄出朝阳滢遍舵记界

时初试细挂新帆童跳梁莞瀫飞人

梦天百断霁霁秋华转向坯

残痴林历乱添烟偷损谁遣广寒

轻溜月绿鸟泳澈幻远许多方

蓬苣扇骄骄艇巡海又忽它只把

深宫恋神难宣遍九阍

铃王心言贺新郎词家以天涯情恋
戊戌夏庆阳野立张维

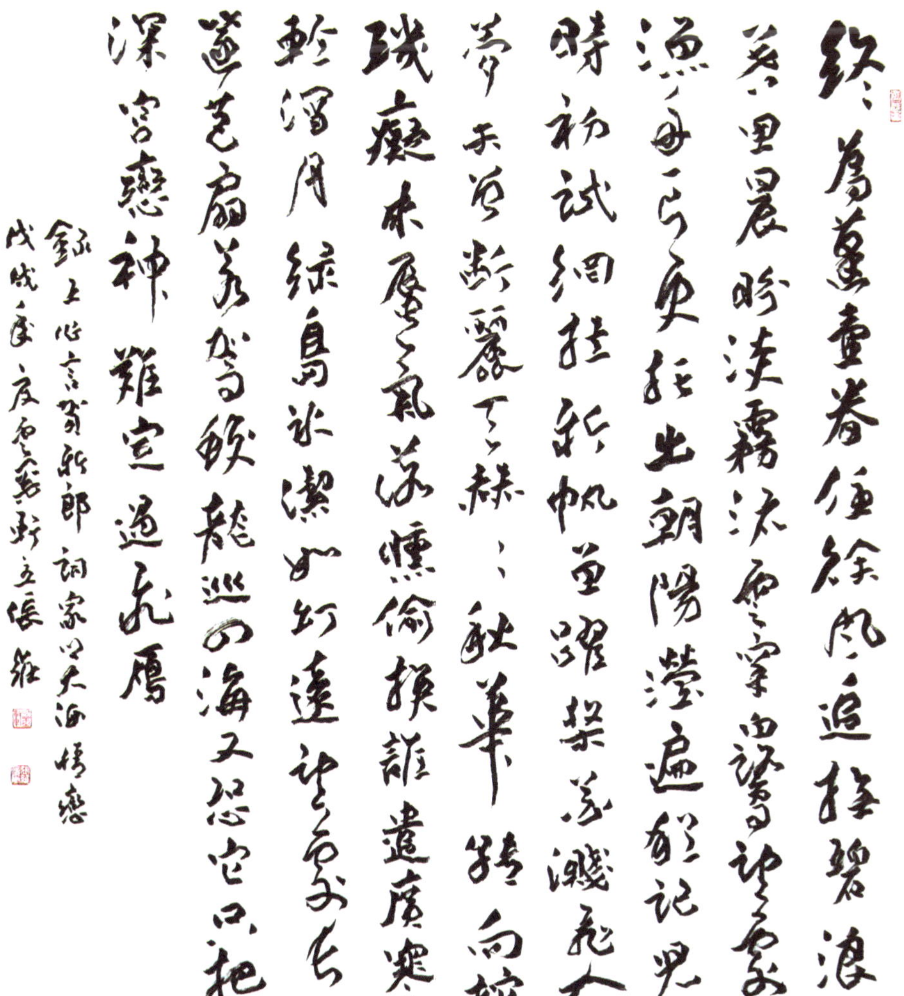

书法·张维

# 浣溪沙

## 回兰州

天上黄河欲转头，
皙皙圆塔雁悠悠，
白云飘过见兰州。

秃岭尘沙抽身去，
嫩荫翠帐两山酬，
问君何处悦宾楼。

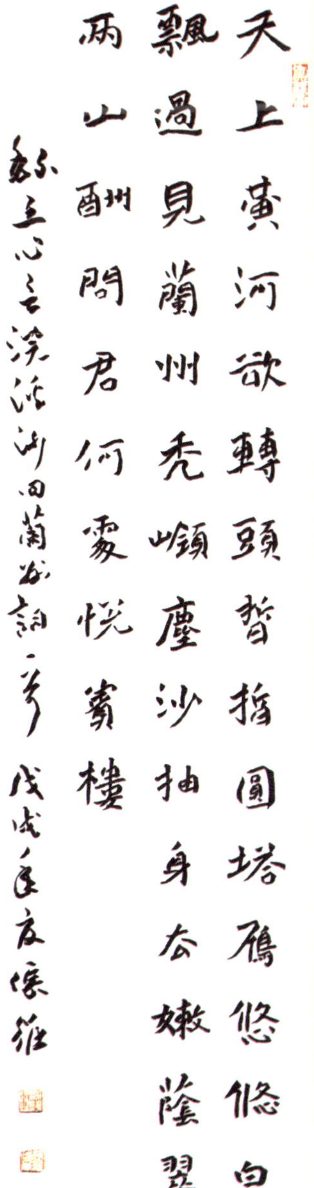


书法·张维

# 浣溪沙

## 题芷窈竹海寻风

竹海松涛向梦吟，
一江春水洗诗心。
湘妃何故泪沾巾？

不笑花间争美艳，
只凭高节傲时人。
红尘无奈画中寻。

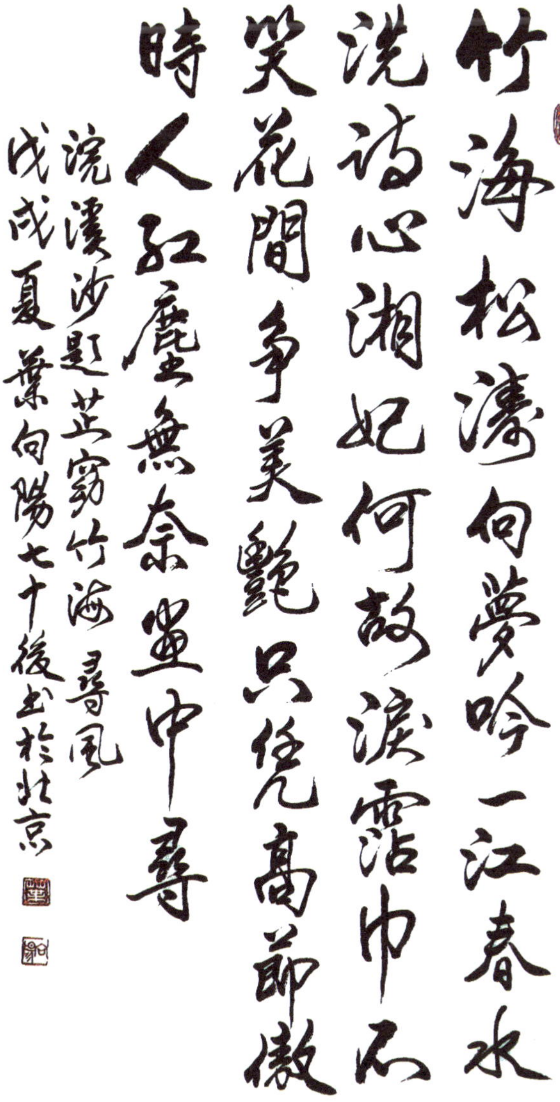
竹海松濤向夢吟一江春水
洗詩心湘妃何故淚霑巾不
笑花間爭美艷只凭高節傲
時人紅塵無奈望中尋
浣溪沙題芷窈竹海 尋風
戊戌夏葉向陽七十後書於北京

书法·叶向阳

# 江城子

## 游梦归乡

夜来风雨上帘窗，
梦飘扬，
忽回乡。
灯下飞针、儿娇赛海棠。
邻舍高堂拥满炕，
西家短，
东家长。

唧唧喳喳燕栖梁，
隔南墙，
逗鸡羊。
唤起薄躯、头热木床凉。
窗外但听鸿雁报，
来信了，
水那方。

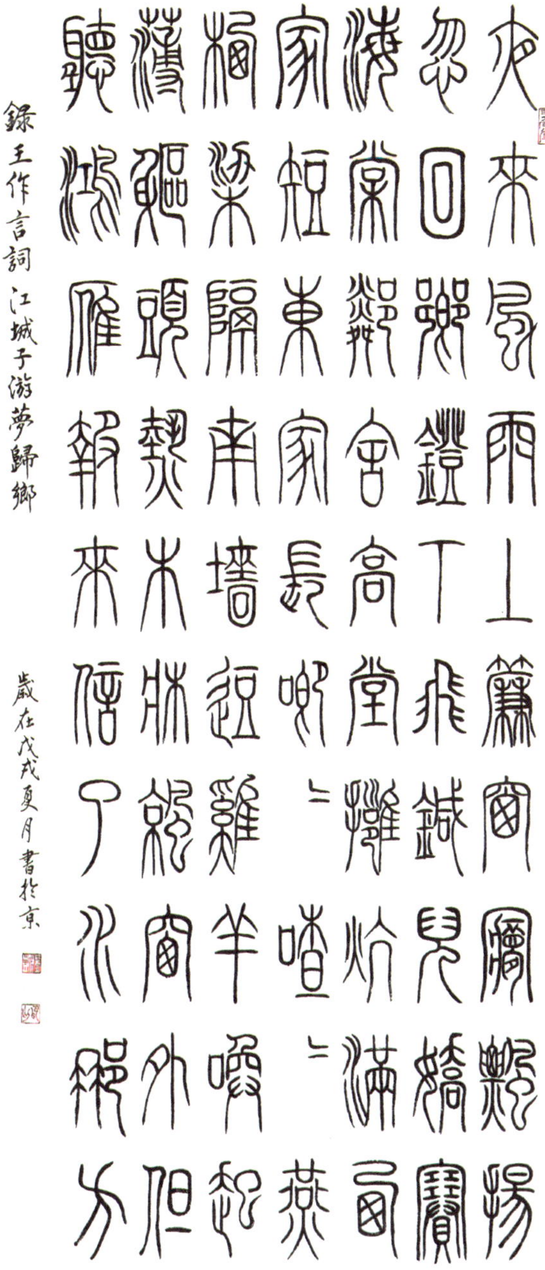


书法 • 杨凯

# 江城子

## 盖新房

燕山脚下潮河旁，
地基夯，砌砖墙。
爆竹声声、借得雨浇梁。
柳泻残阳偷看去，
红瓦顶，宝石窗。

庄户人家费周详，
披风霜，累肝肠。
血汗挥洒、莫不为儿郎。
应是良辰心境好，
思来日，娶新娘。

开春以来，吾所认识的一个小山村，几家农户纷纷忙于盖房，其欢悦之情，不亚于城里富贵人家建造豪华别墅。

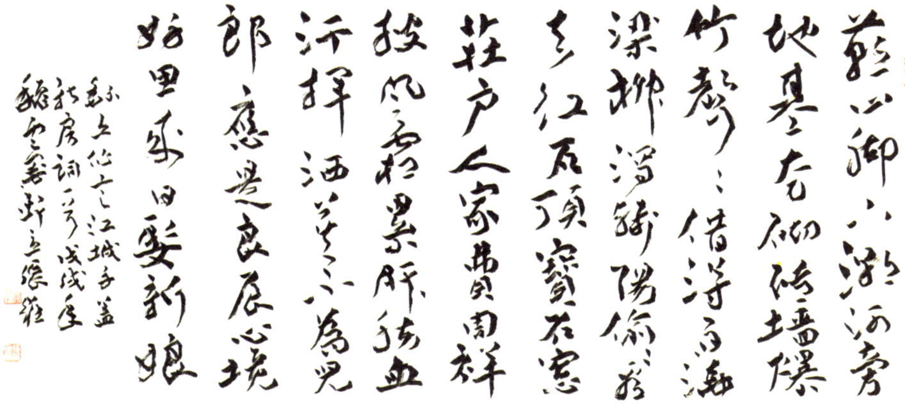

书法 • 张维

# 江城子

## 向友人祝贺蛇年春节

夜来飞雪落京州，
素装披，绿衣收。
好个龙蛇、腾越送归秋。
莫为往事常相歉，
君不见，路悠悠。

阳春时节上高楼，
放歌喉，唱全球。
大江东去、千里不曾休。
且待初雨邀美酒，
问天下，谁风流！

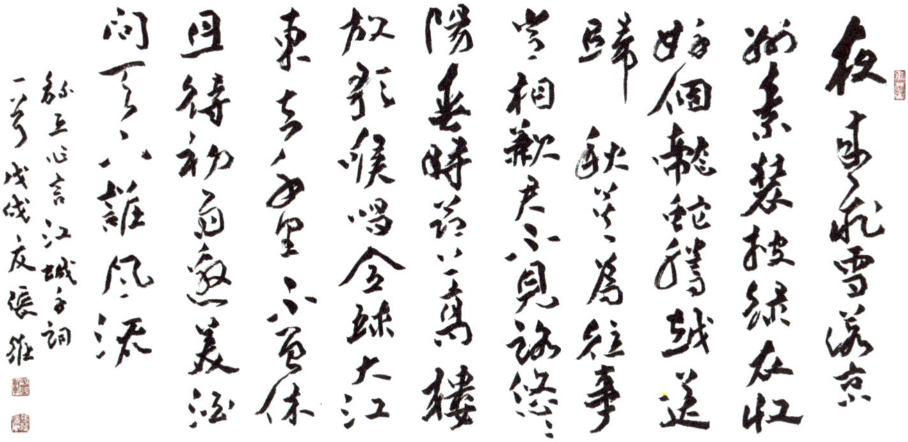

书法·张维

# 江城子

## 雨中远望华清宫①

骊山黯淡御宫藏，
习风凉，泪千行。
不见红尘、一笑荔枝香。
空做②胭脂马嵬梦，
两捧土，话枯桑。

江山丽人系帝王，
看兴亡，也荒唐。
玉树花湿、多少女儿妆。
怎奈③仙乡徒盟誓，
京路远，蜀山长。

注：(1) 华清宫在今陕西省临潼县骊山脚下，是唐玄宗开元十一年（公元723年）修建的行宫。(2) “空做”三句：南朝陈后主贵妃张丽华在隋兵攻破建康时，与陈后主躲入景阳殿的胭脂井里，被搜出杀害。而唐玄宗贵妃杨玉环则在安史之乱中于公元756年被逼迫缢死在陕蜀途中的马嵬坡。张丽华葬在秦淮侧畔，杨玉环则葬于渭水滨。(3) “怎奈”句：传说杨贵妃死后，玄宗命方士在海外仙山找到了杨贵妃，杨贵妃当年曾与玄宗订立“愿世世为夫妻”的盟誓。

骊山晴淡御容娇 习习风流渡晓 不见红尘一骑荔枝

香风微微胭脂 香梦两臻土话朴桑江心题人 王言兴

远菜庭玉树 湿 奈仙乡徒盟誓烹诛 远

罗山长 江城子词自平 叶清宫戊戌春 张维

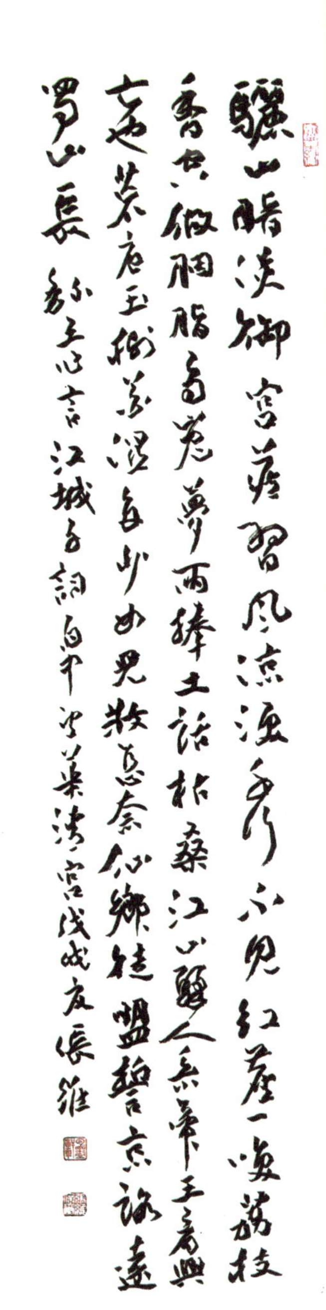

# 江城子

## 黄　昏

西山日落近黄昏，
小乡村，
晚烟熏。
陌上人喧、飞雀闹纷纷。
家种菜蔬随手摘，
油绿绿，
湿淋淋。

悠闲自适不知贫，
草鱼新，
土鸡纯。
更有乡邻、大碗敬如宾。
人去茶来吟李杜，
风柔软，
院幽深。

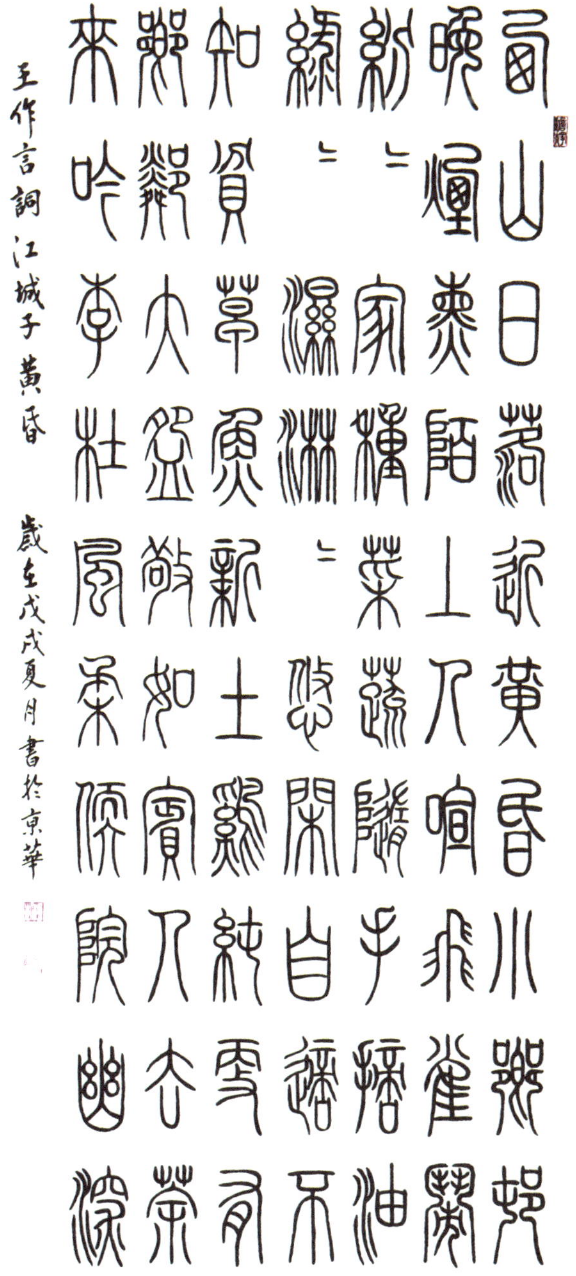
王作言詞 江城子 黃昏
歲在戊戌夏月書於京華

书法・杨凯

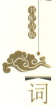

# 江城子

## 高昌[1]访古

长安春胜晚高昌，
一丝香，满庭芳。
大漠烟尘、滚滚暗胡羌。
枕上[2]鸡鸣王妃恨，
天下乱，北凉亡。

梵宫[3]零落断麻桑，
小朝纲[4]，领敦煌。
箭弓随身、挂佩兽纹装。
古道黄天车马地，
风猎猎，野茫茫。

注：（1）高昌在新疆吐鲁番境内，东晋十六国时在此设郡，五世纪后建立王国，公元640年唐王朝平定高昌。（2）“枕上”句：指北凉开国之主沮渠蒙逊夫人彭氏死后随葬的鸡鸣枕。（3）“梵宫”：明朝陈诚奉命出使西域经过高昌时，目睹残垣断壁写了一首诗，其中有“梵宫零落留金像，神道荒凉卧石碑”。（4）“小朝纲”四句：北凉割据吐鲁番时，弹丸之地的高昌太守沮渠封戴被谥封为敦煌太守，遥领敦煌。死后下葬随身佩带弓箭，穿戴红地兽面纹锦袍。

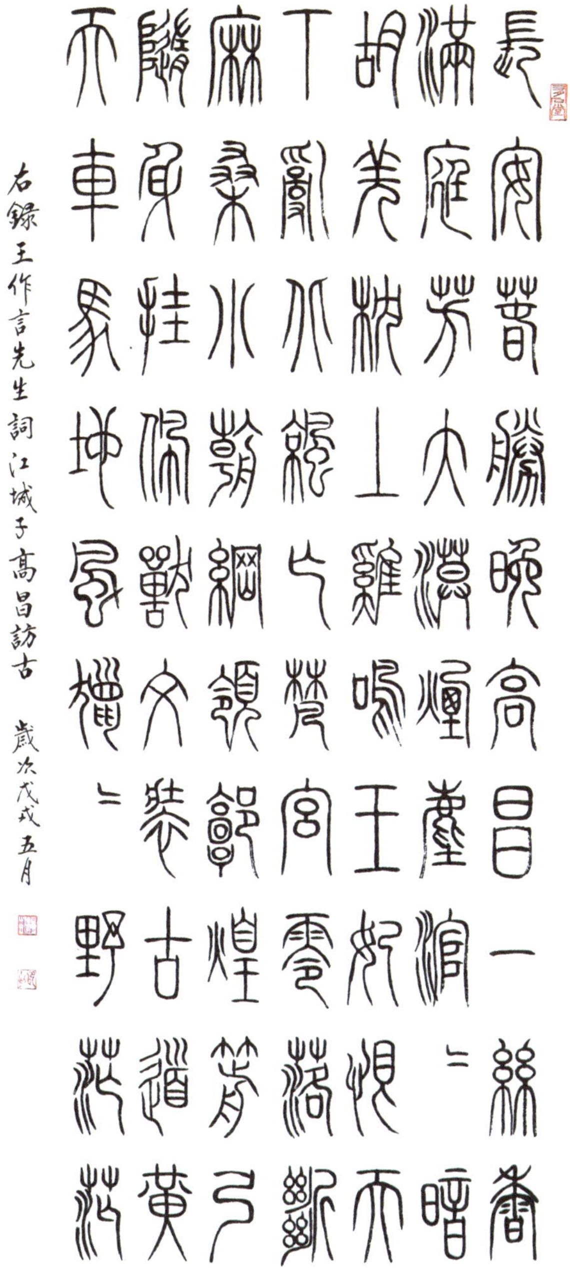
右錄王作言先生詞江城子高昌訪古
歲次戊戌五月

书法 • 杨凯

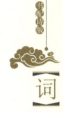

# 江城子

## 赠张喜云大使

赤肝碧胆炳忠心，
别乡亲，
为乾坤。
异水它山、冷眼向风云。
韬略盈怀犹奋力，
人作本，
广交深。

烽烟一路染征尘，
大义申，壮胸襟。
血汗催开、四海艳阳春。
猎猎红旗当头照，
翻史册，
见功勋。

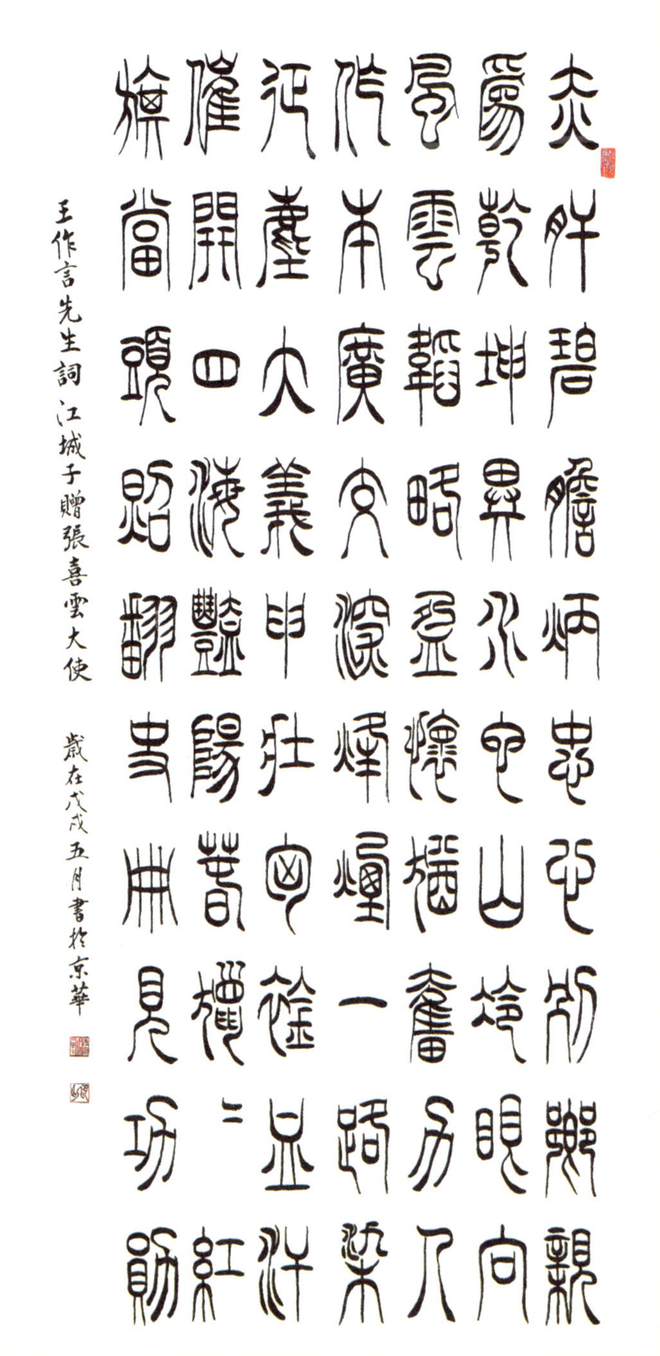
王作言先生詞江城子贈張喜雲大使
歲在戊戌五月書於京華

书法·杨凯

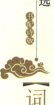

# 江城梅花引

## 次钱亚薇女士韵

沉浮成败远山遥。
夜迢迢，月迢迢，
眼下风霜，不识旧时袍。
恶水险峰身后事，
回首处，乃惊魂，
似浪涛。

浪涛、浪涛，渐平消。
酒千醪，泪一瓢。
欲饮又罢、皆梦里，功禄难邀。
重整戎装，金鼓再来敲。
无奈秋光催人老，
时不待，看斜阳，
似血烧。

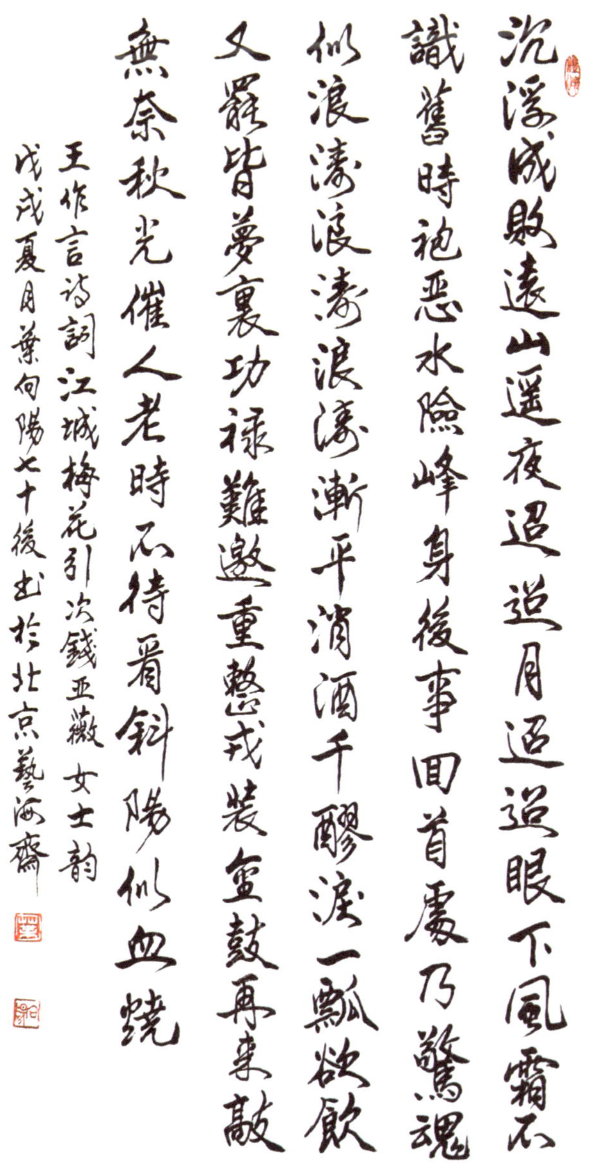
沉浮成敗遠山遥夜迢迢月迢迢眼下風霜不
識舊時袍惡水險峰身後事回首處乃驚魂
似浪濤浪濤浪濤漸平消酒千醪淚一瓢欲飲
又羅皆夢裏功禄難邀重整戎裝金鼓再來敲
無奈秋光催人老時不待看斜陽似血燒
王作言詩詞江城梅花引次錢亞徽女士韵
戊戌夏月葉向陽七十後書於北京藝海齋

书法 • 叶向阳

# 江城梅花引

## 寄友人

流年似水太匆匆。
怕秋风，
又秋风，岭上风光，
非比去年同。
昨夜重逢柳下梦，
觚光里，顿时来，两鹤翁。

鹤翁、鹤翁，狂言轻。
笑功名，一场空。
滚滚世事、云雾卷，成败衰兴。
惟有诗魂，依旧贯雷霆。
醒后方知心憔悴，
都去也，对金樽，暗涕零。

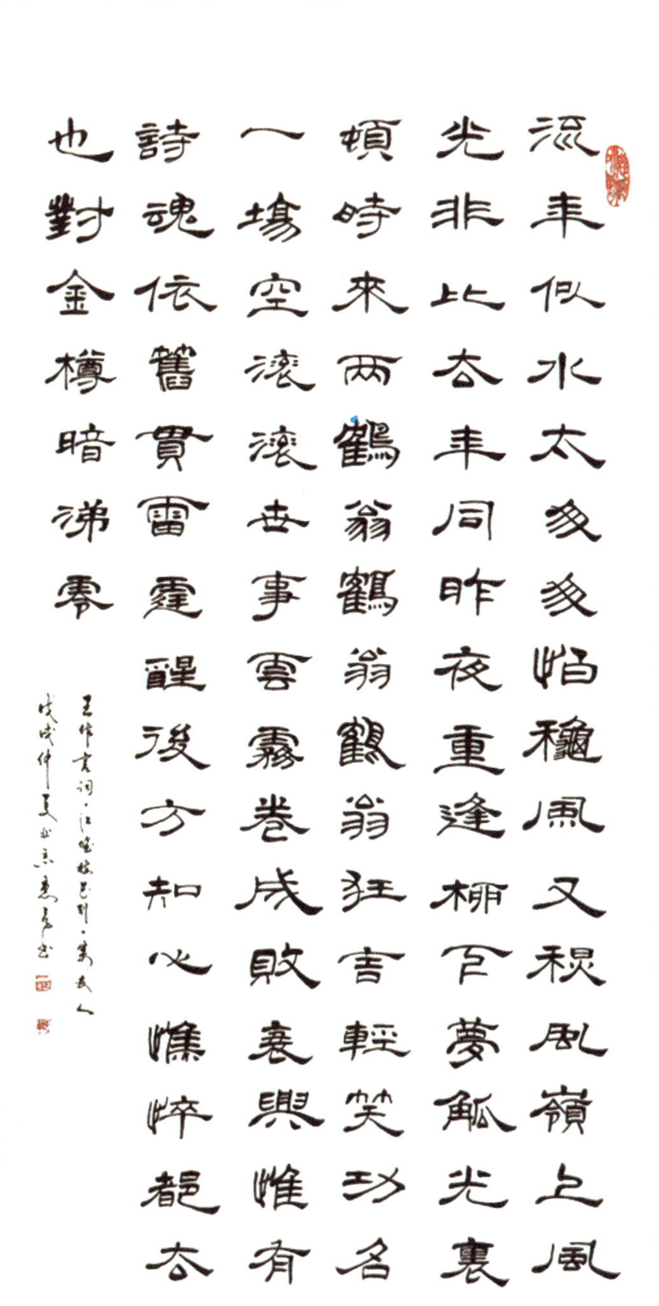
流年似水太匆匆焰飈風又視風嶺上風
光非比去年同昨夜重逢柳下夢觚光裏
頓時來兩鶴翁鶴翁觀翁狂言輕笑功名
一場空滾滾去事雲霧卷成敗衰興唯有
詩魂依舊貫雷霆醒後方知心憔悴鬢老
也對金樽暗涕零

书法·叶向阳

# 腊前梅

媚春三月，赏花时节。京城奇卉，令人叹之。然郊野杏花，依旧默开。漫山遍野染遍，倒另有一番景观。

## 咏杏花

东风未忘上田陔，
北国杏花开。
一抹万山白，
误作碧空云鹤毸。

年年相见，
无言粉黛，
萼净谢尘埃。
但唤绿杏来，
笑傲众芳思徘徊。

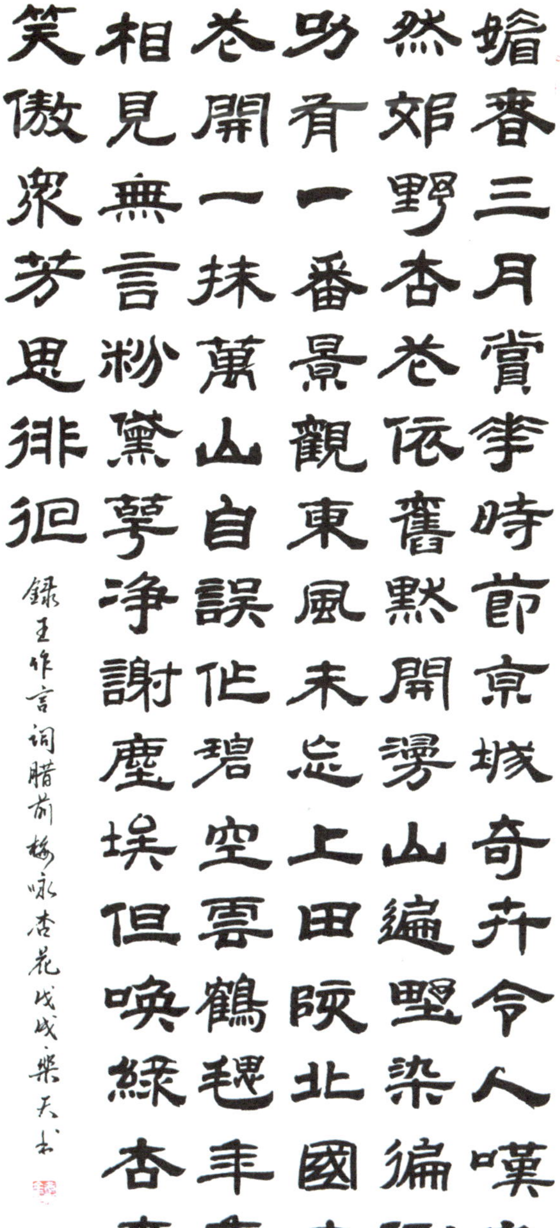
嬉春三月賞華時節京城奇卉令人嘆之
然郊野杏花依舊默開漫山遍墅染徧倒
另有一番景觀東風未定上田陝北國杏
花開一抹萬山自誤佐碧空雲鶴翅年年
相見無言粉黛萼淨謝塵埃但喚綠杏來
笑傲衆芳思徘徊
録王作言詞臘前梅咏杏花戊戌樂天书

书法·乐天（章秀全）

笔情墨意

# 浪淘沙

## 赠首批进入巴库的中国石油队伍

把酒问东风，
何去从容？
残烟未卷乱云生。
尽数当年烽火地，
独笑芳丛。

漫道走飞龙，
水阔情浓。
驼舟无计天陌通。
料得来春风光好，
当识郎踪。

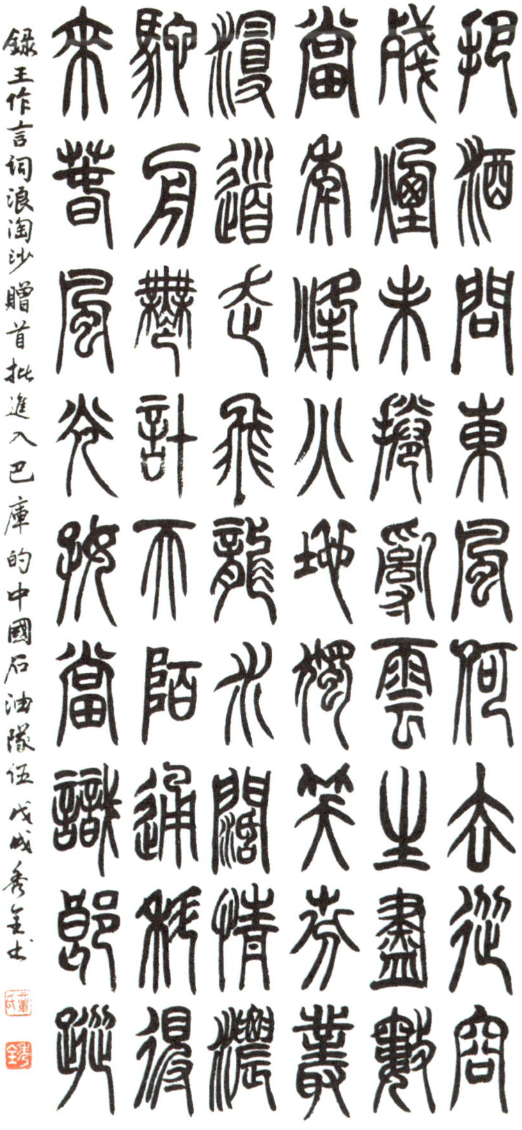


书法·章秀全

# 浪淘沙

## 玉门关怀古

日落小方盘[1]，
旧时边关，
张郎凿空马蹄喧。
商侣舞医繁盛地，
汉室江山。

彩帛到于阗，
璧进长安。
清水[2]骏马送唐玄。
阅尽古来兴败事，
开拓声酣。

注：(1)“小方盘”：在 甘肃敦煌境内，相传为玉门关遗址所在地。(2)“清水”句：指唐朝著名僧人、国际公认的杰出翻译家、佛教哲学理论家玄奘。贞观元年玄奘开始西域之行，过玉门关后抵第一个烽火台时，守台校尉王祥送他马匹与粮食，并用大皮袋装上水给他，助他西行。

日落小方盤 龍時邊 鄰張郎 窒扃蹄喧高
招舞醫繁盛起 漢室江山彩霄對於闌壁進長安濟
水殿扈送唐玄 闕盡古來興敗事 開搨馨酬

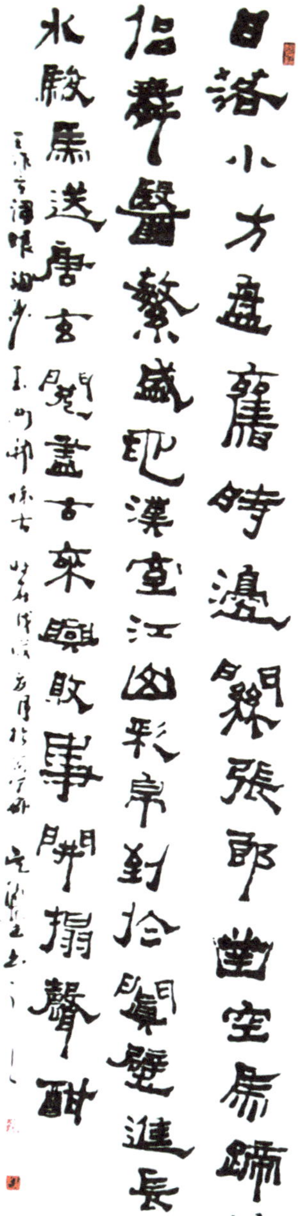

书法·吴泓达

# 浪淘沙

## 呼伦贝尔草原

往事经流年，
依旧江山。
大汗雕弓不见还。
三河马肥草色深，
达赉鱼鲜。

远客湿包毡，
敬洒敖前。
云腾千里壮天观。
男儿夺筹少女舞，
美酒当酣。

盛夏八月，吾与众友在蒙蒙细雨相伴下访问蒙古包，度过了呼伦贝尔草原上愉快的一天

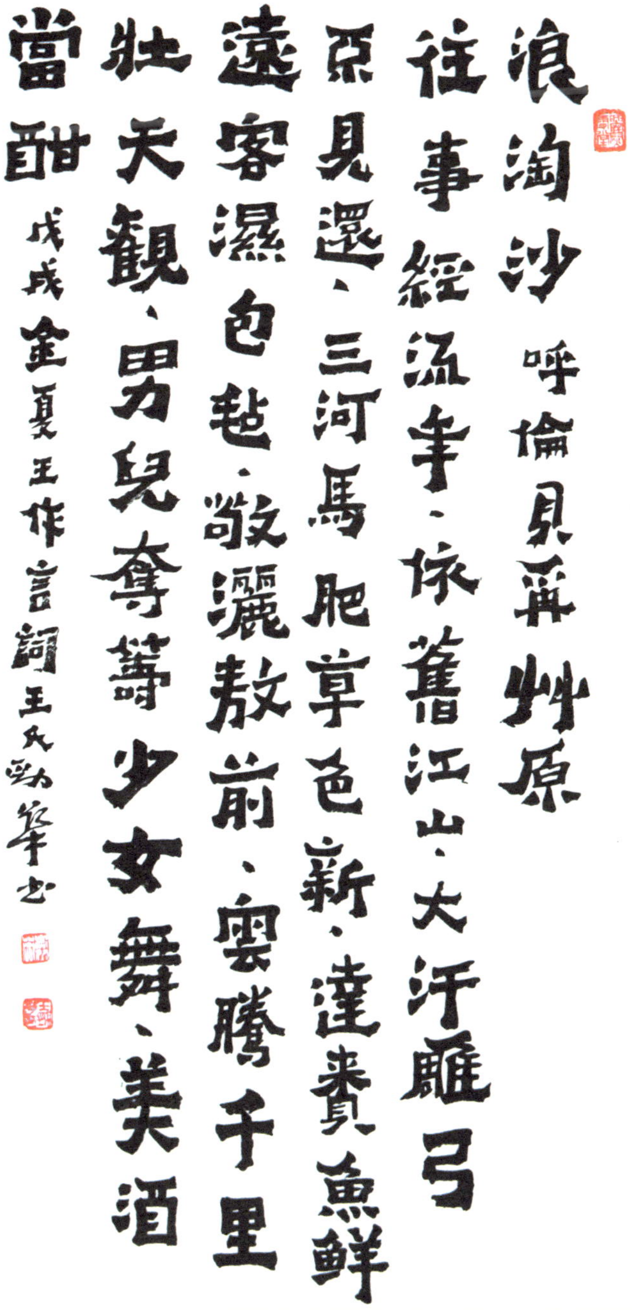
浪淘沙 呼倫貝爾草原
往事經流年、依舊江山、大汗雕弓
原見還、三河馬肥草色新、達賚魚鮮
遠客濕包氈、敬灑敖前、雲騰千里
壯天觀、男兒奪籌少女舞、美酒
當甜
戊戌金夏王作言詞 王氏勁華書

书法·王劲华

# 浪淘沙

## 游西湖

湖色碧如绒，
谁抹江亭？
青波翠影戏秋风。
几点轻舟天外去，
环佩应声。

身在玉壶中，
当醉英雄。
长堤飞花落日红。
欲向琼林寻妙句，
伫对瑶空。

湖色碧如绒，誰抹江亭，青波翠影戲秋風。幾點輕舟天外去，環佩應聲。身在玉壺中，當醉英雄，長堤飛花落日紅。欲向瓊林尋妙句，佇對瑤空。

浪淘沙 遊西湖 歲次戊戌夏月

葉向陽七十後書於北京

书法·叶向阳

# 浪淘沙

## 读《李肇星诗选》[1]

笔下浪涛吟，
一展风云。
男儿掬尽报国心。
璀璨珠玑何处有，
字字情深。

梦语也乡音，
树大知根。
喜惊哀怒泣鬼神。
携卷登高敲韵唱，
泪打衣襟。

注：（1）时任外交部部长李肇星到访阿塞拜疆，在大使馆与作者互赠各自签名的诗词选集，此首《浪淘沙》即作于读了《李肇星诗选》之后。

錄王作言词浪淘沙二讀李肇星诗選＝戊戌盛夏秀全書

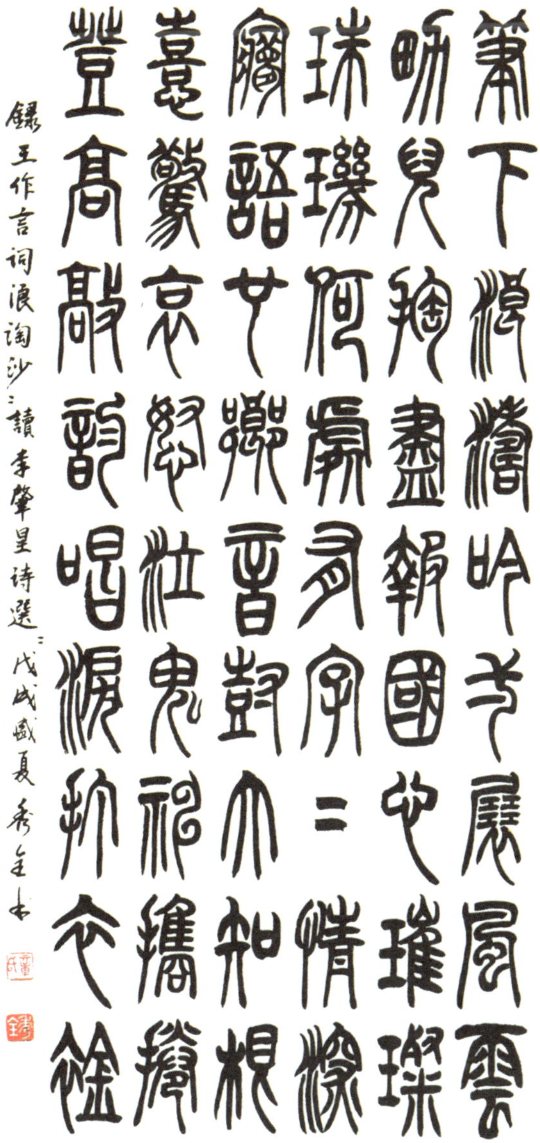

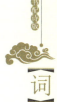

## 浪淘沙

### 遥望新年第一轮弯月

一曲小银钩，
系我心头。
江山不是旧时候。
爆竹声声催夜去，
换了春秋。

岁月颤悠悠，
几度风流。
丈夫有志待何酬。
欲览世间明日事，
再上层楼。

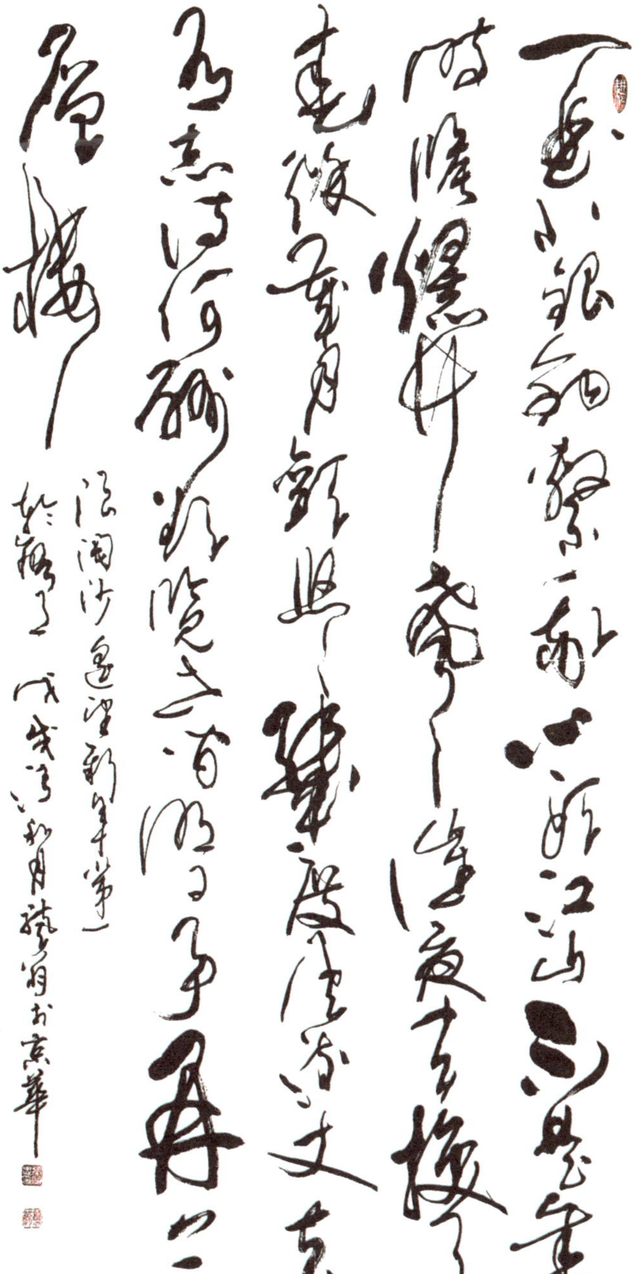

书法 • 龔翁（张宝忠）

笔情墨意

# 浪淘沙

## 刘公岛

锁海跨蛟龙，
激浪穿空。
仙岛迷离雾云中。
舟晚渔归听鸥鹭，
芳郁荫浓。

立尽岸潮颙，
碧水殷红。
舰旗猎猎荡苍穹。
竹雨松风刚烈汉，
遗恨难终。

镇海跨波乾坤，
浪穿虹偃岛，
迷离雾霭云中。
舟晚渔海汀鸥，
鹭芳齐萋萋，
立春茫濑。
碧水殷红舰橹，
猎云苍翠竹，
乃松风韵起潭，
遗恨难终。

王作言词浪淘沙刘公岛
戊戌春月 陈登远书

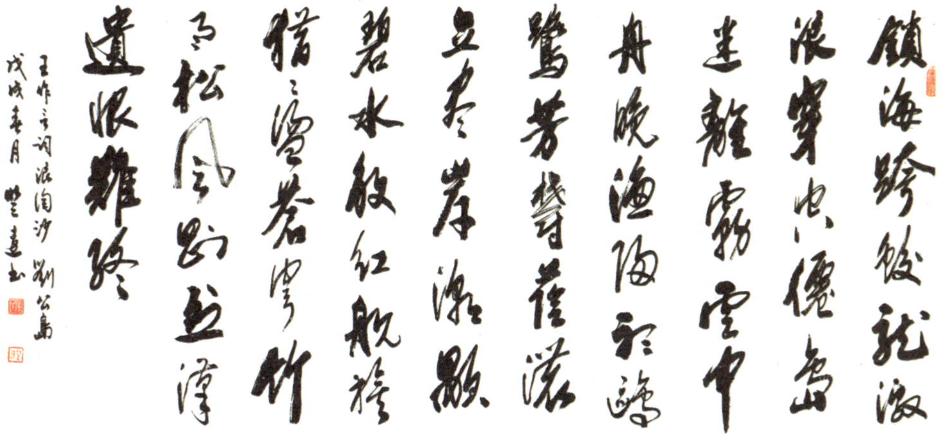

书法·陈登远

# 浪淘沙

## 再谒玉门关

大漠起孤烟，
尽染云天。
长河一去不复还。
袖满征尘今又至，
万里边关。

往事已阑珊，
泪血斑斑。
休言骏马卸雕鞍。
放眼山川锦绣地，
壮我诗篇。

大漠起孤煙盡染雲天長
河一去不復還衷滿徵塵
令又至萬里邊關往事已
闌珊淚血斑斑休言駿馬
卸鵰鞍放眼山川錦繡地
壯我詩篇

王作言浪淘沙再過玉門關
戊戌初秋 李澤民書

书法 • 李泽民

笔情墨意

# 临江仙

## 汤泉重聚

窗外柳明花正艳，
为谁碧色青青？
小楼又见再相逢。
前次情依旧，
今日更春浓。

话说当年言不尽，
但闻笑语声声。
东白书画喜相赠。
无需多祝愿，
全在酒杯中。

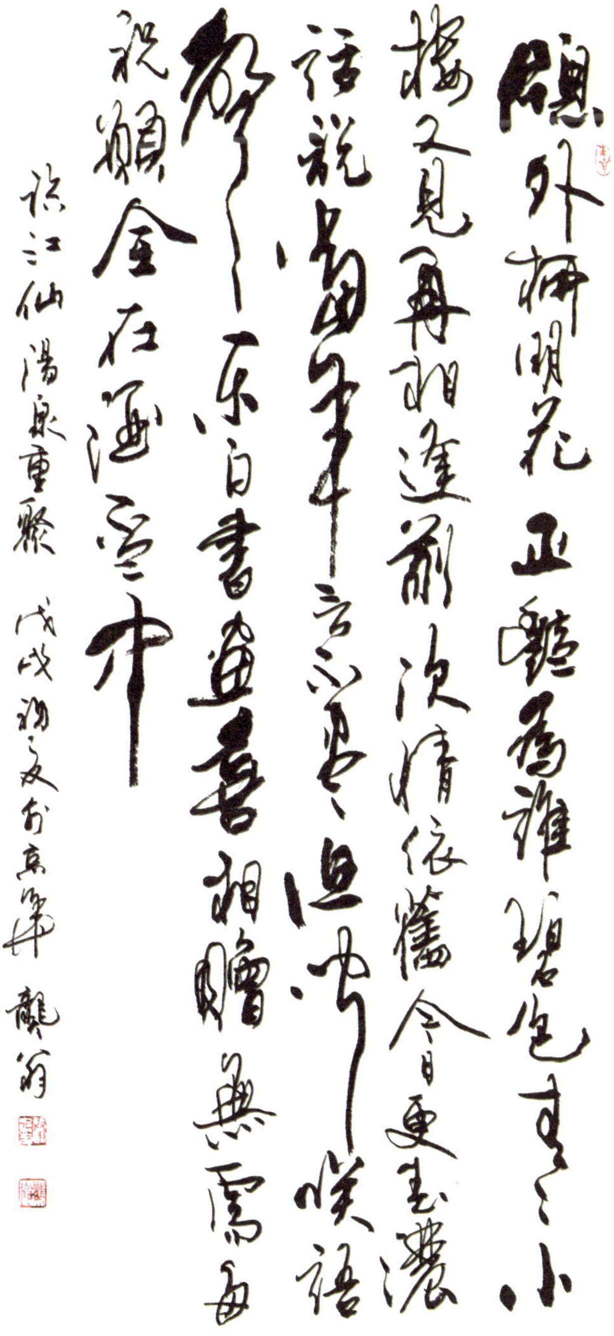

书法·龚翁（张宝忠）

# 六州歌头

## 辞新闻生涯赴国外工作

蓬莱回眸，烟缈雾云藏。
秋将去，关山外，水西厢。
似海江。
重踏当年路，华胥梦，醒犹酣。
血气儿，凌云笔，贯八荒。
燕去又来，几度风霜烈，驰骏由缰。
暮垂湟水岸，月共半壶酡。
枯柳柔肠。
送儿郎。

万缕离绪，已身许，丝又乱，两茫茫。
挥难却，食三味，也疏狂。
暗思量。
多少繁庸事，飘然过，皆华章。
观天象，书四化，羞称王。
一心风流天下，残灯疲怨制新装。
应收别时泪，里海作池塘。
再阅沧桑。

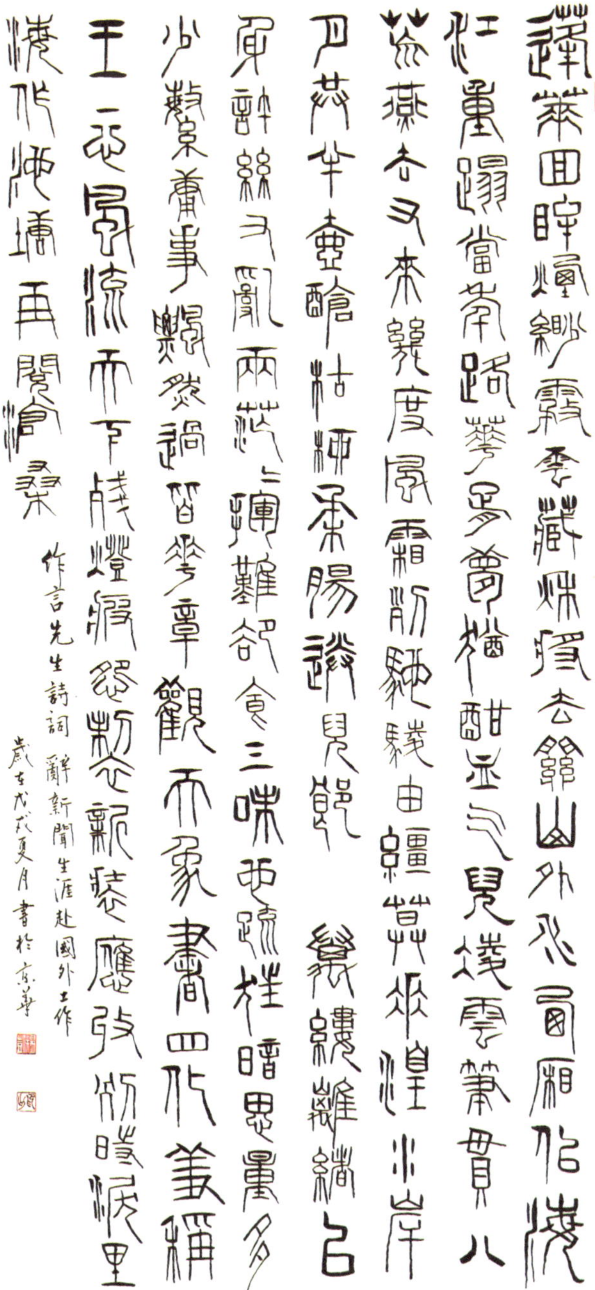
作言先生詩詞 辭新聞生涯赴國外工作
歲在戊戌夏月書於京華

书法·杨凯

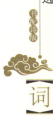

# 满庭芳

## 赛里木湖

牧马天山，荡舟赛里，
细云碧野平湖。
风柔气爽，湛透半毫无。
少得此番惬意，任飞起、白浪追凫。
岸堤上，一花一草，
都如画新涂。

对尘扬雾笼，熙繁街市，
热燥凉浮。
妒群鱼散鹿，极尽悠忽。
曾念留它不去，怕只是，独占良酤。
正思量，雪峰当照，
朗朗丽天舒。

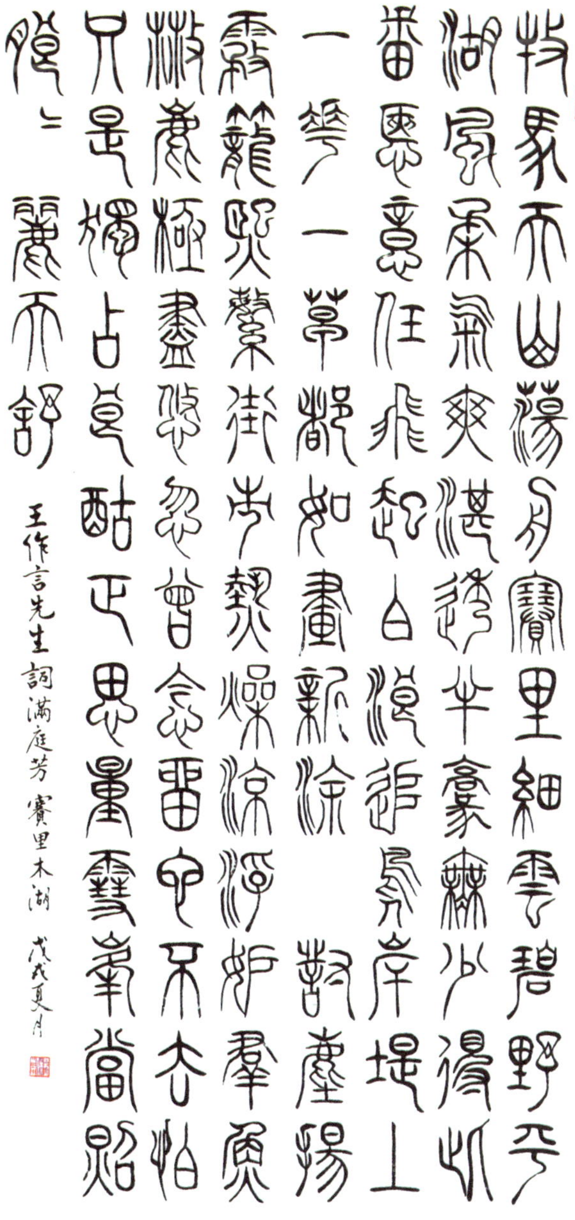
王作言先生词满庭芳 赛里木湖 戊戌夏月

书法·杨凯

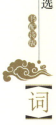

# 梦江南

## 送友南归

帘幕降，
独立望江楼。
娇燕南归千里外，
朗朗皓月水悠悠，
北国已寒秋。

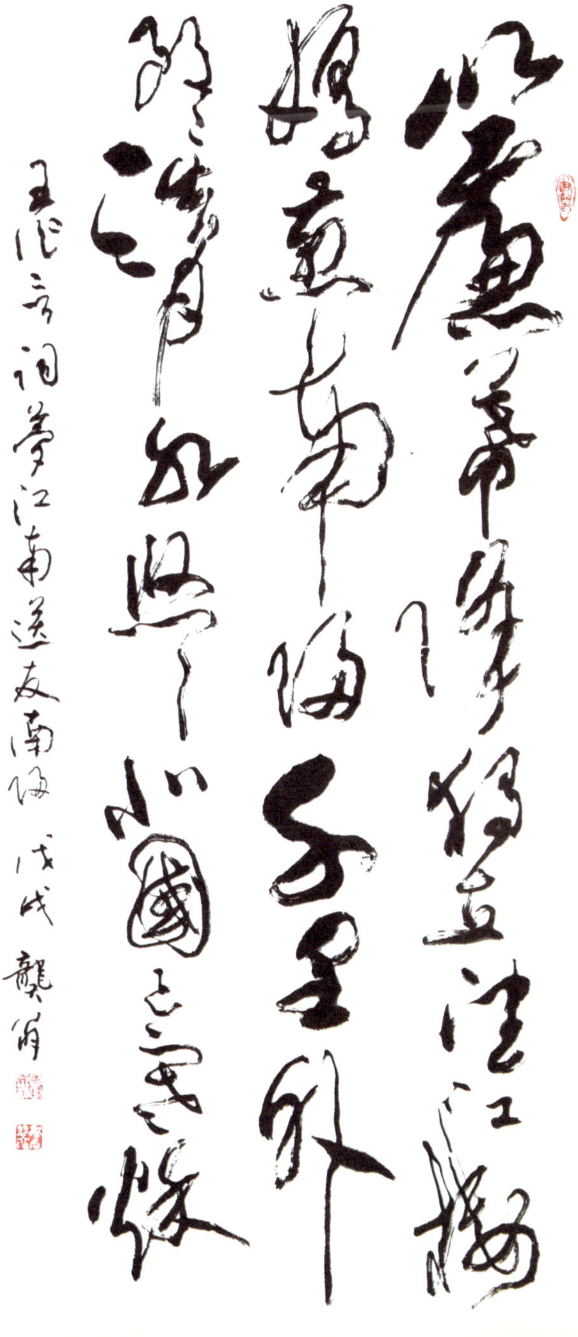

书法·龔翁（张宝忠）

笔情墨意

# 念奴娇

## 遥寄国内战非典

流云望断，问神州大地，
妖魔可扫？
故国正该杨柳绿，魍魉偷伸恶爪。
肆虐苍生，摧蚀邦本，
任把康平扰。
他乡长夜，相煎心乱如绞。

自古宏业崎岖，天崩地陷，
曾历经多少？
万水千山收拾就，风景依然独好。
众志石坚，肝肠碧血，
华夏儿女葆。
更临紫气，定把狂疫围剿。

流寓望斷問神州大地妖魔可掃故國
正詠楊柳綠魍魎偷伸惡爪肆虐蒼生
摧蝕邦本任把康平擾他鄉長夜相煎
心亂如絞自古宏業崎嶇天崩地陷曾
歷經多少萬水千山收拾就風景依然
獨好衆志石堅肝腸碧血葦夏兒女葆
更臨紫氣定把狂疫圍剿

錄王作言词念奴嬌遥寄國内戰非典
時在戊戌歲夏 樂天书

书法·乐天（章秀全）

# 千秋岁

## 多瑙河漫步

素飙吹弄，碧水轻浮动。
黄飞落，霜声重。
初霞吞疲月，
慵日梳铜镜。
长笛里，
舟摇橹唤追鱼蹦。

沙浪深藏定，只把青波送。
送不尽，情与共。
水空复淡淡，
来处生虚境。
谁知晓，
人间流过几多梦。

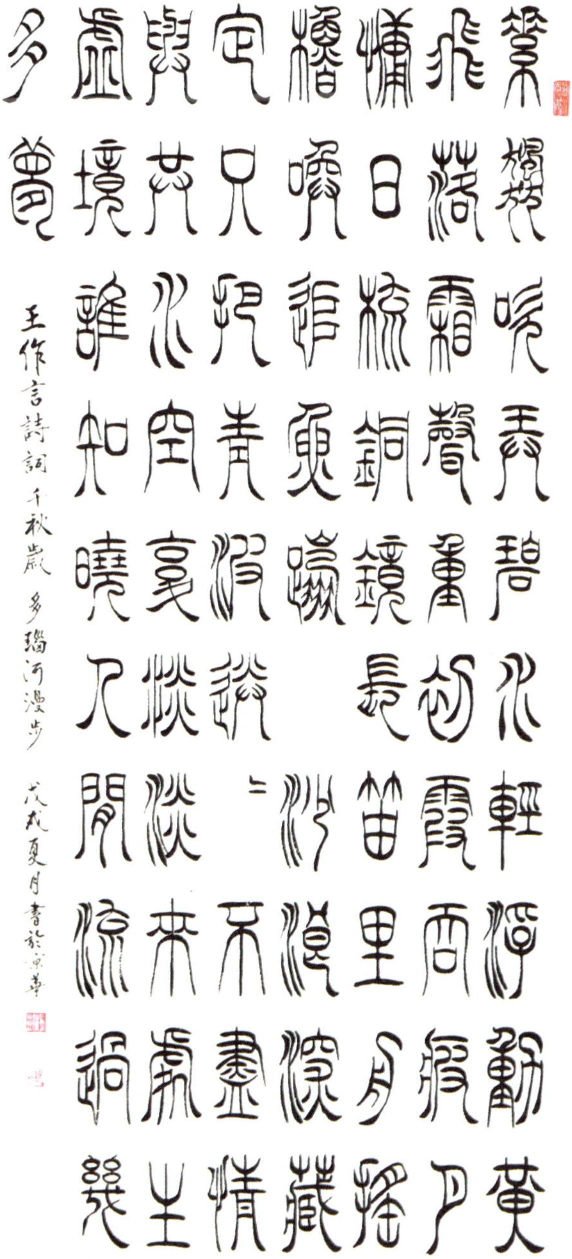


书法・杨凯

# 千秋岁

## 出猎高加索

玉龙腾跃，直奔寒天阙。
红鬃马，追白雪。
远山听鹿叫，枝上争飞雀。
轻抬手，
金枪火眼穿门穴。

灵界惊犹怯，怒把迷雾泻。
坠深海，无路借。
躁蹄声声重，弹湿枪梗咽。
苍烟里，
野猪横过回头谢。

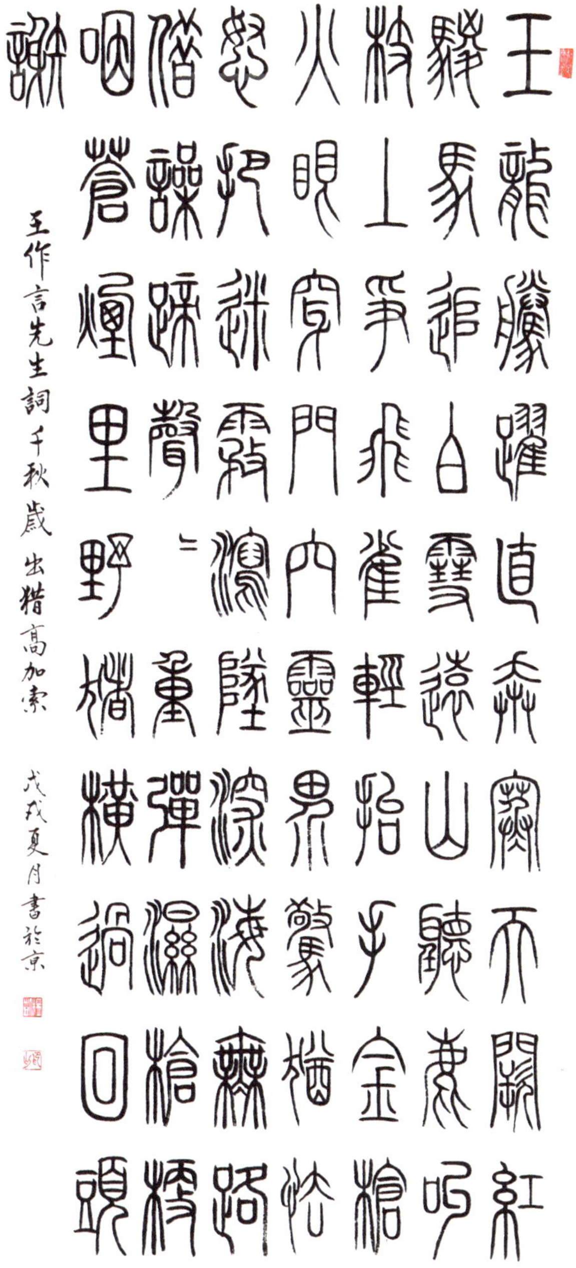
王作言先生詞千秋歲 出猎 高加索
戊戌夏月書於京

书法 • 杨凯

## 千秋岁

### 站在阿芙乐尔号巡洋舰上

仰天长叹，千里寻一见。
风雨浸，霜封面。
华宫凝睿目，涅瓦清波卷。
高耸起，
钢胎铁骨云霄半。

一啸乾坤转，梦醒人百万。
夜已碎，曙光现。
沧寰皆阅尽，疏发斑痕暗。
惊回首，
堤前柳色谁折断。

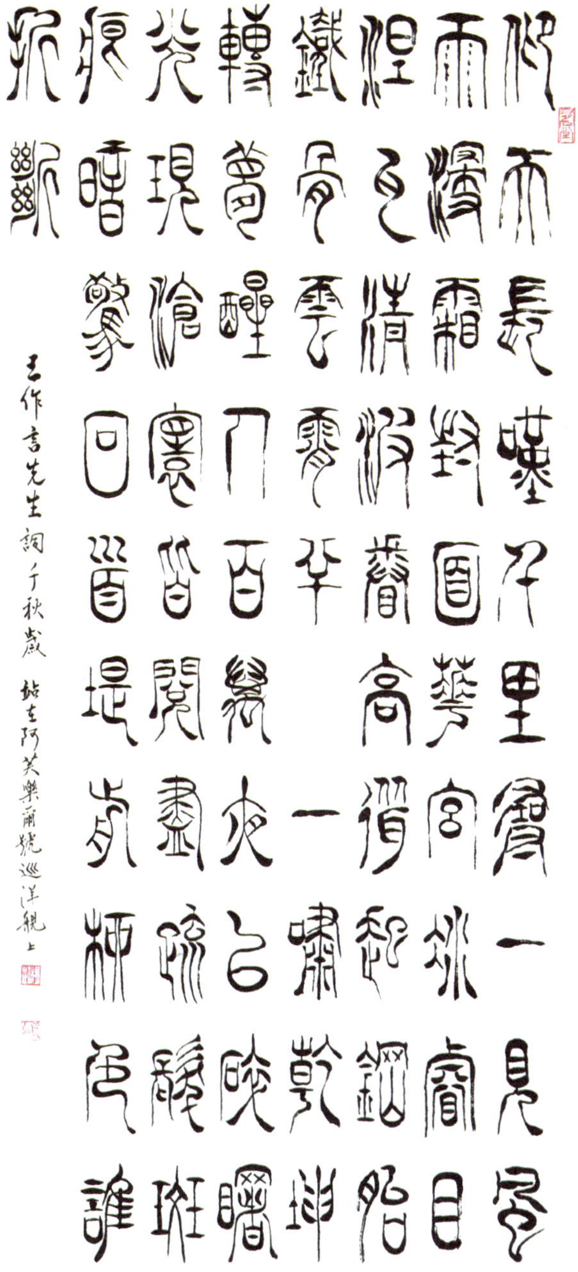

书法・杨凯

# 千秋岁

## 瞻仰朱丽叶故居小阳台[1]

落霞归处，正爱河争渡。
浑似梦，倾难诉。
两春终身定，一刎天公穆。
晨风里，
闲楼空壁藏双柱。

世上连枝树，常为毒虫戮。
身后事，由评述。
他乡传佳话，异国思梁祝。
生多少，
千古绝唱新词赋。

注：（1）朱丽叶故居在意大利北方古城维罗纳市。

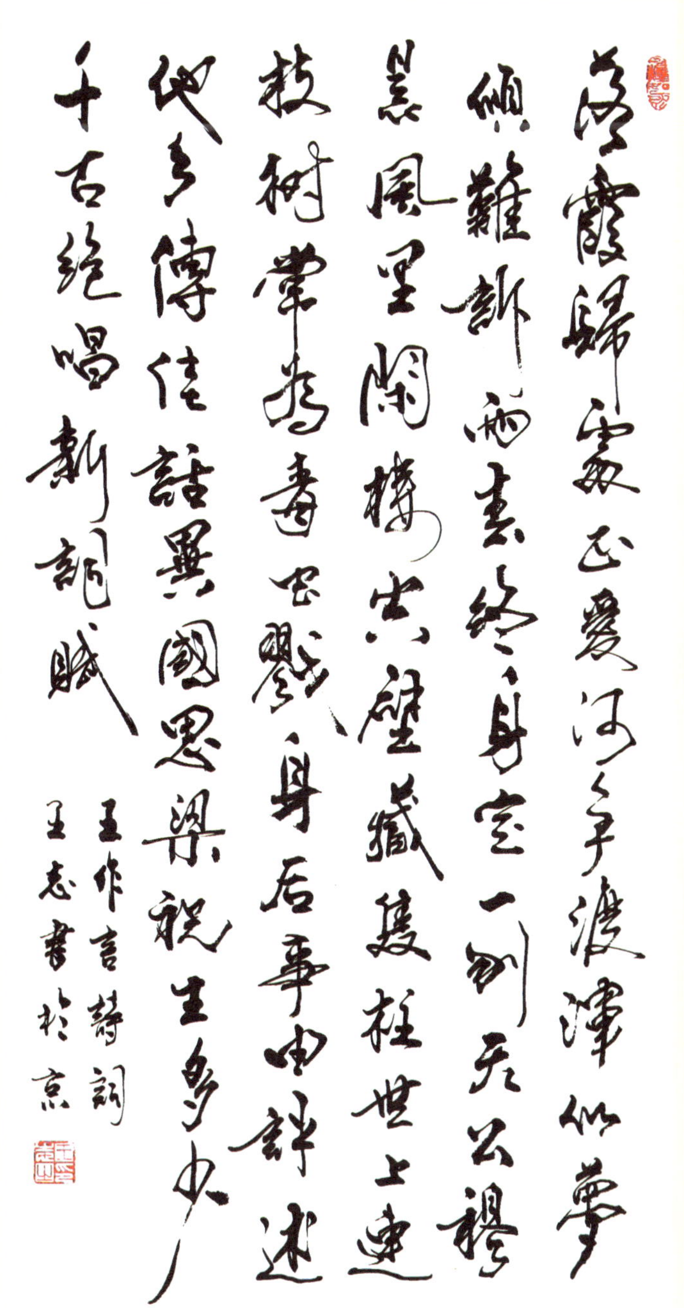


书法·王志

# 青玉案

## 送暮春归

柳浓梨淡东风乱，
几许醉香庭院。
斜照莺啼衔泥燕。
依阑干处，山深水潋。
春去南浦岸。

犹记晏使[1]溪沙浣，
笔墨空惹扬花倦。
莫为今晨将暮叹。
欲留春住，误春归愿，
来日何烂漫？

注：（1）“晏使”指宋朝词人晏殊，面对晚春作了一首有名的《浣溪沙》词。全文是：“一曲新词酒一杯，去年天气旧池台，夕阳西下几时回？无可奈何花落去，似曾相识燕归来，小园香径独徘徊。”

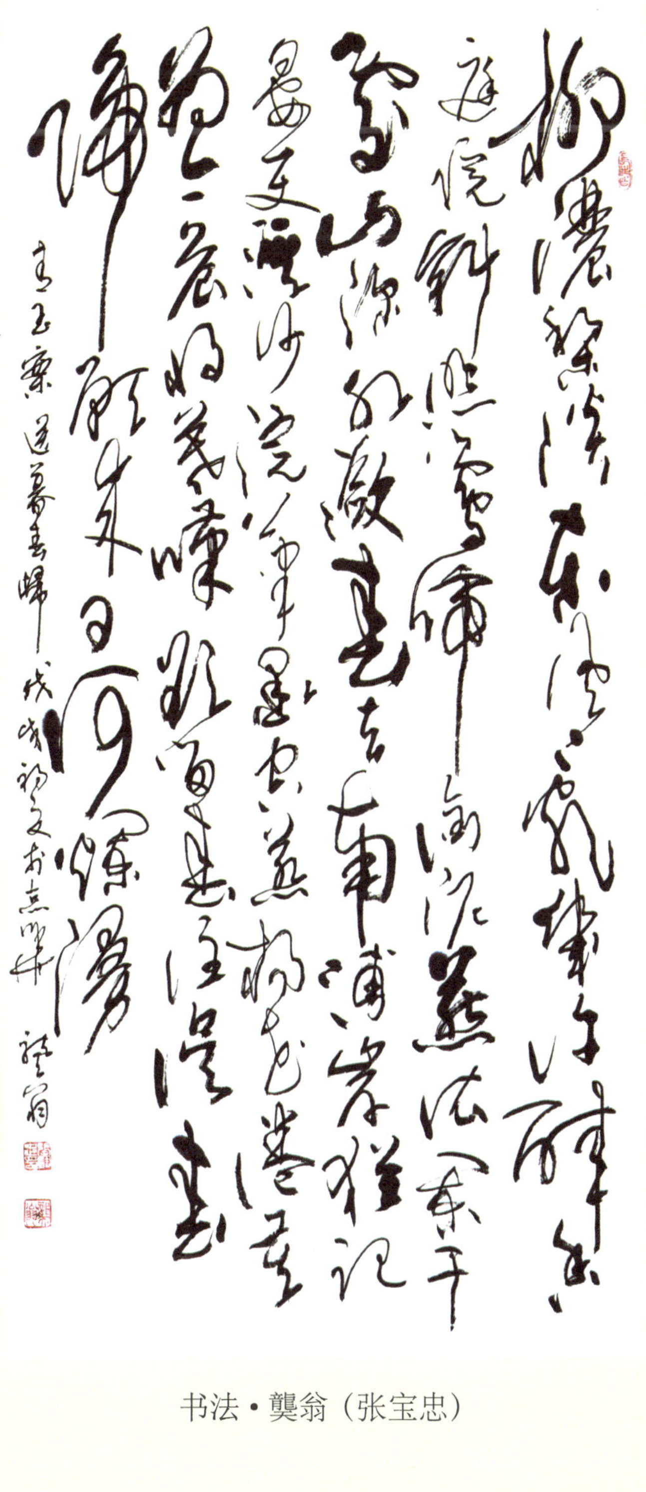

书法 • 龚翁（张宝忠）

# 青玉案

## 春来春去

春光先向柳尖绿，
化作几丝飞絮。
不用鞭春春有序。
嫣然红退，疏芳葱郁，
都是新诗句。

东风自有知风遇，
花事盈盈好情绪。
惜怨消魂无凭据。
听谁咏叹，带愁来语，
也带愁归去。

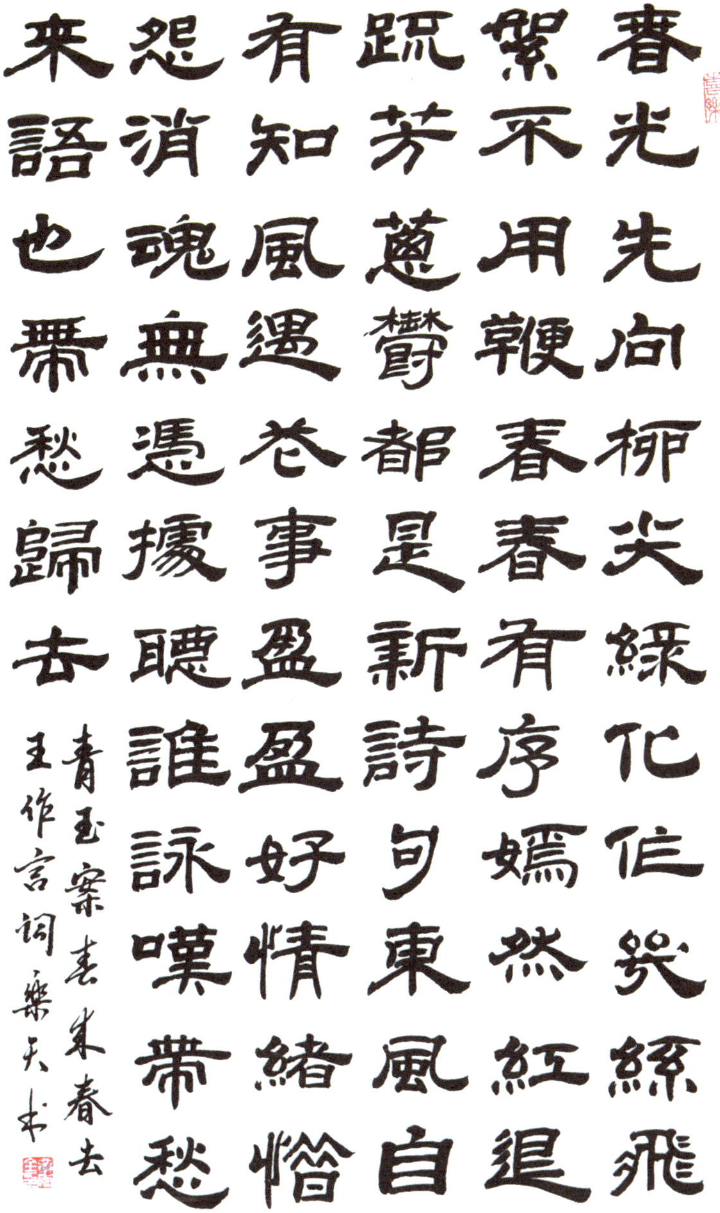
春光先向柳尖綠化作幾絲飛
絮不用鞭春春有序嫣然紅退
蹊芳蕙鬱都是新詩句東風自
有知風還花事盈盈好情緒惱
怨消魂無憑據聽誰詠嘆帶愁
來語也帶愁歸去
青玉案 春來春去
王作言詞 樂天書

书法·乐天（章秀全）

# 青玉案

## 巴库看风

千年一啸难疲倦，
无从唤、常相见。
狂摧轻撩知各半。
寻它无迹，去时音断，
身醉南池畔[1]。

坛台[2]空设非神算，
敢教年松[3]倾一线。
汉库[4]飞花可洗面。
天有人怪，地无人怨，
莫使宵茶淡。

注：（1）“南池畔”指里海南部巴库港口岸边。（2）“坛台”句：指三国时期诸葛亮为帮周瑜而设神台借东风。（3）“年松”句：多年生长的松树，因常年刮风而一个方向倾斜。（4）“汉库”：巴库有悠久历史，曾是公元前汗王朝的国度。

千年一啸难渡倦 无逢唤帝相见狂催

轻撩却各半寻它 无迹去时音断肠醉

南浊畔坛台空设非 神算敢教羊松顷一缕

蕉库飞花手洗面天有人妆地无人凝掌使宵茶淡

王作言词青玉案巴律酒风

试笺於又於北京华族画院

龚翁禅峰

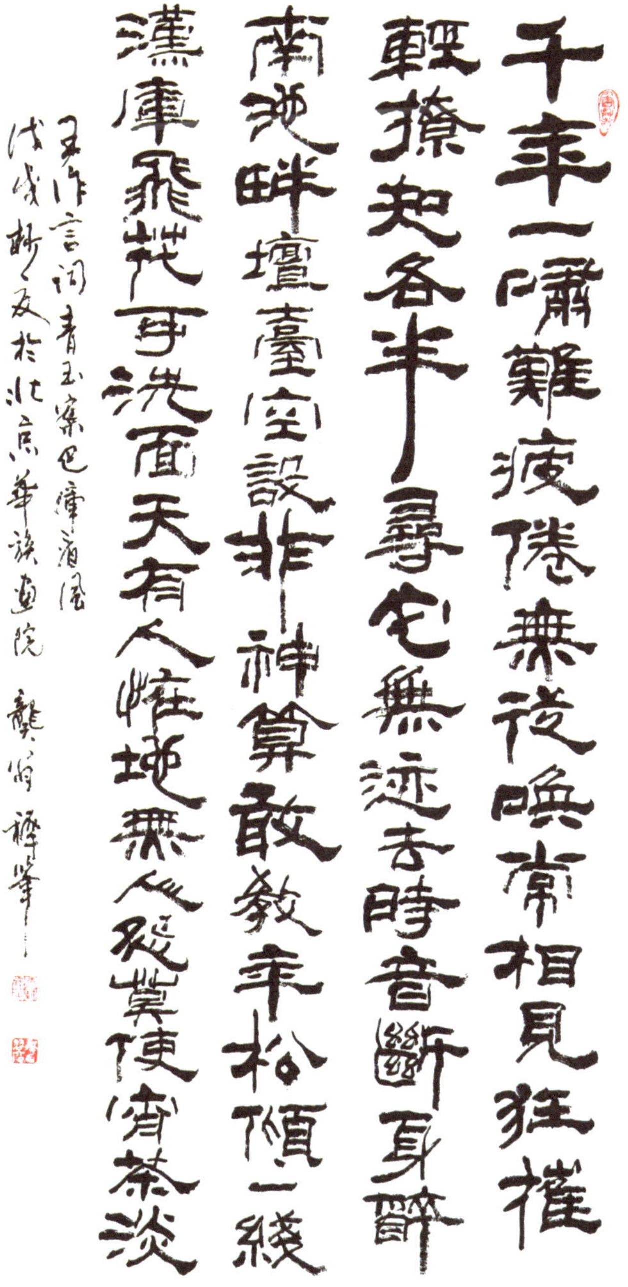

# 清平乐

## 思故乡

他邦阑户，
醉锁思乡路。
一壶碧涛留人住，
夜半江风嚎处。

床头骄阳轻盈，
根根束束触情，
知否秦水汉地，
正该蝶舞燕鸣。

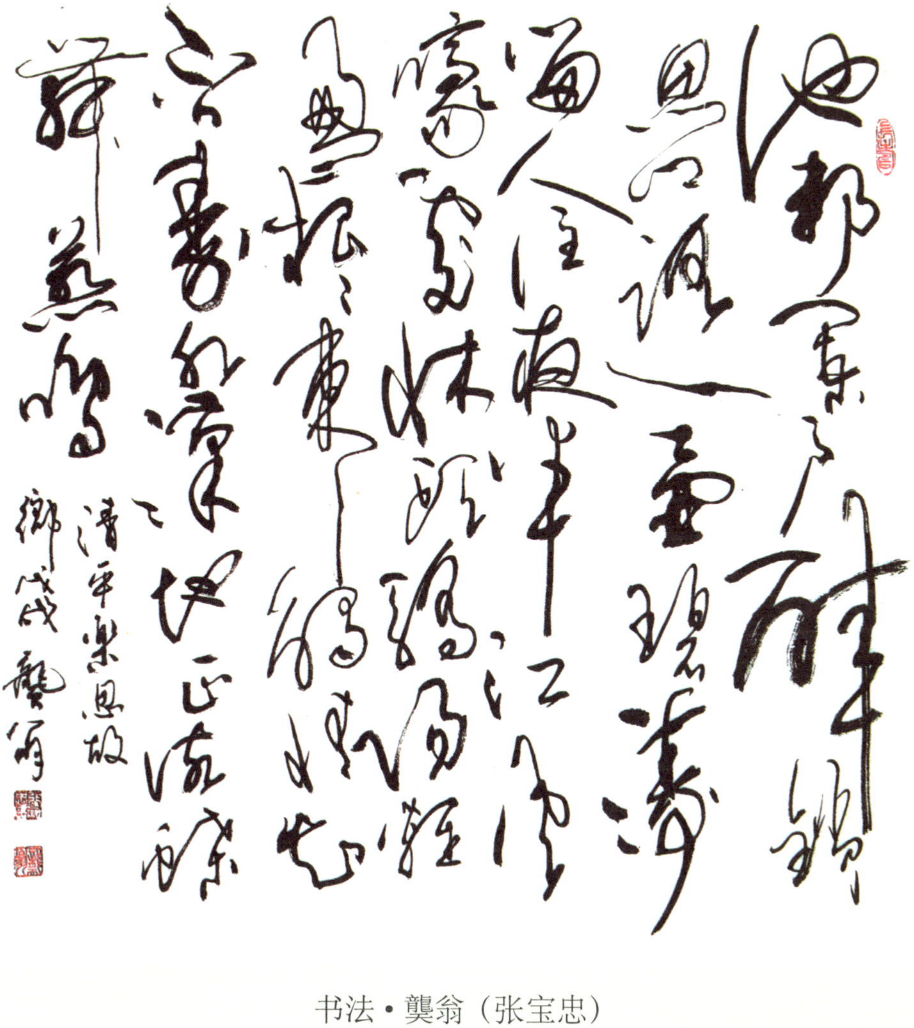

书法·龚翁（张宝忠）

笔情墨意

# 秋波媚

## 春日山村看飞燕

贪捋东风剪流云，
纤手织冬春。
方掠碧水，
又嬉旷野，舞尽黄昏。

熟知去岁梁檐处，
入夜径巢身。
晨将疏雨，
呢喃芳院，挑乱童心。

贪将束密剪流云

纤手织冬春方掠碧水

又嬉旷埜辞尽黄昏

乳知去岁梁檐霉入夜

径巢身晨将疏雨咽嘶

芳院桃乱童心

秋波媚 去日山村君飞燕

戊戌诗友书於京华轩

龚翁

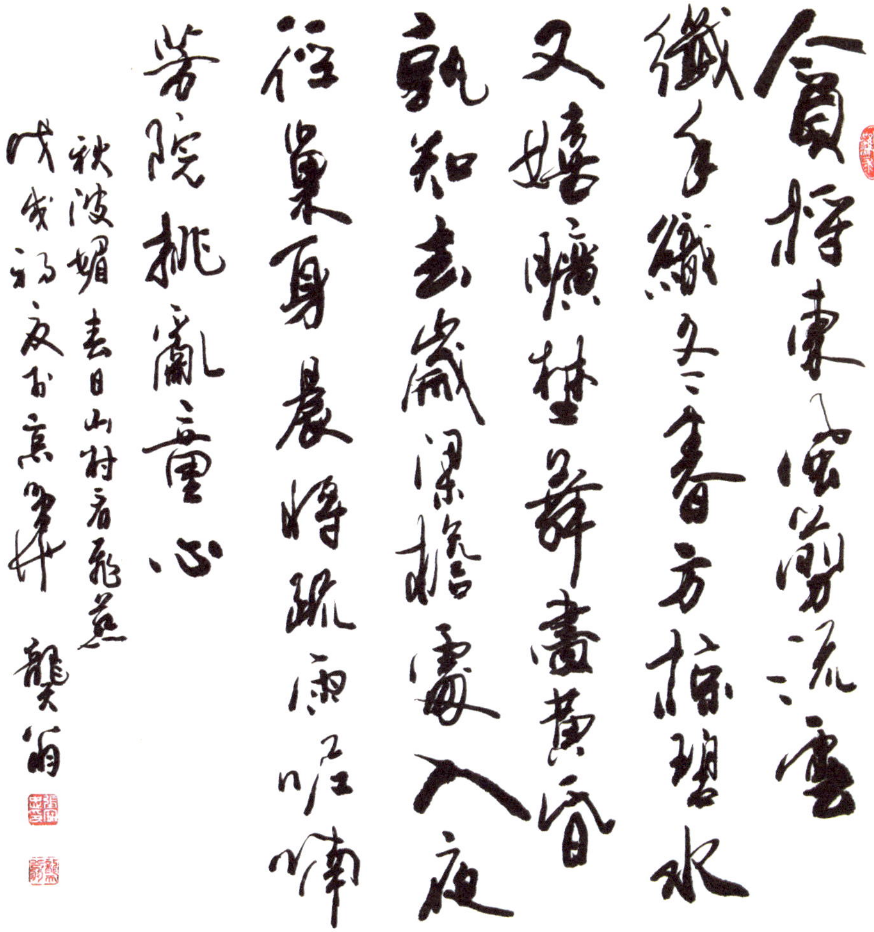

书法·龚翁（张宝忠）

# 鹊桥仙

## 访芬兰

翠林天闭，珠盘地落，
银被神光情趣。
河山灵透静中幽，
更点缀、溪水香浴。

穹城石寄，管琴风奏，
夜半始觉乱序。
街头但闻酒方浓，
却也是、谈何焦虑。

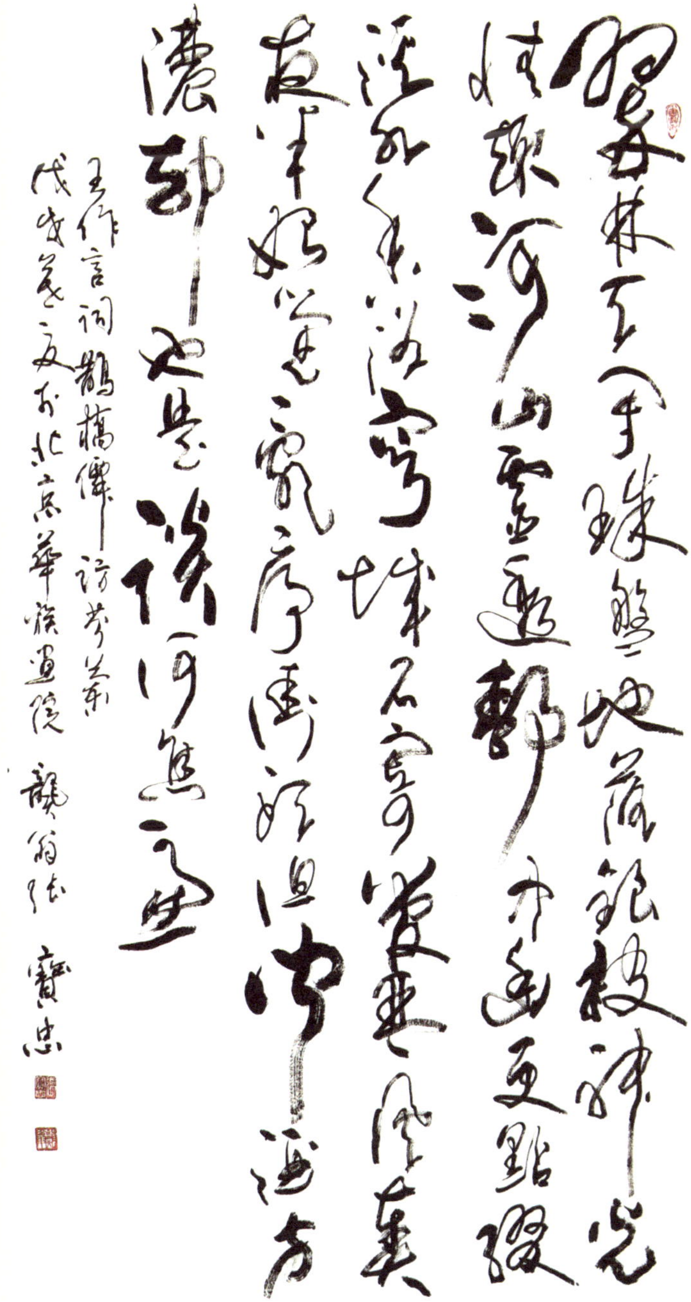

书法·龚翁（张宝忠）

# 阮郎归

## 门前绿菜圈中羊

应阿塞拜疆朋友邀请，在古丝绸之路驿站侧其家中烧烤

门前绿菜圈中羊，
钓干小水塘。
彤红炭火映山梁，
泉清果酒香。

烟雾袅，笑声扬，
云追少女翔。
满杯丝路话康庄，
携来天地长。

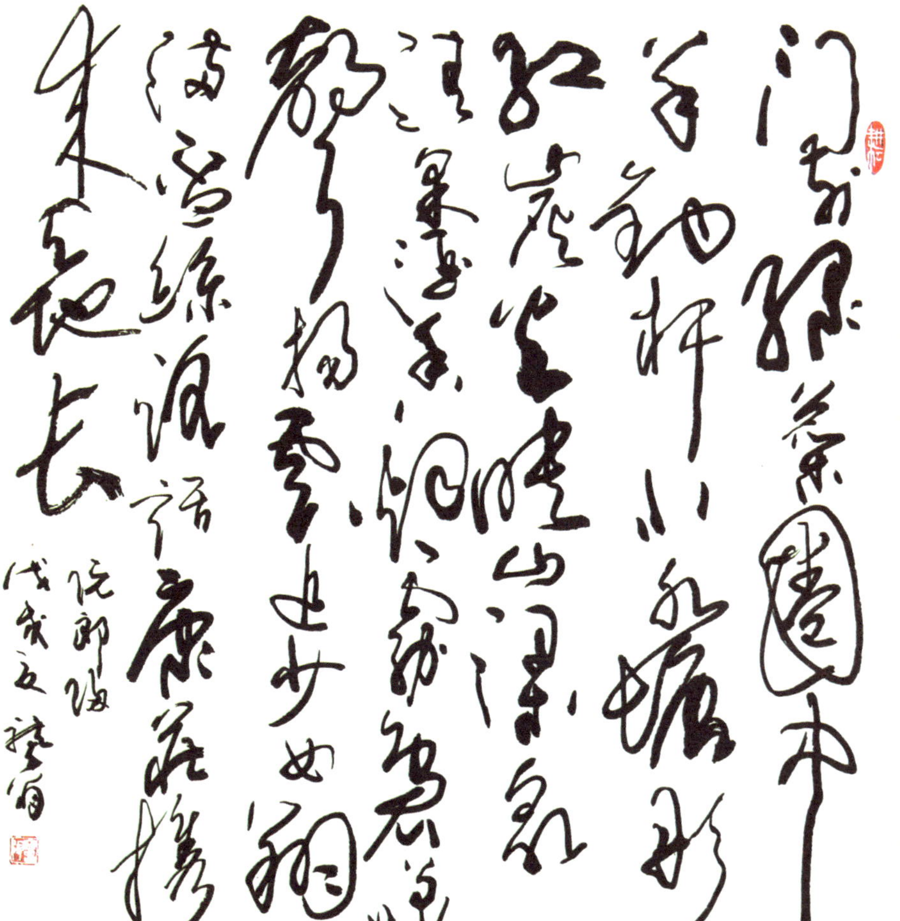

书法·龔翁（张宝忠）

# 阮郎归

## 中秋赏月遥寄台湾友人

桂花银镜素娥妆，
阿里盼长江。
冰魂玉魄又秋凉，
寂寞恨夜长。

同明月，
共炎黄，
几时圆梦香？
来宵料得皓如霜，
与君绘家邦。

桂花銀鏡素妝娥，阿里盼長江泳鐀玉魄。工秋涂窗寒恨夜長，同曉月共炎黃。袋時圓夢无求，宵宵料得浩如霜與君，強家邦。

中秋賞月遙寄臺灣友人《憶郎歸二》

戊戌夏月於滬上飛鐸堂 玄一黃博勇

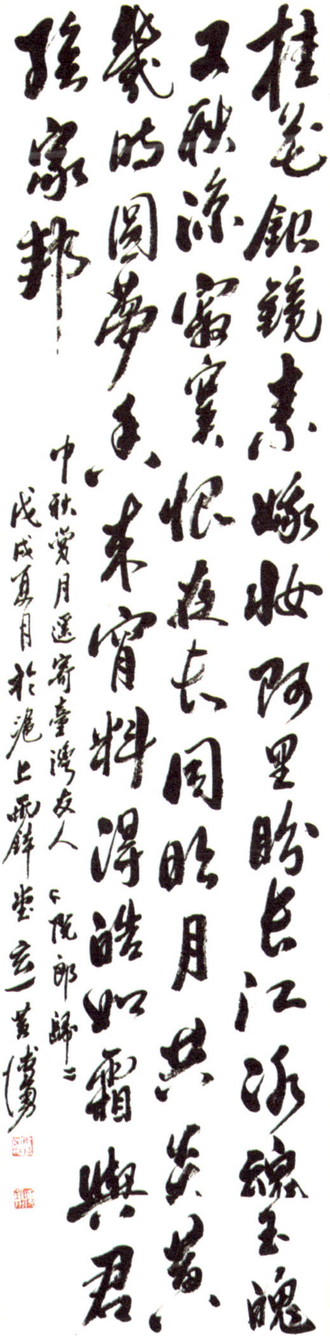

书法·黄博勇

# 阮郎归

## 再访巴黎

阔别三秋塔身低，
凯旋霞雾披。
晚钟回荡塞河堤，
深宫路依稀。

金发女，照红霓，
芳香把人迷。
忽得一阵降酥醨，
恍若天街移。

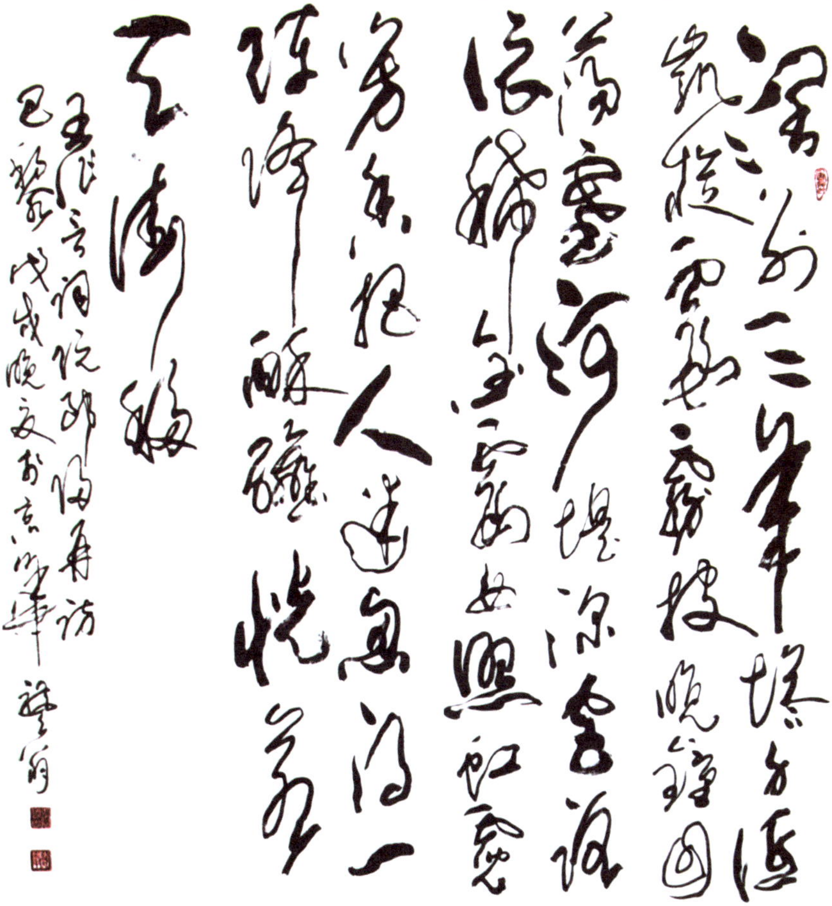

书法·龚翁（张宝忠）

# 山花子

## 过火焰山

人道丹炉赤焰蒸，
烘云胜口炭烧风。
八百舒野翻火浪，
祝融惊。

漫漫西州白水道，
马嘶车唤几英雄。
昨日关山昨日路，
步匆匆。

人道丹炉未焰芸特宝缘口炭烧风八首
新睫艳生泥祝融家匀漭漭西加白石盈
妥郎末变繁英碨此日买山昨日说步勿
题王心言诗山花子王心焰山
戊戌之末书於北京朝阳区大衛魁街馆 屈大有书

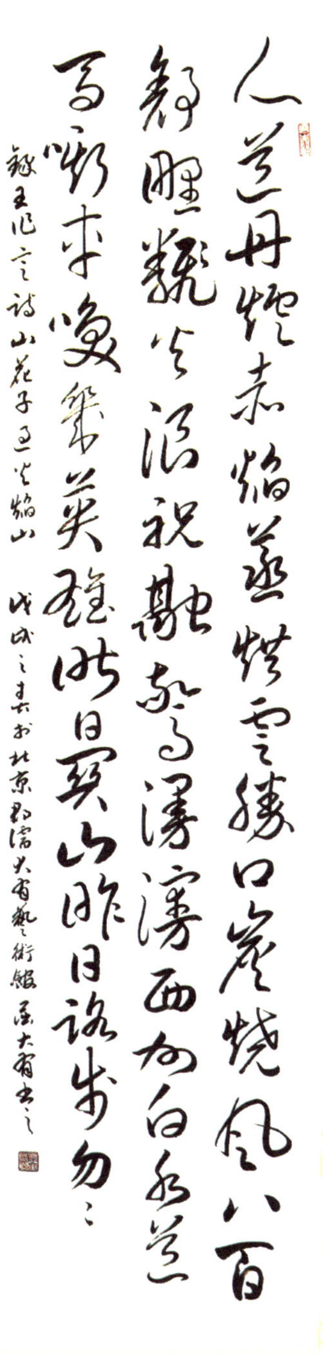

书法·屈大有

# 山花子

## 站在厦门望金门

水共一方月一轮，
落怀倍觉世缘亲。
隔岸鸡鸣心亦闹，
快开门。

普照日光三千界，
但求一缕见回音。
舟橹漂漂来又去，
叩家门。

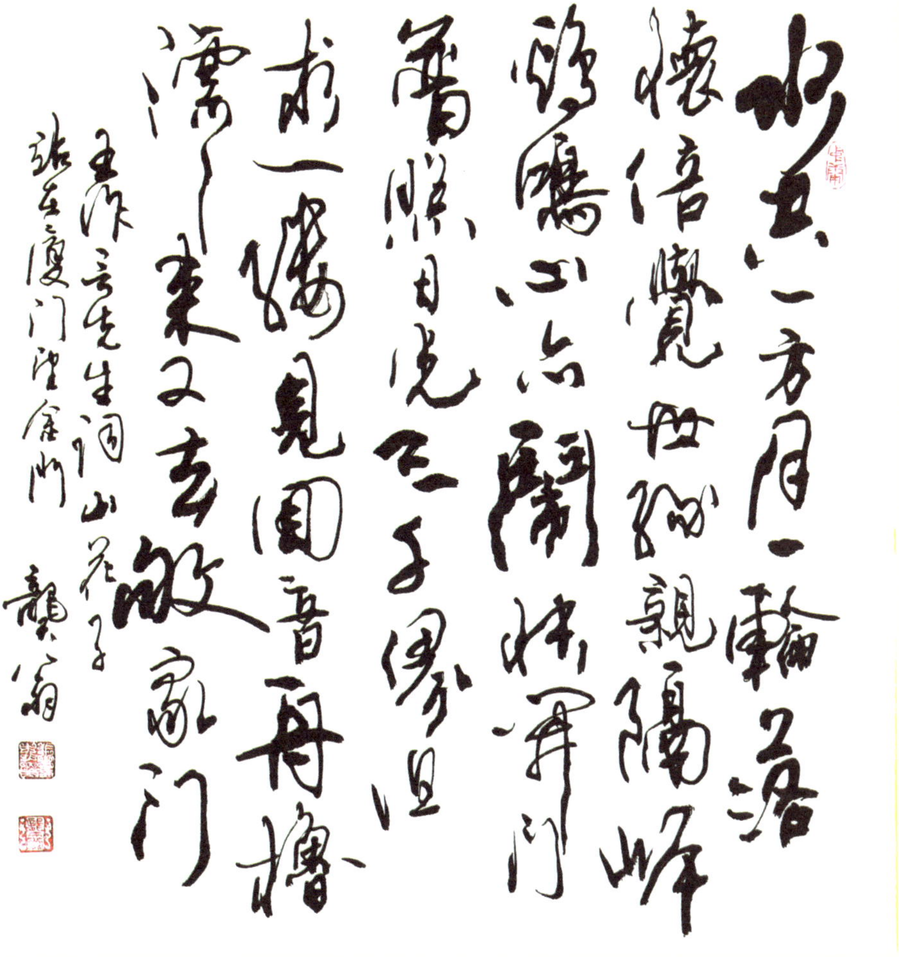

书法·龑翁（张宝忠）

# 少年游

## 泛舟伊斯坦布尔[1]海峡

缇晖偏恋旧时宫，
落日浪潮慵。
一桥飞架，
两陲分色，
舟橹画屏中。

鸥翔天幕鱼戏水，
舞碎謐盈盈。
可恨惊笛，绀烟吹起，
宣塔唤归声。

注：（1）伊斯坦布尔曾经是奥斯曼帝国和东罗马帝国的首都，伊斯坦布尔海峡又称波斯普鲁斯海峡，是欧亚两洲的分界线，连接黑海与地中海的唯一通道，伊斯坦布尔市横跨海峡两岸，分别处于欧亚两洲。

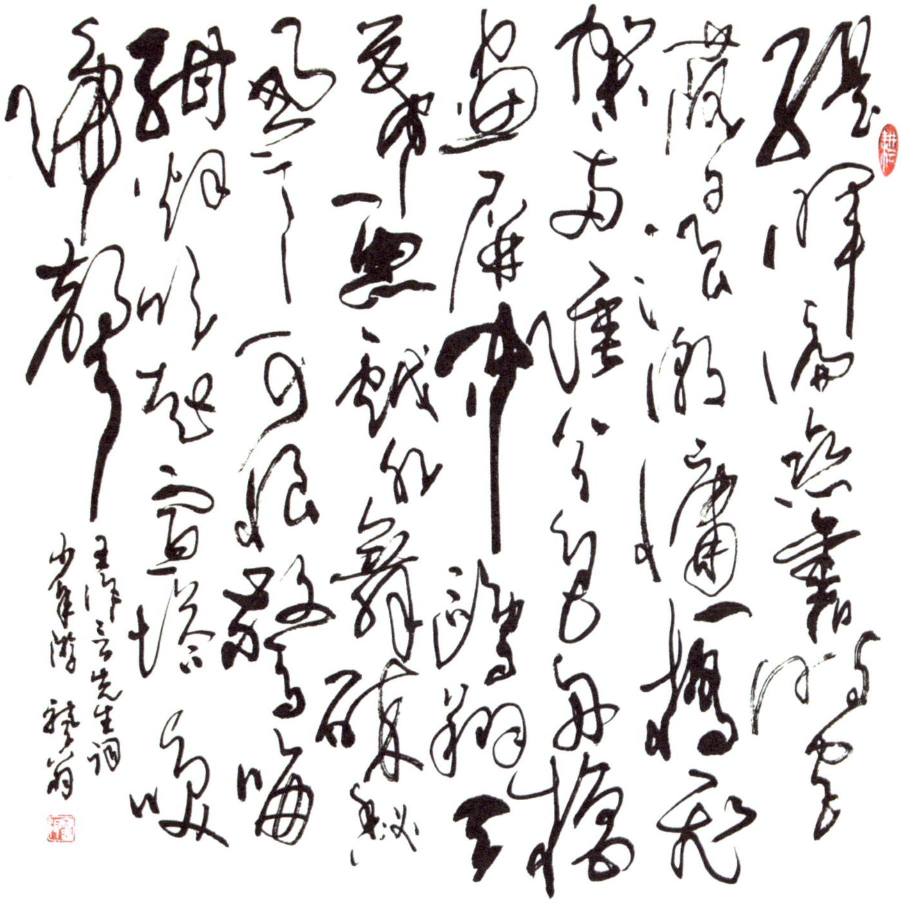

书法·龔翁（张宝忠）

# 少年游

## 敦煌月牙泉

一池[1]清澈泪初弹，
风静月儿弯。
长袖[2]轻拂，低吟荒野，
沙垄卧奇观。

泉水洗心山怡性，
宝马[3]卸雕鞍。
新柳摇丝，白云芦影，
争与比飞天。

注：(1)“一池”两句：月牙泉在甘肃敦煌境内，长百米，宽二十多米，形似弯月。相传有一年此地干旱，百姓叫苦不迭，白云仙子听到后，伤心地落下泪，谁知化作清泉，解救了干旱，于是有了月牙泉。(2)“长袖”两句：相传神沙大仙欲填月牙泉，就抓起一把黄沙一扬，不料被正义的常娥轻拂衣袖，大风顿作，把黄沙吹到了山顶。从此，千百年来风裹黄沙都绕泉而过，使月牙泉一直卧于四面沙漠怀抱中安然无恙。失败的神沙大仙气得不停地哀鸣，故沙山名为鸣沙山，沙山抱月泉，黄沙碧水相衔成了天下奇观。(3)“宝马”句：月牙泉过去叫渥洼池，是出天马的地方，据载，“汉元鼎四年秋，天马生渥洼水中，武帝得之，作天马之歌”。

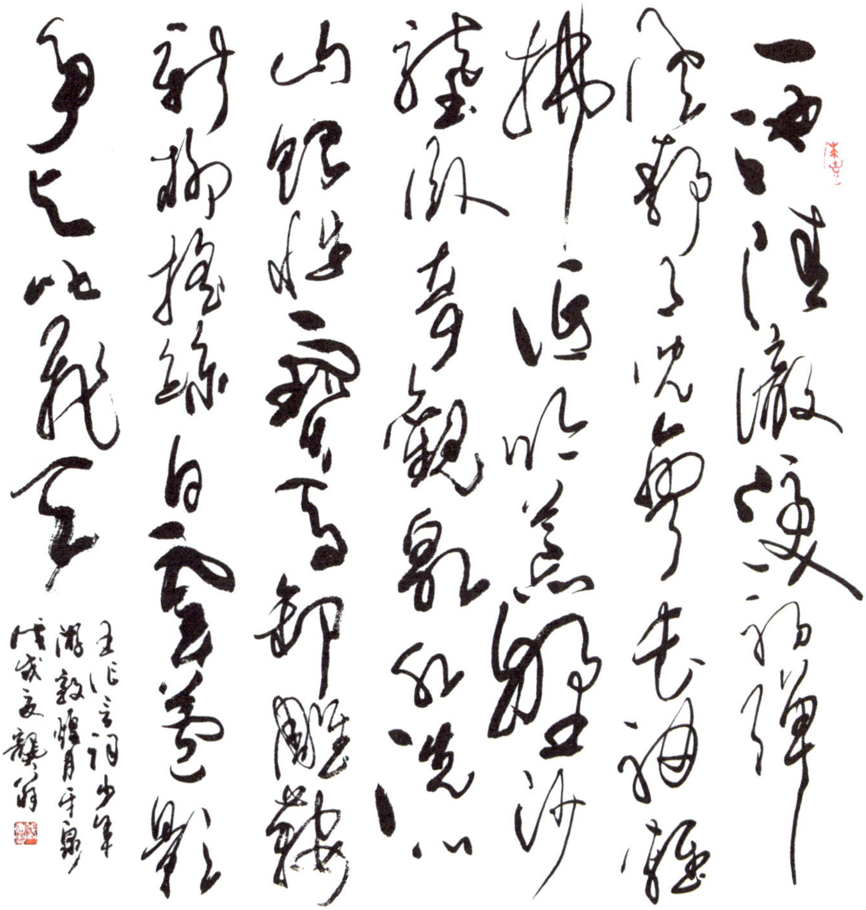

书法·龚翁（张宝忠）

# 苏幕遮

## 鸡年春节

彩云飞，烟雨邈，
爆竹声声，
万里苍天早。
五岳霞披身影佼。
三江欢腾，争把新春表。

路悠长，天未老，
冷眼西洋，
残雪催人恼。
但有雄鸡听报晓，
满地朝阳，岁岁风光好。

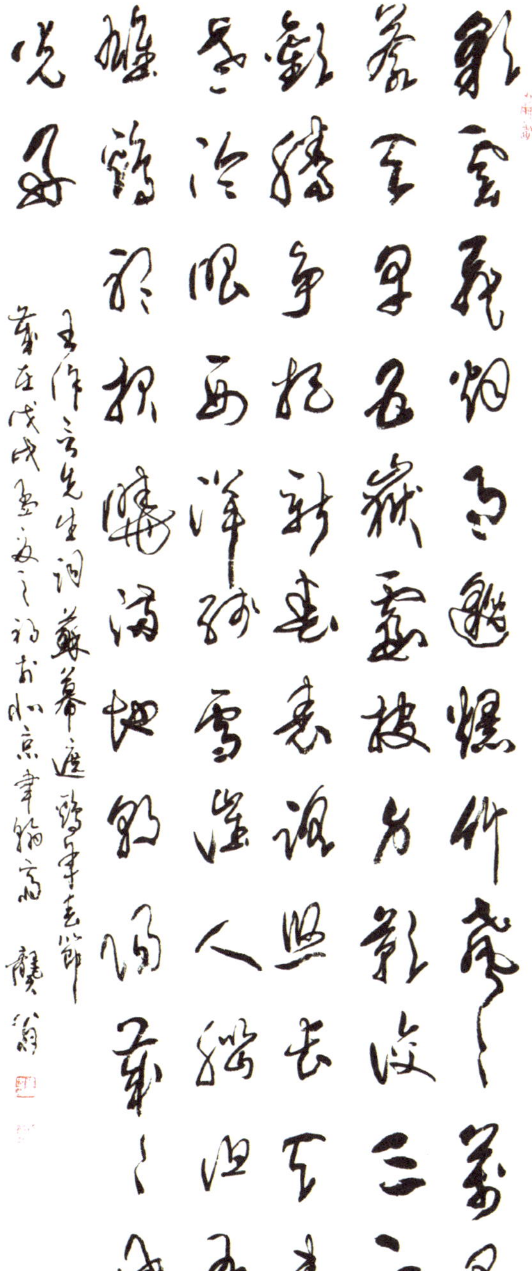

书法·龔翁（张宝忠）

# 诉衷情

## 写在储吉旺新著《谈生意与谈恋爱》首发式上

挥毫星斗灿若光，
拄腹尽华章。
手中四海轻握，
脚下卷三江。

戎马卸，为梓桑，
染鬓霜。
宏图虽展，依旧风流，
一代儒商。

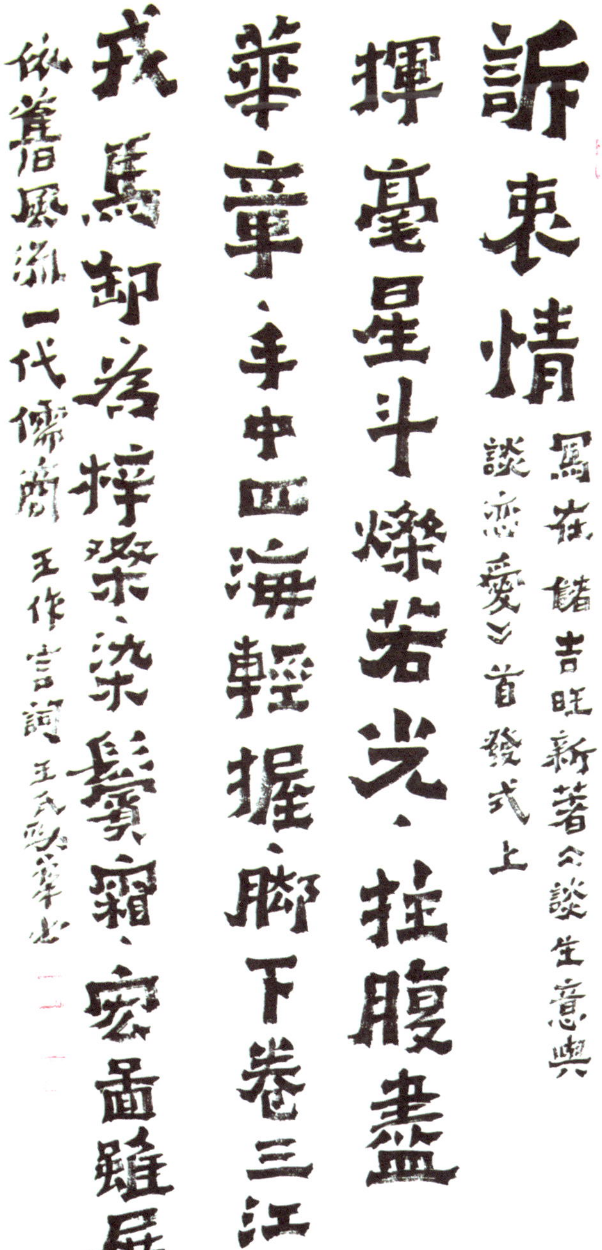
訴衷情
寫在儲吉旺新著公談生意與談戀愛之首發式上
揮毫星斗燦若光、拄腹盡華章、手中四海輕握、腳下卷三江
戎馬卻為梓桑、染鬢霜、宏圖雖展依舊風流一代儒商
王作言詞 王氏勁華書也

书法・王劲华

# 踏莎行

## 送王桂兰离参赞任回国

祖席畅饮，
里海阶畔，
香尘未洗长亭面。
隔水高楼春风暖，
红柿莫锁青石院。

长风魂消，
帘雨目断，
斜阳着意平波乱。
志高怀远无穷时，
来日依旧龙飞剑。

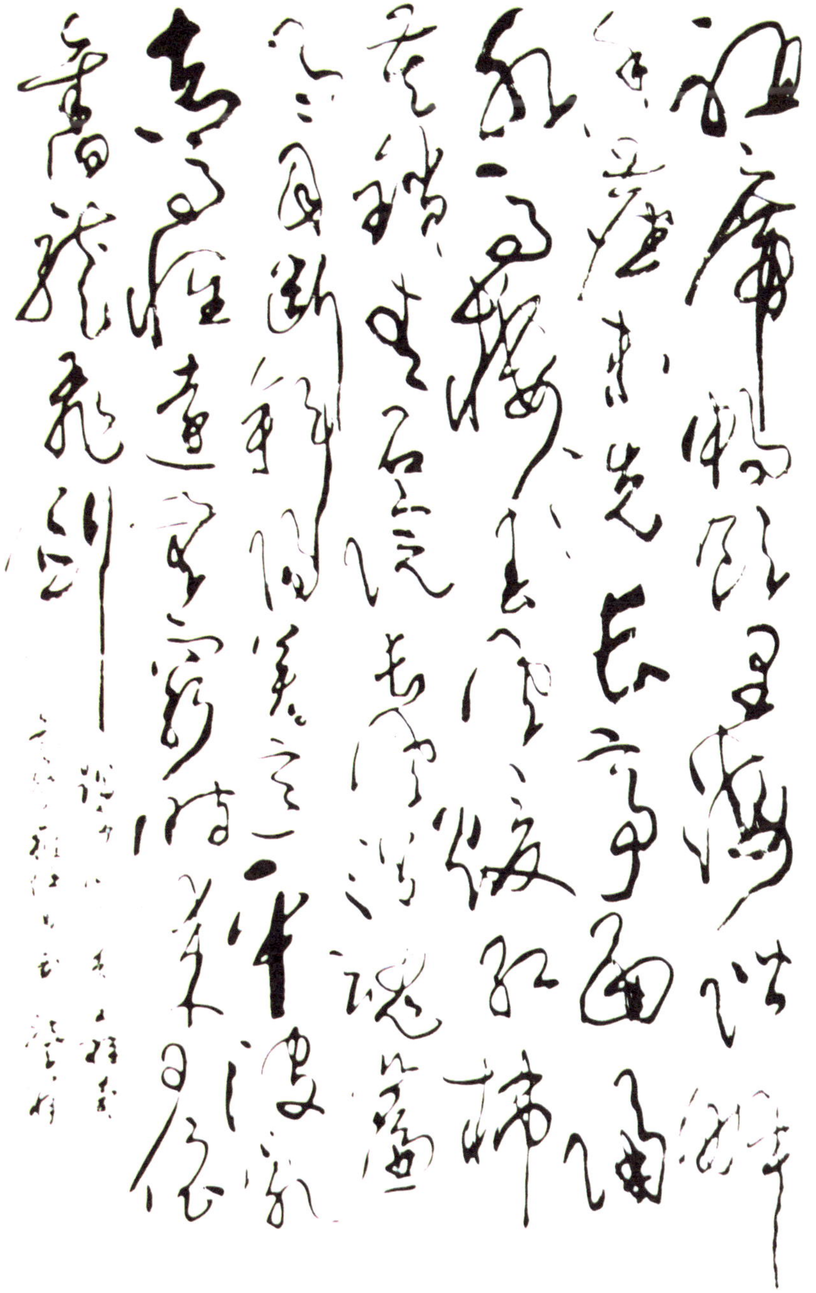

书法·龔翁（张宝忠）

# 太常引

## 月季花谢

夜来风雨戏帘窗，
佳丽卸钗妆。
乱点遗泽香，
漂流处、天遥地荒。

来时盛烈，
别时窈静，
蝶院暗惆怅。
将去旧时裳，
待来日、重披倩装。

毵毵风高弄篆穗佳丽卸妆
如龙舒遗泽柔深流急
遥化荒采时盛动别时寂静
除院暗惆怅好娇附意待来日
重投佳农 郭士荣引月季花谢 徐国安书

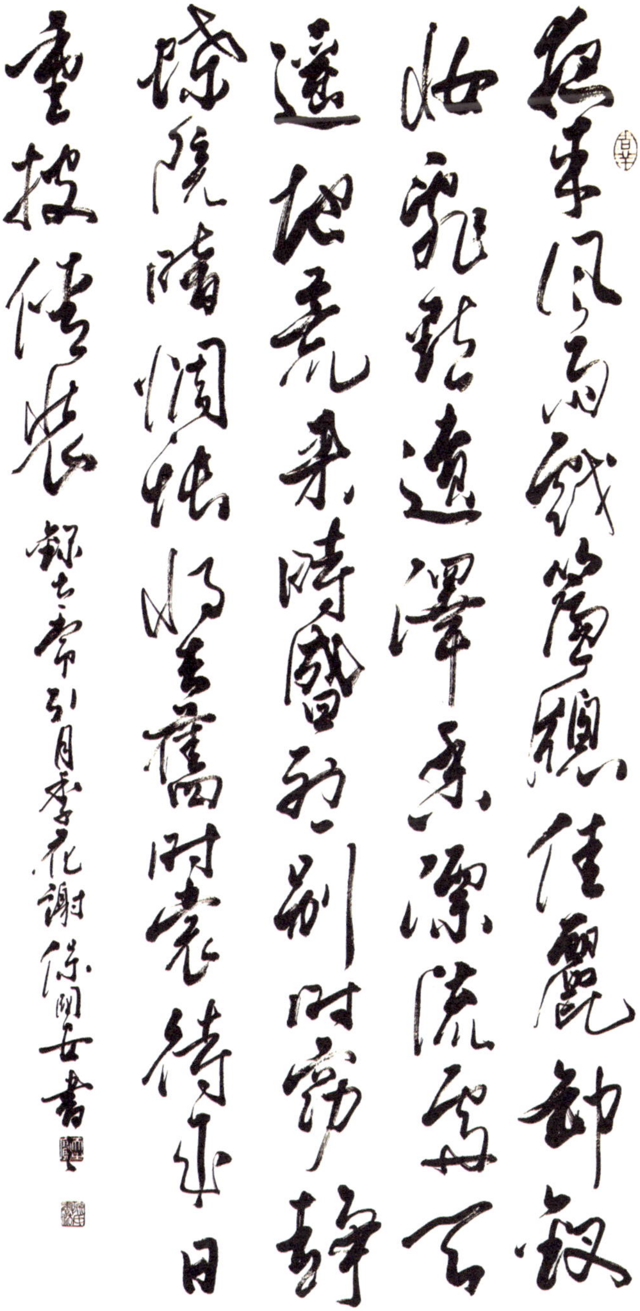

书法·保国安

# 太常引

## 登福州鼓山

白云睡卧碧泉涌，
禅道玉霄重。
山静现林空，
更山外、尘寰翠茏。

左旗右鼓，烟吐气罩，
脚下炮声隆。
多少烈儿容，
千万代、英魂未终。

白雲睡臥碧泉涌禪道玉
宵重山靜現林空更山外
塵寰翠籠左樵右鼓煙吐
氣罩腳下炮聲隆多少烈
兒容千萬代英魂未終

錄王作言詞太常引登振威鼓山村在戊戌歲夏秀全書

书法·章秀全

# 唐多令

## 写在阿利耶夫总统首次访华之际

千岭万条川，
长城里海牵。
驾祥云、全系河山。
恰是阳春三月里，
两方土，一重天。

奋笔绘新篇，
当书握手间。
向明朝、何为灵丹？
自古酬勤掌上业，
同策马，共扬帆。

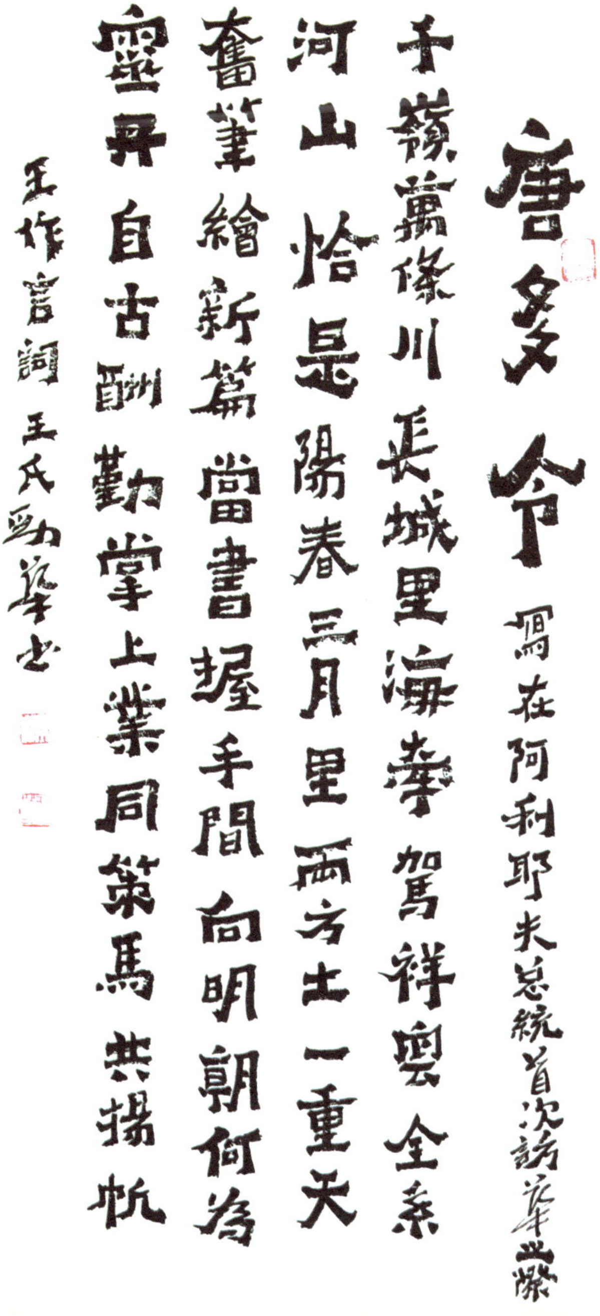
唐多令 寫在阿利耶夫總統首次訪華之際
千嶺萬條川 長城里海牽 駕祥雲 全系
河山 恰是陽春三月里 兩方土 一重天
奮筆繪新篇 當書握手間 向明朝何為
靈犀自古酬勤 掌上業同策馬 共揚帆
王作言詞 王氏勁華書

书法 · 王劲华

# 唐多令

## 夜宿南京状元楼

秦淮落银钩，
渔星万点舟。
梦金陵、雨敛云收。
倦客天涯知何处，
朱门户，状元楼。

曾伴帝王侯，
安得露叶秋。
看枯荣、尽与江流。
笑向儒生评天下，
功名事，几分羞？

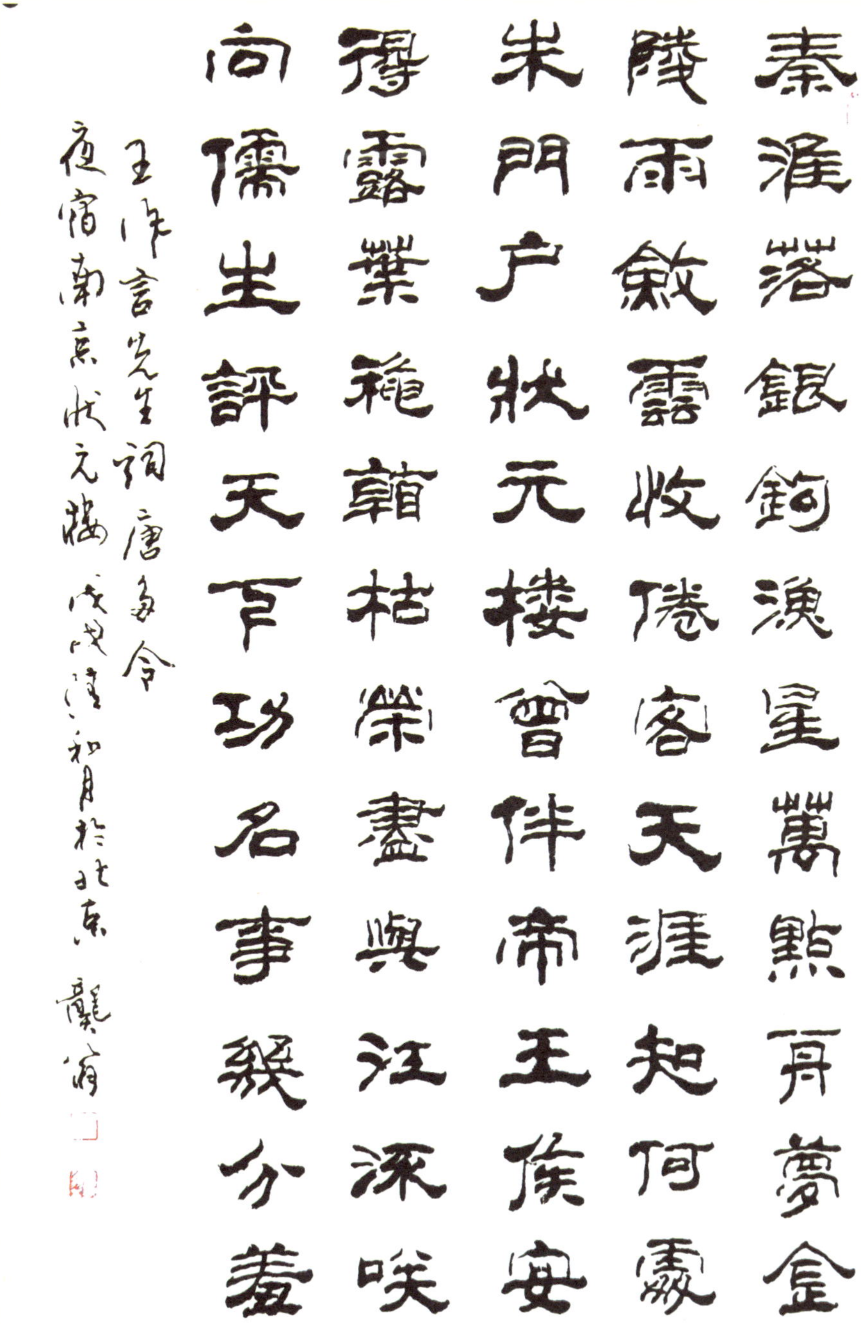
秦淮落銀鈎漁星萬點再夢金
殘雨斂雲收倦客天涯知何處
朱門户狀元樓曾伴帝王侯安
得露葉稀藉枯榮盡與江深咲
向儒生評天下功名事幾分羞

书法·龚翁（张宝忠）

# 天仙子

## 答友人

欲问平生愁多少，
万里晴空烟雾杳。
忧灵总把庸魂缠，
当知晓。
休自讨，但醉莫闻霜雁吵。

一觉醒来愁也了，
日月交辉天未老。
登楼还望几关情，
新阳杲。
山川佼，萧瑟秋光无限好。

試問平生愁多少，萬里晴空烟霧杳，憂靈總把庸魂纏，當知曉，休自討，但醉莫聞霜鷹吵。一覺醒來愁也了，日月交輝天未老，登樓還望然關情，新陽杲，山川依舊燦秋光，無限好。

錄王作言詞天僊子答友人 戊戌秋月秀全書

书法·章秀全

# 天仙子

## 爬山

峭壁山高何是路？
一步爬来寻下步。
你呼我诧又风急，
曾几度，求打住，
气短汗虚难自顾。

跃上苍天方觉酷，
手采白云脚踏雾。
枯杨紧抱慢回头，
悬崖竖，垂瀑布，
山顶风光惊魄处。

峭壁高山何处踏　一步飞来尊八步

戟枝又隐五峰霞　唯求方往气粗汗

霜鸡自顾望上苍天方觉酷多棕白

云脚踏露枯杨惊惕回头悬崖壁

垂瀑布山顶伫先鹤魄霞

王作言词　天仙子　爬山　戊戌仲夏　龔翁

书法·龔翁（张宝忠）

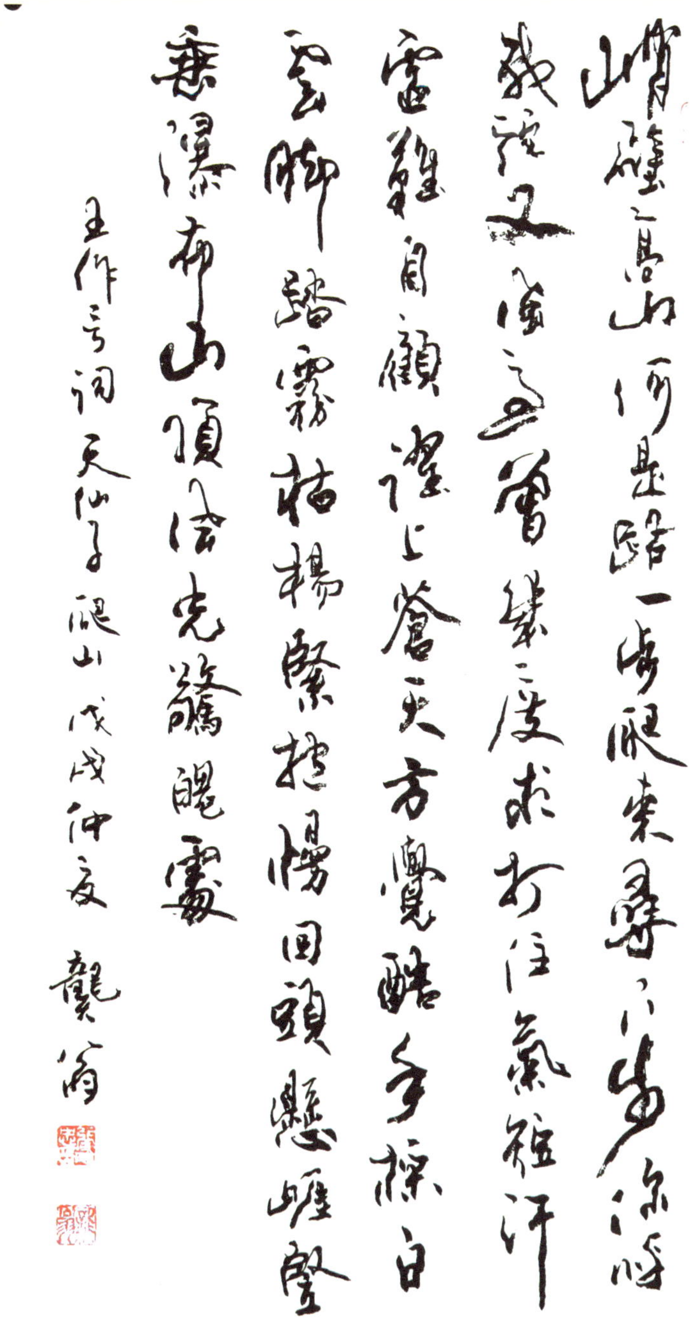

笔情墨意

# 武陵春

## 莫斯科中秋思寄祖国亲人

又见家乡中秋月，
青影在他桑。
无意凉风偏又霜，
哪堪望明窗。

恨梦多情挥不去，
水遥路茫茫。
但借嫦娥献玉觞，
家国问安康。

又見家鄉中龝月青影在他
森無意涼風偏又霜哪堪望
明窗恨夢多情揮不去水遥
路茫茫但借嫦娥獻玉觴家
國問安康

錄王作言詞武陵春莫斯科中秋思寄祖國親人
時在戊戌桂月之澣章秀全書於京都

书法·章秀全

# 惜分飞

## 两地思

欲寄鸿书愁路远，
恨东风都不管。
夜凉帘莫卷，
天涯望尽灯那盏。

米水无思思又减，
盼春回春却懒。
梦里马蹄喘，
三更已过门虚掩。

惱分飛，兩地思

欲寄鴻書愁路遠，恨東風都不管

夜涼帘幕卷，天涯望盡燈那盞，求

水無思思又減，盼春回春都懶，夢

里馬蹄嘶，三更已過門虛掩。

戊戌金夏王作言詞 王氏勁華書

书法・王劲华

# 小重山

## 海外望故乡

明月清风小帘钩，
断肠天涯人、上高楼。
苍山隐隐暮云收，
云山外、水阔路悠悠。

寒蛩恼人愁，
声声催罢了、不曾休。
问君东去几分秋，
管教我、夜永梦摇舟。

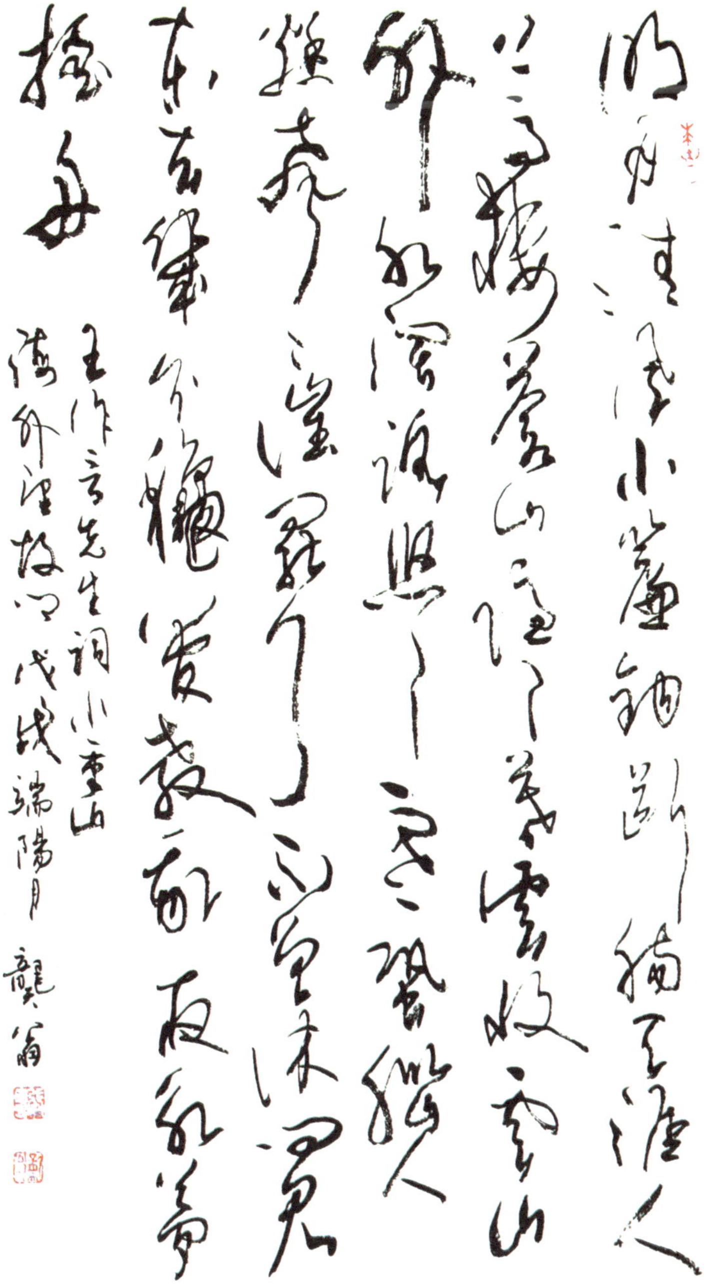

书法·龚翁（张宝忠）

# 谢池春

## 春到北京松山国家森林公园

一夜东风，又过几声啼鸟。
问香帘，桃花多少。
幽林深处，尚云遮烟缈。
算青松睡梦方晓。

朝晖尽洒，伴笑语欢歌杳。
更惹起，溪水路草，
柔波羞步，踏春君来早。
莫轻说此番醉了。

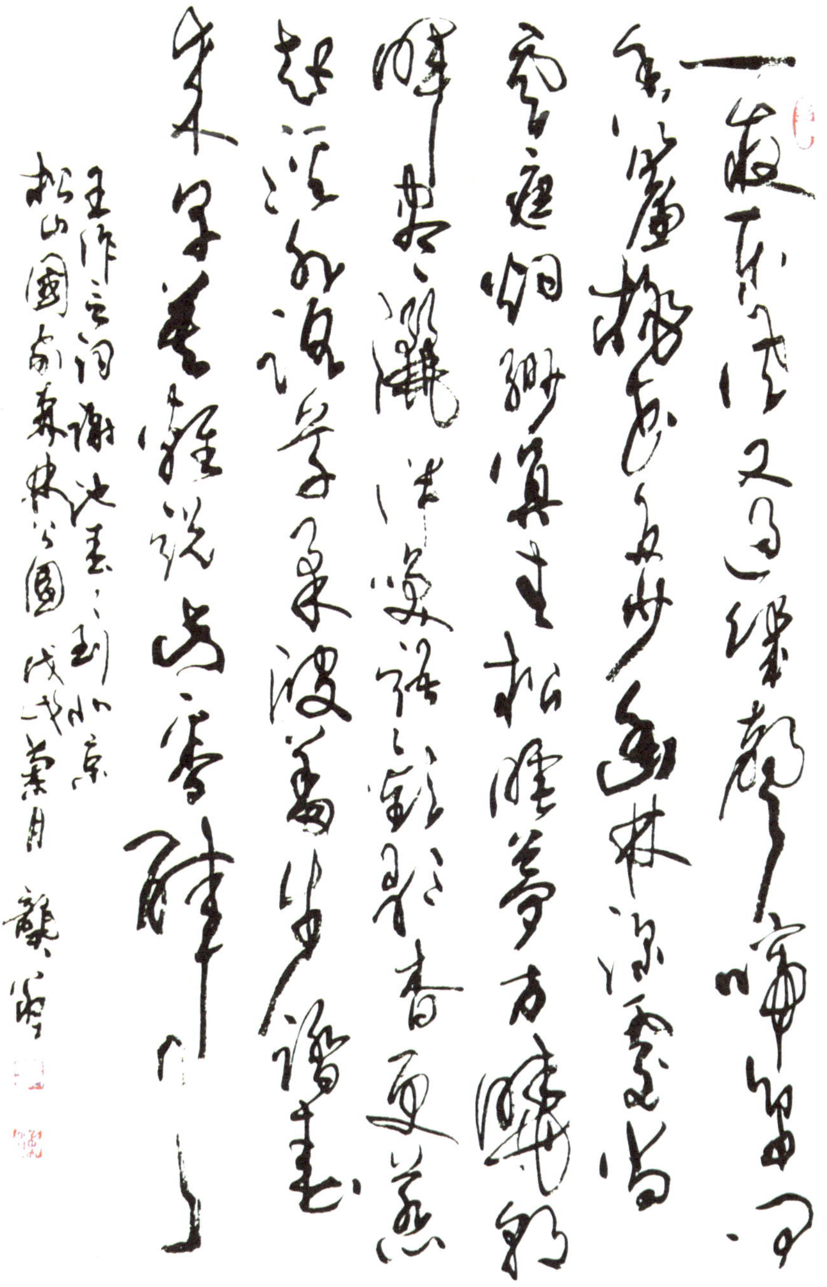

书法·龔翁（张宝忠）

# 扬州慢

## 飞雪

絮絮扬扬，
飘飘洒洒，
瑶空鹤舞鹅翔。
渐纷纷簇簇，
谁抖绢花裳？
一瓣瓣、轻姿摇曳，
眉梢拂过，又吻腮梁。
诧天公、玉驾临巡，幡帐穷阊。

此情休叹，恁无端、忽逞凶狂。
似野马脱缰，
长嘶短啸，貌势浩雱。
不尽苍山荒岭，稍一刹、皆扮银装。
莫人间寰世，
从此剔透莹璋？

絮絮揚揚飄飄灑灑瑶空鶴舞鶩翔漸
紛紛簇簇誰抖綃苍裳一瓣瓣輕姿揺
曳眉梢拂過又吻腮梁詫天公玉駕臨
巡幡帳窮閭此情休歎恁無端忽逞兇
狂似埜馬脫繮長嘶鎧嘯貔勢浩雱不
盡蒼山荒嶺稍一刹皆扮銀裝莫人間
寰世從此剔透瑩璋

錄王作言词揚州慢飛雪
时在戊戌歲夏 樂天书

书法·乐天（章秀全）

# 扬州慢

## 寄校友

浩荡江山，苍茫寰世，
人称一代风流。
念红尘岁月，共烟水悠悠。
为家国、奉身终许，
贫富难撼，谁负春秋？
喜窗前、朝旭暮晖，
壮志当酬。

浮生易梦，
论枯荣、且下高楼。
任豪气犹知，风华已去，休上心头。
纵可揽云缚月，
安知晓、已唤廉叟。
趁时光尚好，
与君放棹摇舟。

浩蕩江山蒼茫寰世人稱一代風流念
紅塵歲月廿烟永悠ニ為家國奉身終
許貧富難撼誰負去秋喜窗前朝旭暮
暉壯志當脚浮生易夢論枯榮且下高
樓任豪氣猶知風華已去休上心頭縱
可攬雲縛月安知吮已喚廉叟趁時光
尚好與君放棹搖舟

錄王作言詞揚州慢寄校友樂天书

书法·乐天（章秀全）

# 瑶台聚八仙

## 咏 月

冰玉银盘，霜华界，
霓曲曼舞广寒。
醉波柔步，疑是大地山川。
夜至悄然爬牖户，
圆亏润缺几悲欢？
意绵绵，欲思来去，
天上人间。

非嫌琼瑶寂寞，
只怨尘世远， 不见村烟。
隔岸织女，终有鹊桥能攀。
仙槎久望未到，
却照旧金屏抱素衾。
低回首，淡影谁踏碎，
误了归帆。

冰玉銀盤霜華累霓曲曼舞廣寒醉波柔步疑是大地山川夜至悄然爬牖戶圓斟潤飲幾悲歡意緜綿戀思來去天上人間非嫌瓊瑶寂寞祇怨塵世遠不見邨煙隔岸織女終有鵲橋能攀仙槎久望未到卻照舊金屏抱素奩伍四首潛影誰踏碎誤了歸帆

錄王作言詞漢宮春八仙咏月
時在戊戌歲夏樂天書

书法·乐天（章秀全）

# 夜游宫

## 巴库处女塔

怒浪狂涛裂岸，
揪心撕肺贞魂唤。
刚烈红颜千古叹，
水姣姣，雨萧萧，
情眷眷。

一跃都了断，
此身怎肯妖魔犯。
孤寂高塔空做伴，
夜长思，日长盱，
来世见。

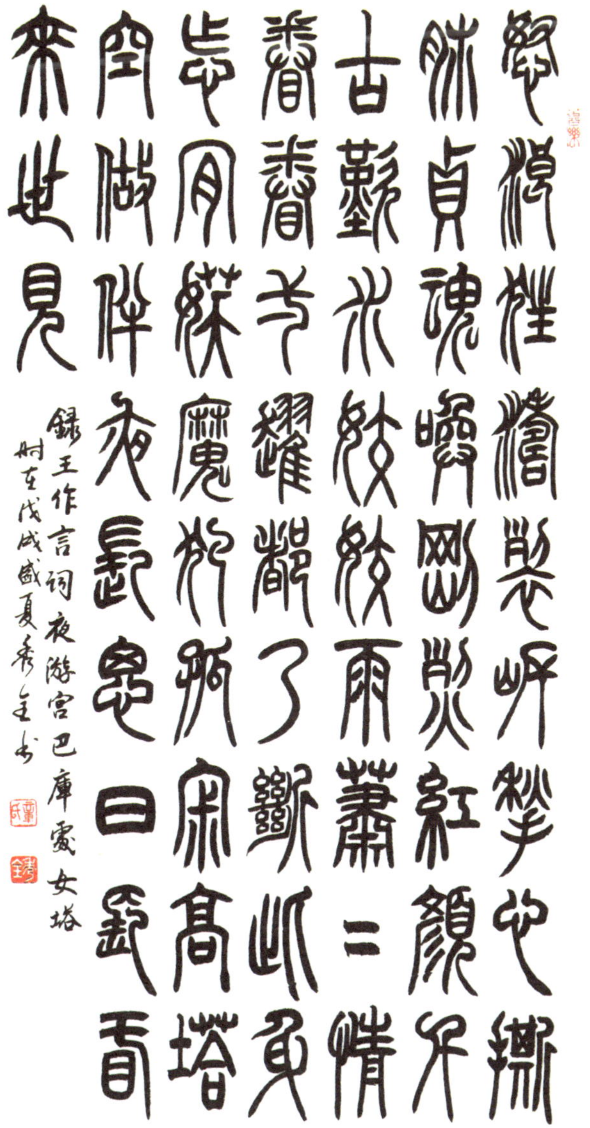


书法·乐天（章秀全）

# 夜游宫

## 无情漏空狂泻

壬午年十一月九日始，百年不遇的狂风暴雪袭击原本气候温和的巴库，连续多日不休，皑皑银装世界虽壮观，却心如焚

无情漏空狂泻，
突袭暗偷寒江夜。
梦半惊觉窗摇曳，
天蒙蒙，地茫茫，呼欲裂。

更次烛灯灭，
昼来又报龙门噎。
可叹娇童戏犹惬，
孰可知，途中人，归心切。

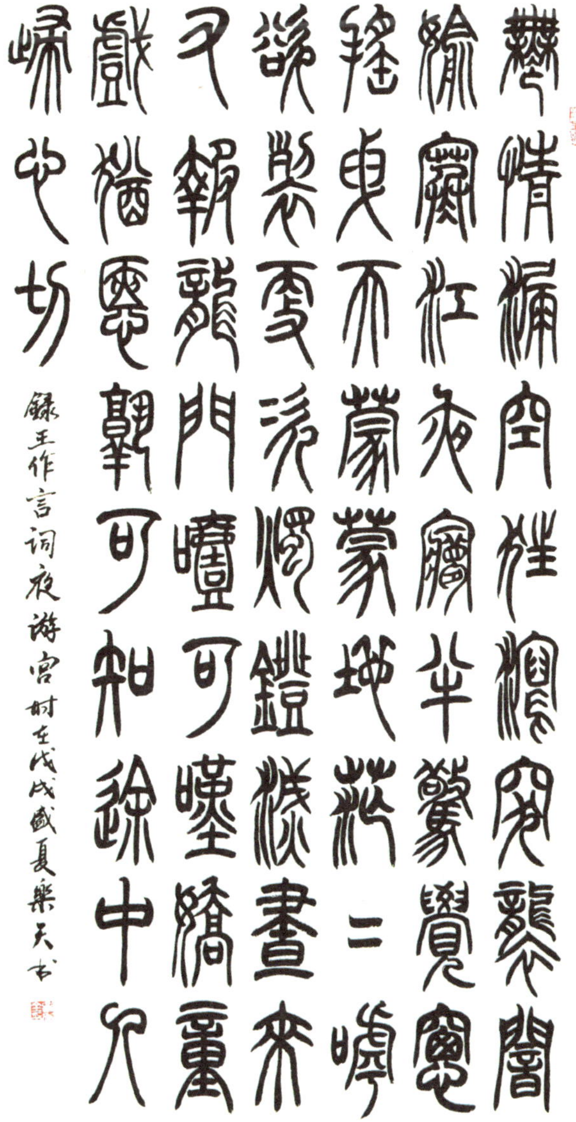


书法·乐天（章秀全）

# 谒金门

## 冬日晨观尼亚加拉大瀑布

浑天雾。
嘶奔万蹄神騄。
又似银河身坠竖，
不知来去处。

我欲唤当斗戽，
只恐天公迁怒。
夜慢钟疲徒起夙，
归来黄果树。

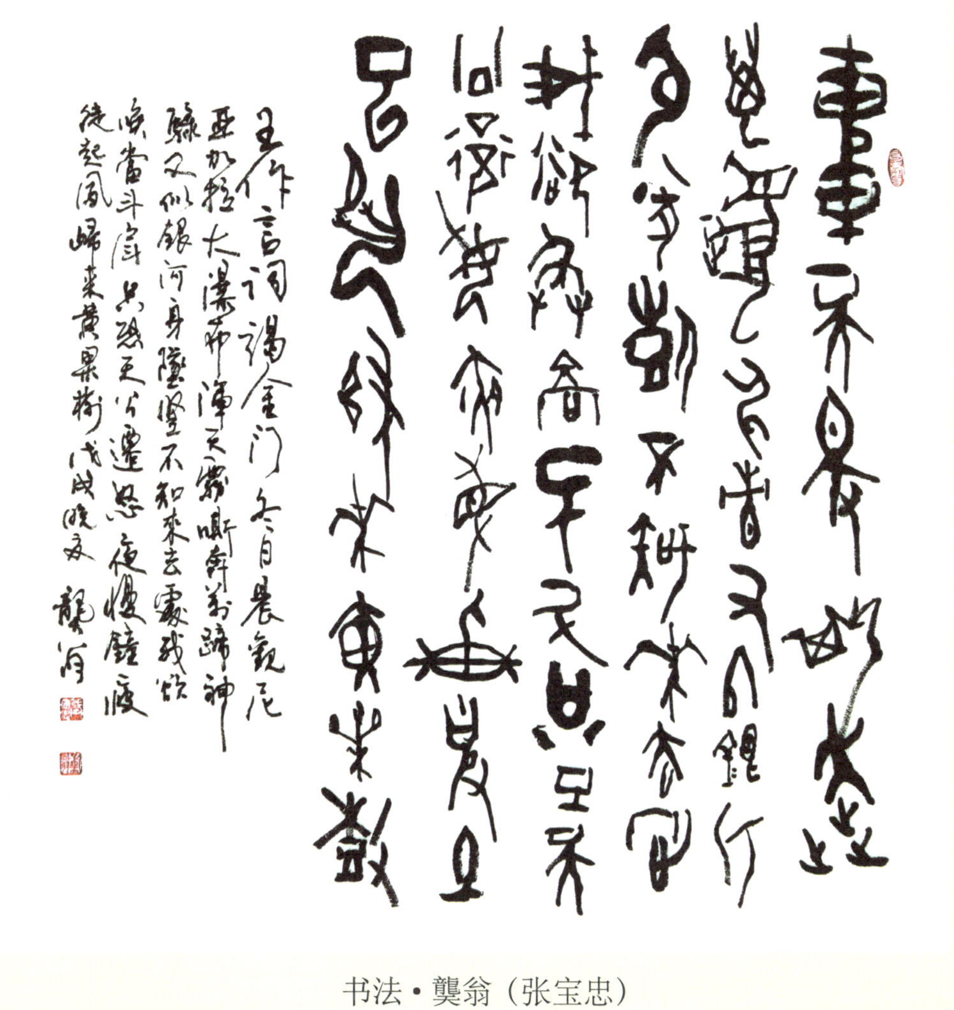

书法·龚翁（张宝忠）

# 一剪梅

## 邯建集团改制成功赠宫克石

疆场何谈卸玉鞍？
踏破河川，
知向谁边。
千军万骑震声酣，
横卷三关，
天外蓝天。

不尽韬略眉宇间。
宵也思掂，
旦也熬煎。
轻晖初抹无奇观，
独上峰巅，
一览群山。

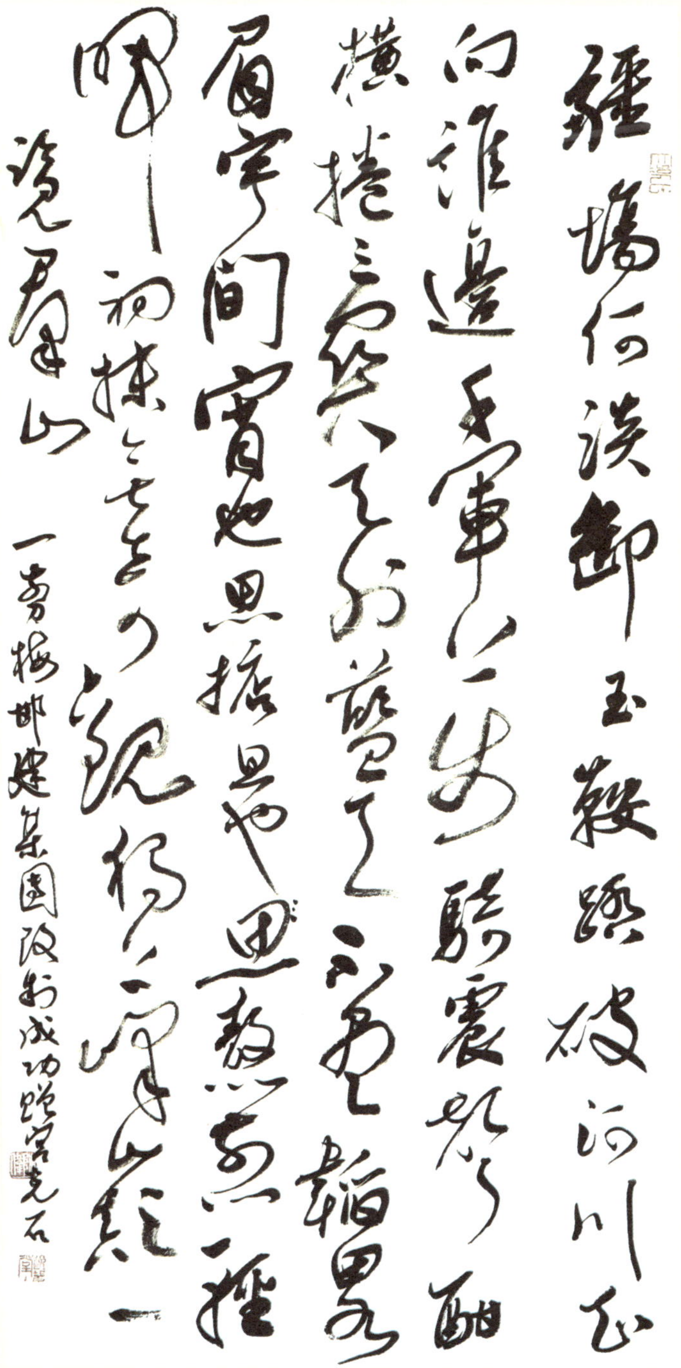

书法·陈伟

# 一剪梅

## 春日堤岸咏柳

秀发垂肩昼夜梳。
姿韵柔株，尘界仙姝。
融融春讯始当初。
媚眼方舒，
尽惹鹁鸪。

墨客文人美誉沽。
独占堤垆，紫佩金纡。
风头马下任妖浮。
来日形枯，
怎比苍梧。

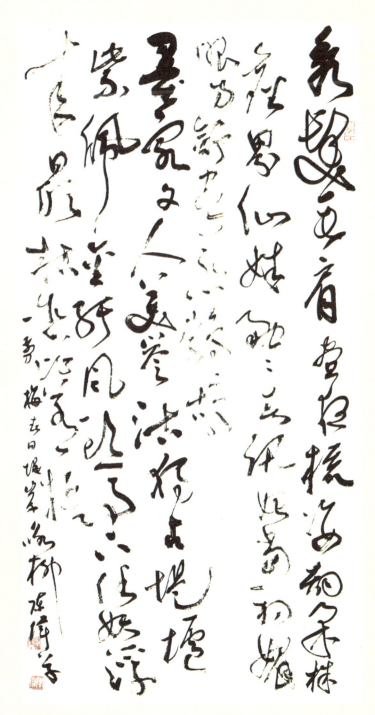

书法 • 陈伟

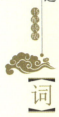

# 一丝风

## 望蓬莱水城

负山扼海锁浪波，
刀寨一池罗。
素萦戚氏魂魄，
青史令吟哦。

操水武，
舰巡梭，
退寇倭。
秋风明月，
暗上墙堞，
同把思托。

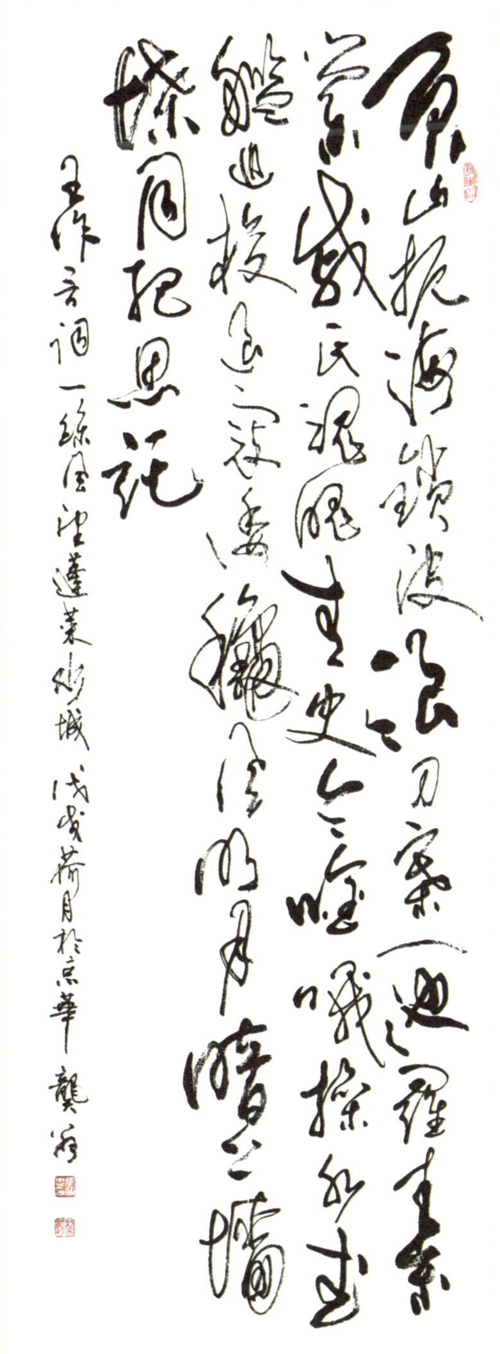

书法·龚翁（张宝忠）

# 忆秦娥

## 过阿拉吉亚斯山口①

风云变，
昏天怒作千嶂暗。
千嶂暗，
狂泻顿泼，车爬山半。

脚前无路胸前汗，
恶风又卷空轮旋。
空轮旋，
山顶浩荡，阳光一片。

注：（1）阿拉吉亚斯山口位于亚美尼亚境内，海拔高，山势险峻，是由格鲁吉亚首都第比利斯通往亚美尼亚首都埃里温的必经之地。这里四季山下山上气候变化无常，被称为“死亡之地”。

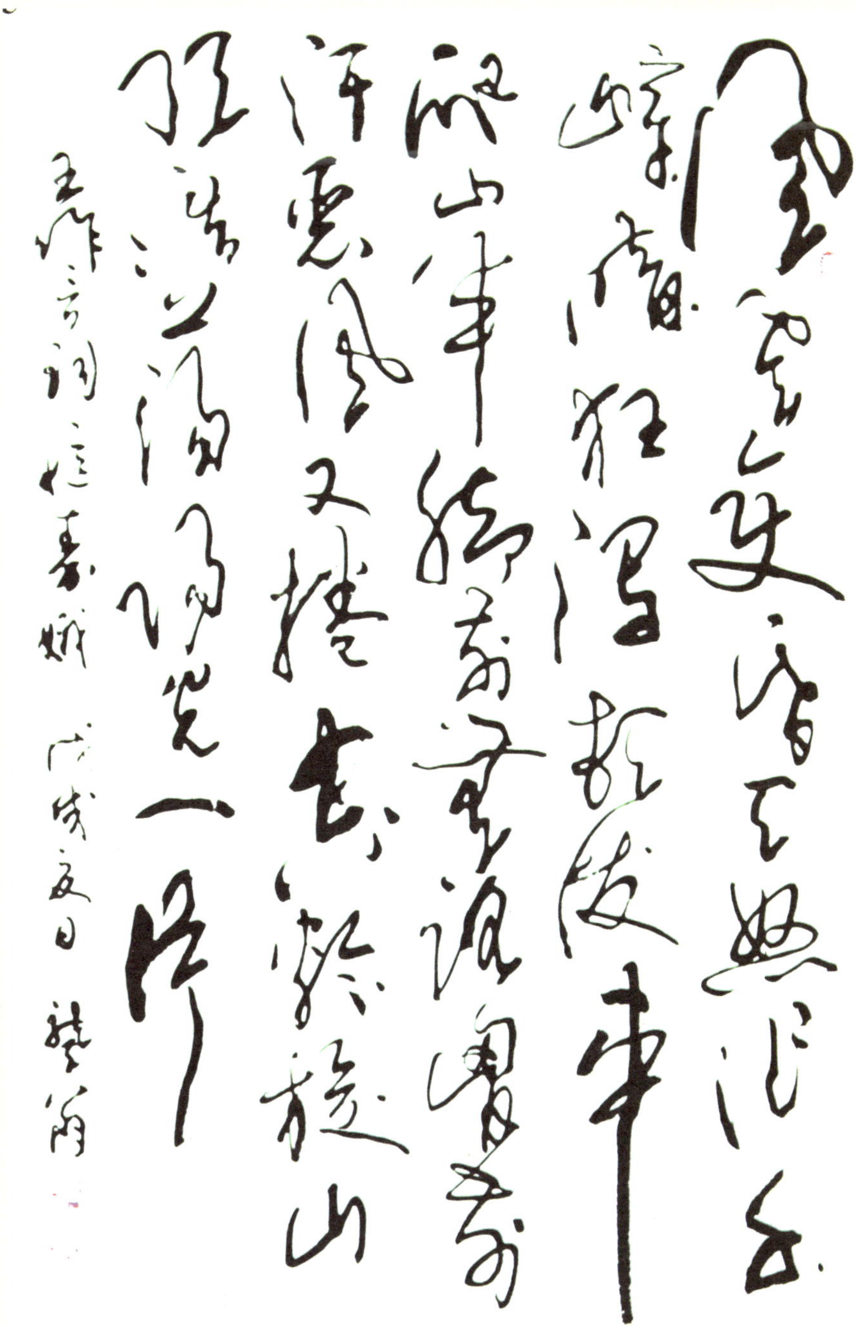

书法·龑翁（张宝忠）

# 永遇乐

## 从诺曼底半岛望英吉利海峡[1]

世代江山，沧桑岁月，
几多磨耗 ？
难消当年，尘烟八百，赤地残阳照。
乱云飞处，浪击石碎，轻把壁垒夸耀。
孰能知、三千天客，
瞬间地陷海啸。

峡空望断，霜星如诉，
荣灭自应天道。
惟叹英雄，魂栖鱼蟹，寂寞凭人吊。
幽思未去，哀声乍起，又见刀光弹炮。
待何日、环球方静，
永消恐暴？

注：（1）法国诺曼底半岛伸向英吉利海峡，峭壁雄险。1944 年 6 月 6 日，第二次世界大战中的盟军在此登陆成功，奠定了大战胜利的基础，成为重要的转折点被载入史册。

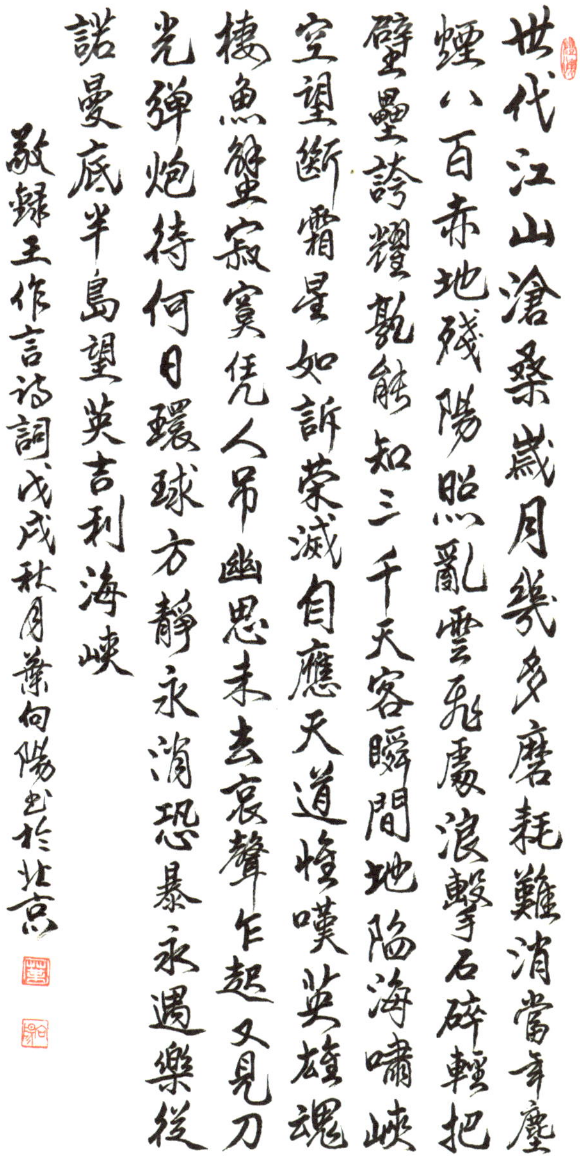
世代江山滄桑歲月幾多磨耗難消當年塵
煙八百赤地殘陽照亂雲飛處浪擊石碎輕把
壁壘誇耀孰能知三千天容瞬間地陷海嘯峽
空望斷霄星如許榮滅自應天道悵嘆英雄魂
棲魚蟹寂寞凭人弔幽思未去哀聲乍起又見刀
光彈炮待何日環球方靜永消恐暴永遇樂從
諾曼底半島望英吉利海峽
敬錄王作言詩詞戊戌秋月葉向陽書於北京

书法 • 叶向阳

# 渔歌子

## 告别母校奔赴西北

遥指临洮几欲催，
夕阳半挂燕低飞。
风莫喘，
浪别追，
红云来日伴儿归。

告别舟楫奔趋，两地遥相眺。
眺塔催夕阳，半挂蒸腾，
飞云逐暮浪，翻却红云罩，
来日伴君归。

王作言先生词遥望有作
戊戌蒲阳月于南京，龚翁

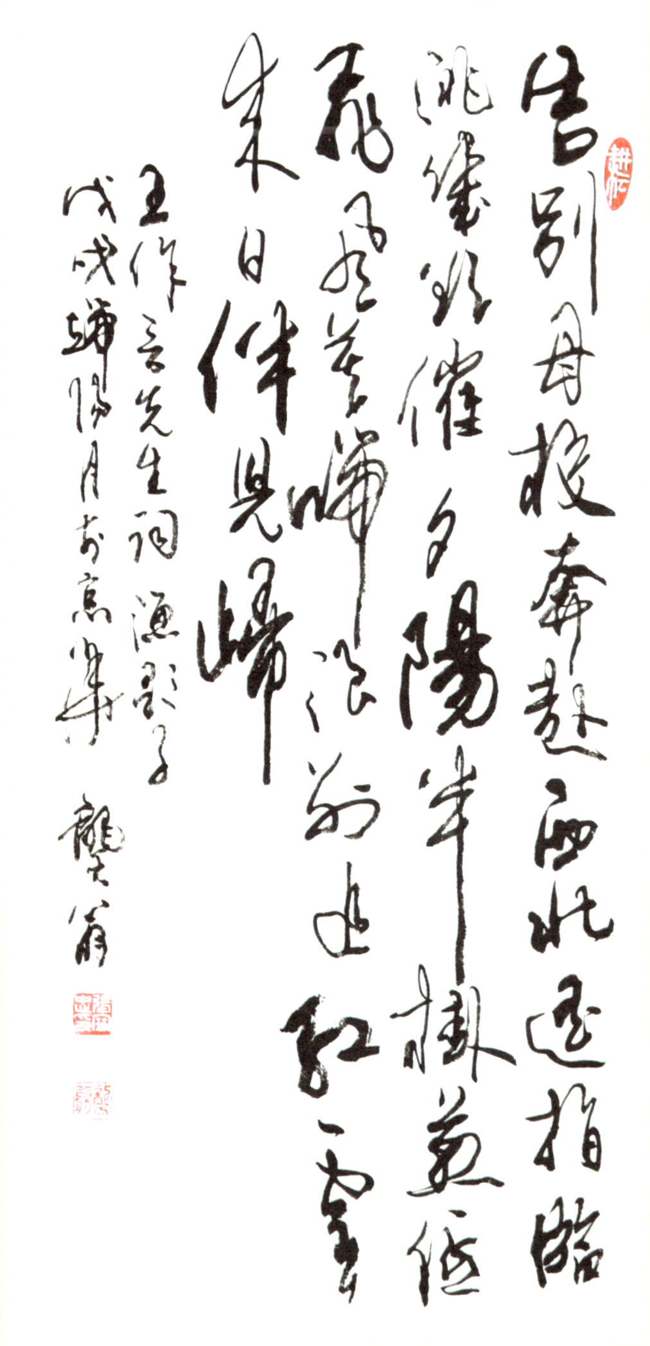

书法·龚翁（张宝忠）

# 虞美人

## 初到西双版纳

醉卧版纳好风光，
莫道异国乡。
莺啼燕欢芭蕉肥，
轻风柔水竟相浴朝晖。

野径飞花迷无路，
竹楼抱玉树。
日落箫起舞华章，
何不美酒盈樽高举觞？

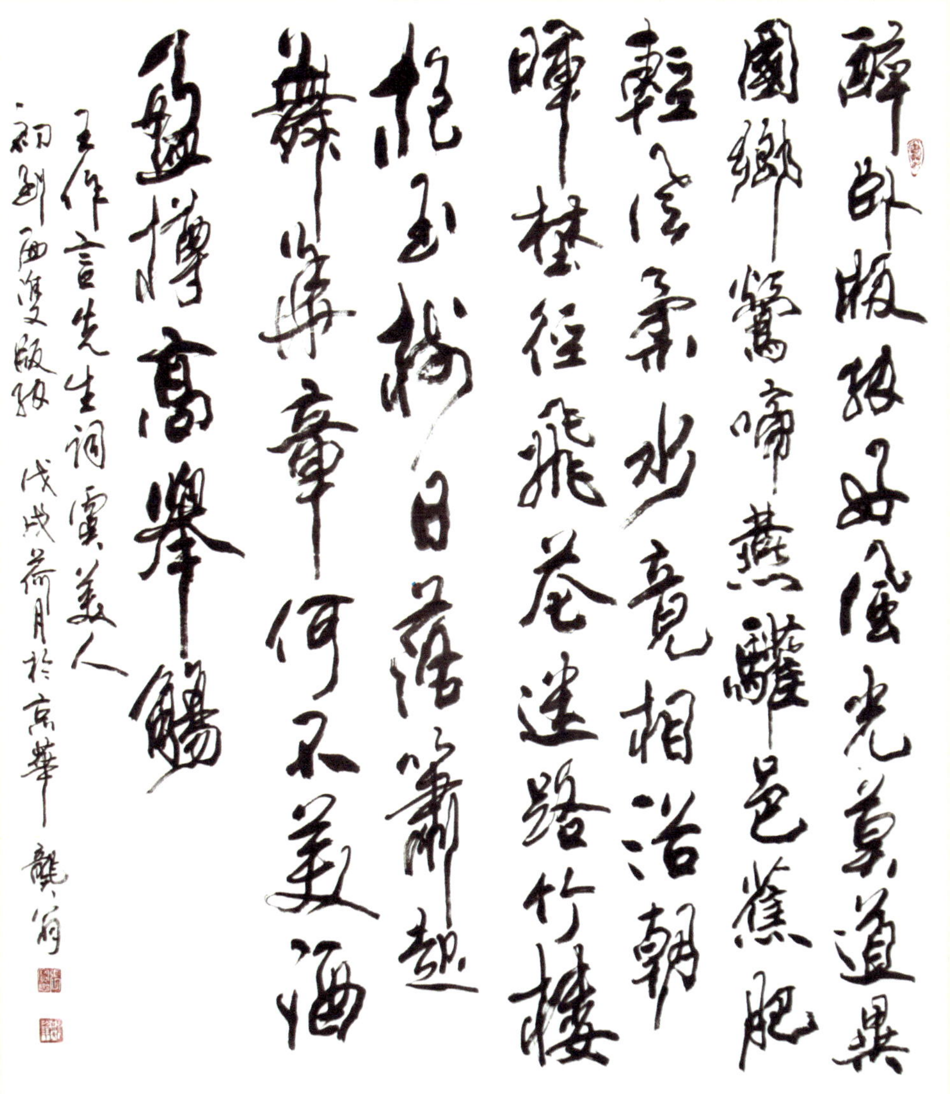

书法·龚翁（张宝忠）

# 雨霖铃

## 春夜思

飞花时节，见东风浅，
暮雨将歇。
阶前落魂狼藉，
低帏尽卷，堪伤轻别。
寂寞昏灯一盏，
照孤影双叠。
念往事、消没烟波，
顿聚心头理难绝。

男儿自古争人杰。
更能抛、满腹青春血。
今宵气指何处？
须眉淡，碧侵霜掠。
美景良辰，都付、前朝春日秋月。
怎奈得、帘外尘寰，
依旧金瓯缺。

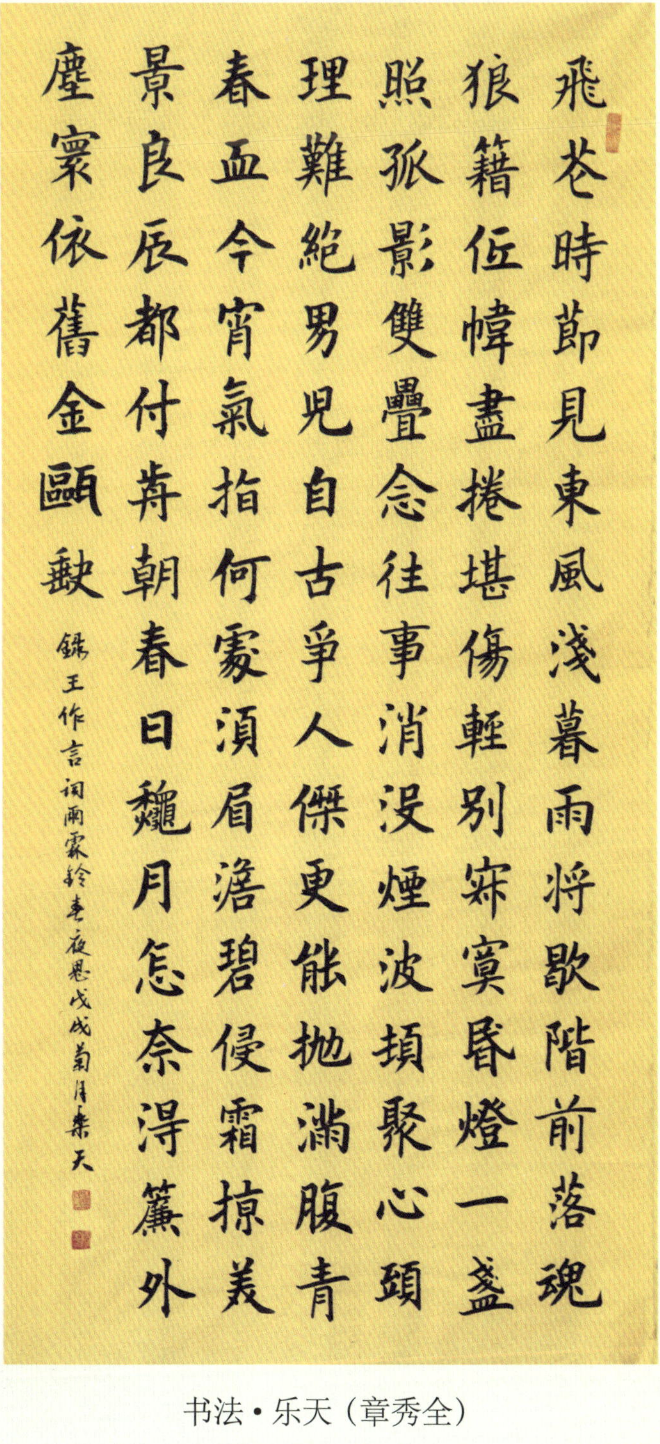
飛卷時節見東風淺暮雨將歇階前落魂
狼藉伍幃盡捲堪傷輕别寐寞昏燈一盞
照孤影雙疊念往事消沒煙波頓聚心頭
理難絕男兒自古爭人傑更能拋滿腹青
春血令宵氣指何處須眉渰碧侵霜掠美
景良辰都付壽朝春日飄月怎奈渇簾外
塵寰依舊金甌缺

书法 • 乐天（章秀全）

# 玉漏迟

## 清明

岸边娇柳细，风轻水碧，
春魂新绿。
已过寒食，恰又雨晴天霁。
檐下殷勤燕子，
舞不尽，啼鹃争旋。
清明祭。
芳菲路上，车缓人密。

幽幽世祖仙灵，寂寞卧黄沙，
庇荫社稷。
杂草清除，献过百花鲜丽。
冥纸香烟荡起，
一缕缕，情思全系。
云影里，
泪雨厚恩追忆。

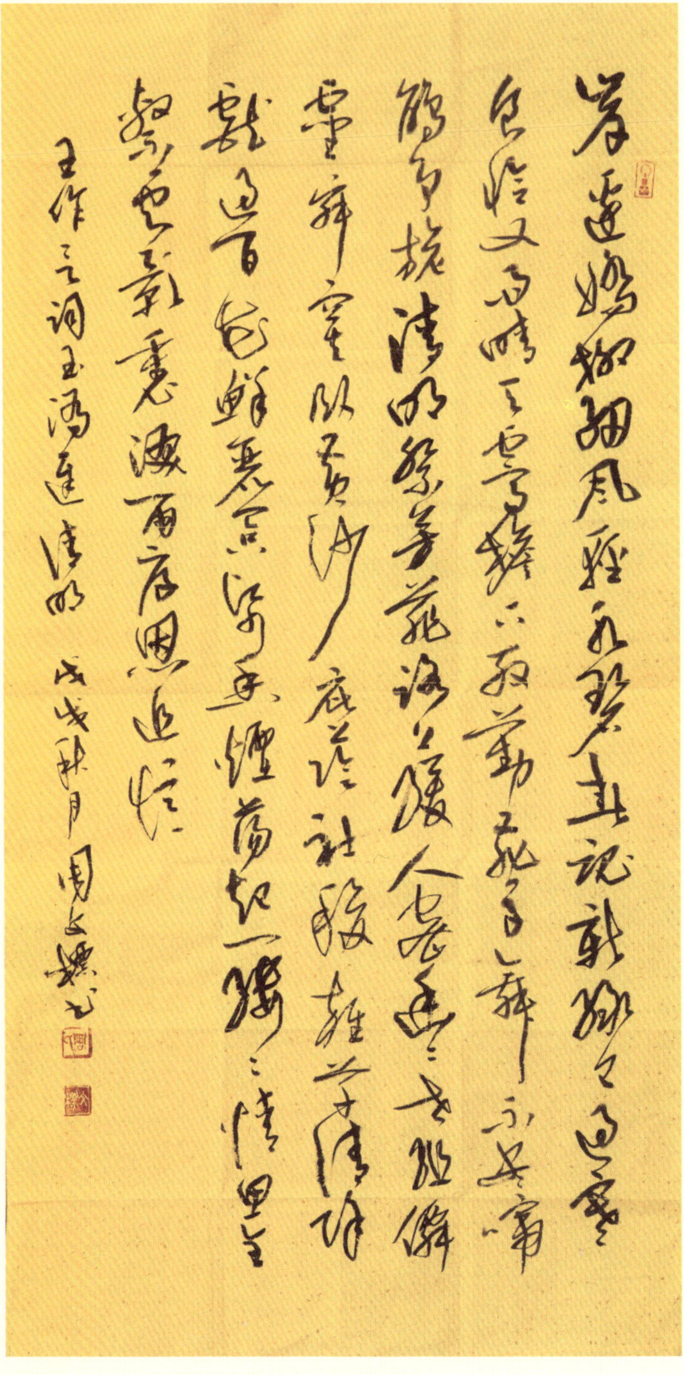

书法 • 周文标

# 玉楼春

## 柳絮

多情媚柳无情絮，
才闹春光纷又去。
痴心只肯拜东风，
不与乱枝拥翠绿。

芳菲世界雪花趣，
乍起乍飞寻未遇。
越墙直落案头来，
墨染冰魂成妙句。

多情媚柳世情浓寸阔春光好又去痴心只有怜东风不走乳枝携翠绿芳花去暮雪花拂个都在飞君来遇栽情主席宴邸来笔液冰祝成妙句

王作言玉楼春媚柳浓诗

戊戌岁荆为平书

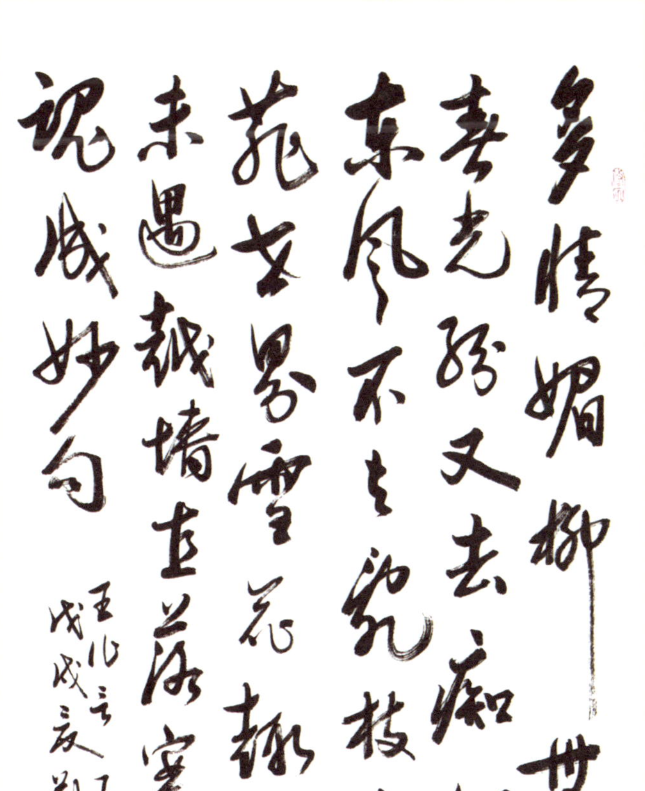

书法·荆为平

# 御街行

## 喀纳斯湖

琼浆玉液一池翠，
人未见，心先醉。
山烟疏淡水波平，
卧锦屏前酣睡。
几声画棹，浪花溅起，
好梦轻犁碎。

天公巧作龙珠坠，
绿帐里，藏娇媚。
千年浮木抹青苔，
岸上空留鞍辔。
诧惊雾起，佛光恍现，
谁在光环内？

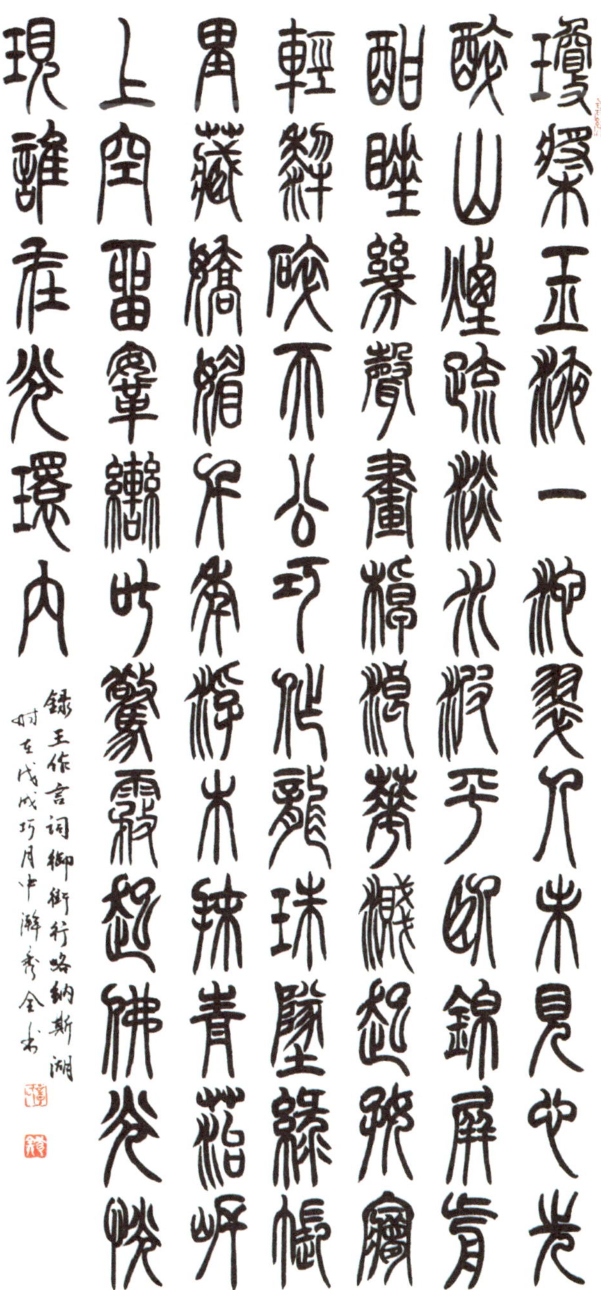


书法·章秀全

# 长相思

## 海外庆佳节

岭千重，
水千重。
阵阵家乡鞭炮声，
人人乐盈盈。

干一盅，
再一盅。
滴滴中华大业兴，
年年享太平。

岁岁重水千重陆之家织糨

炮声人之乐雷之千一尽再云

渴之本华大业兴年之李太平

王作言词 长相思 海外庆佳节

岁次戊戌春月王于津上 登远

书法·陈登远

笔情墨意

# 长相思

## 到纽约联合国总部

争人权，
谋霸权。
阵线分明在讲坛，
联合难上难。

穷人天，
富人天。
有过悲哀有过欢，
何时把手牵。

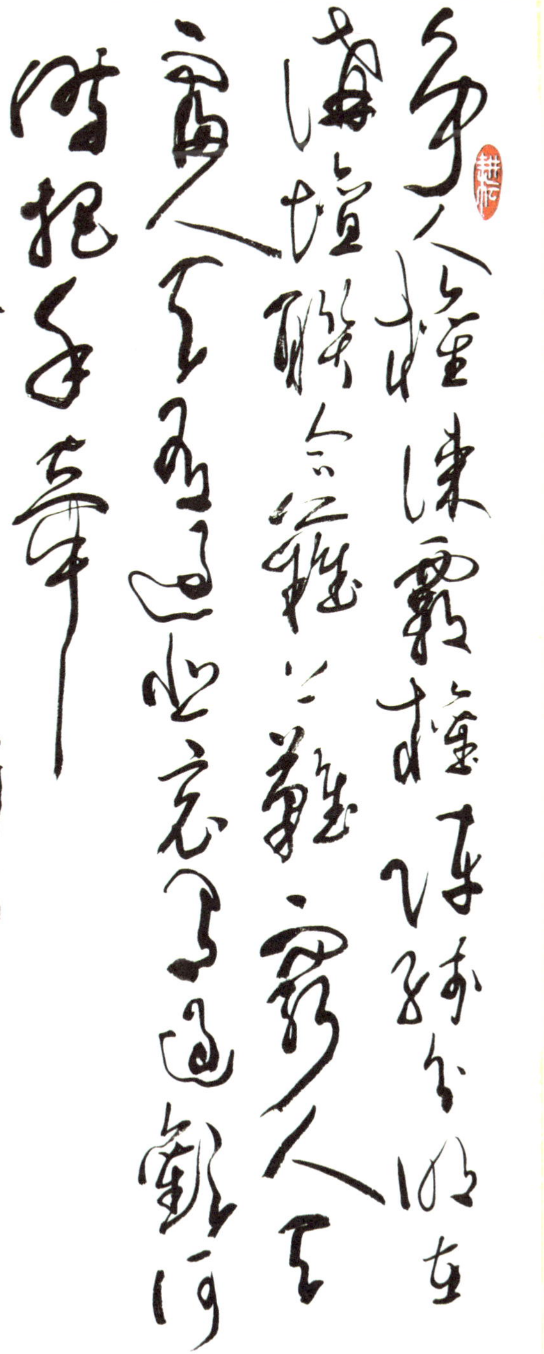

书法·龔翁（张宝忠）

# 长相思

## 夜读

夜幔深，
雨幔深。
半尺砖头闹乾坤，
疲灯壁上吟。

泪满巾，
汗满巾。
心有归时常忘身，
轩窗束万根。

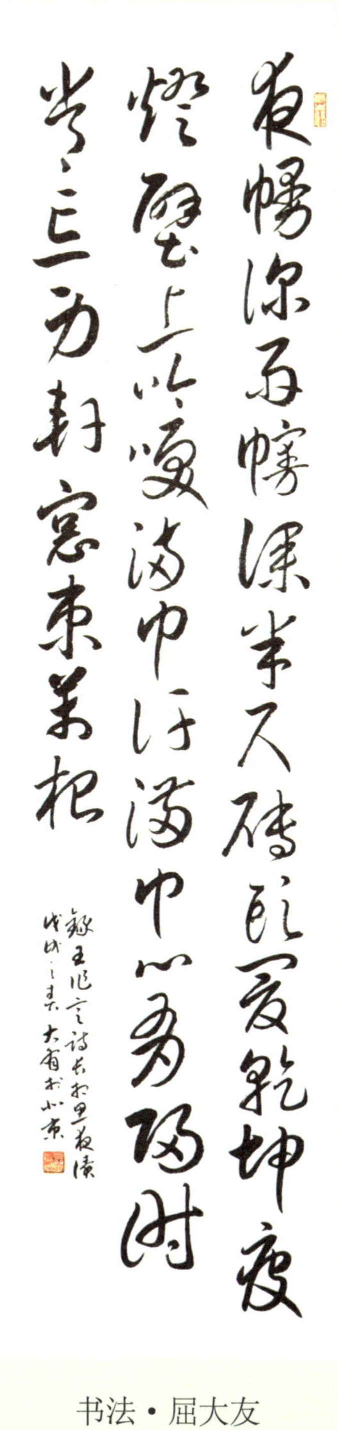

书法·屈大友

# 鹧鸪天

## 与老同学杜圣锡相逢通州

崂山当年柳色深，
经纶倜傥指华阴。
三十年后通州绿，
依旧乡音湿汗襟。

时月躁，鬓霜侵。
风雨可知避寒温？
别来酿就一缸醉，
伴君重弹《江上吟》。

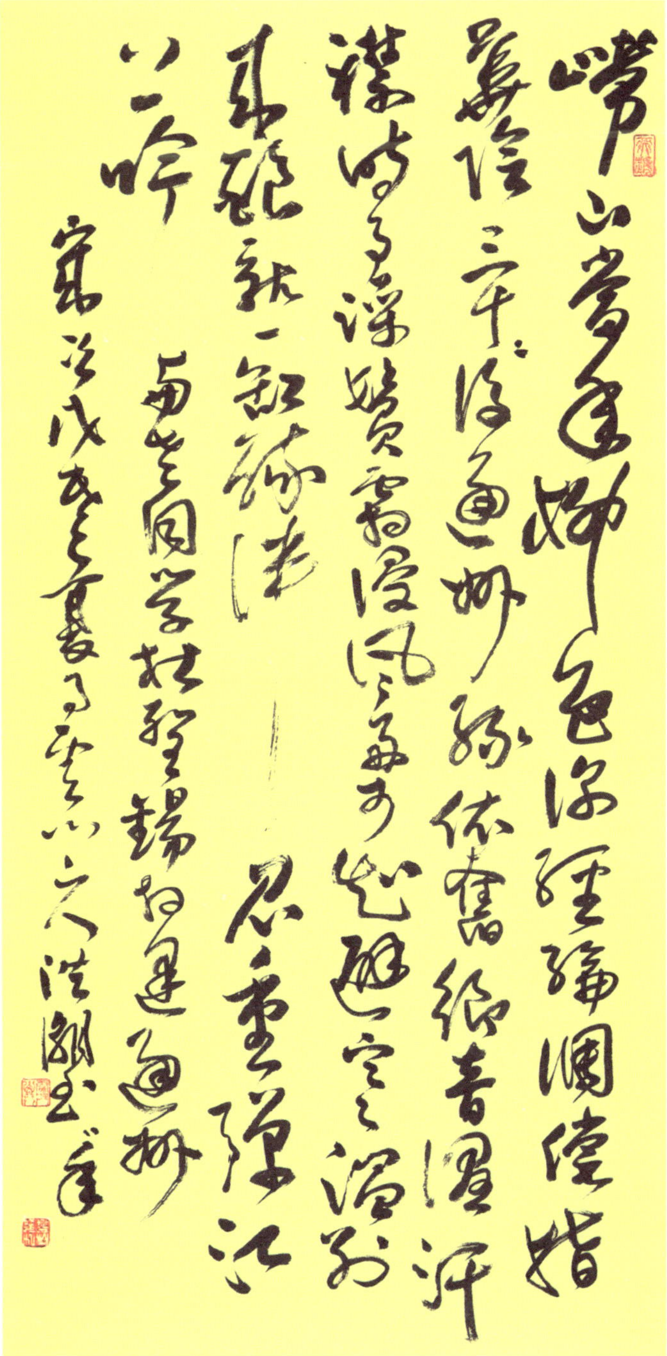

书法 • 洪潮

笔情墨意

# 鹧鸪天

## 早　春

春日悄悄脚步轻，
梅藏半面柳尖中。
池塘疏雨催冰雪，
挑逗浓芳看东风。

黄昏院，杏将红，
隔墙似见啼黄莺。
一枝独占休折取，
小艳初香胜芳葱。

春日悄悄脚步轻

梅藏半面槲尖中

池塘疏雨催冰雪

桃迳浓芳藉露密

黄昏院杏将红

隔墙似见啼黄莺

一枝歇倩休折取

小莺初燕胜芳蕙

王作言先生词《鹊踏枝》
早春戊戌瑞阳月兰畔
龚翁挥毫于京华

书法·龚翁（张宝忠）

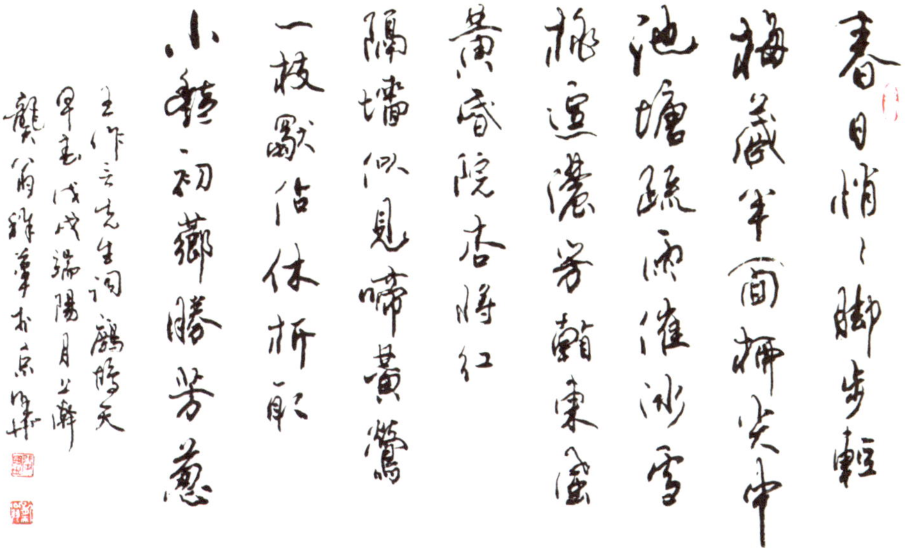

笔情墨意

# 鹧鸪天

## 东京印象

一叶轻舟浪涛中，
半勺黄土樱花红。
危楼直破云霄界，
车马争爬卧地龙。

衣楚楚，步匆匆，
淡抹初月箭上弓。
新朝未理前朝事，
暮鼓方敲又晨钟。

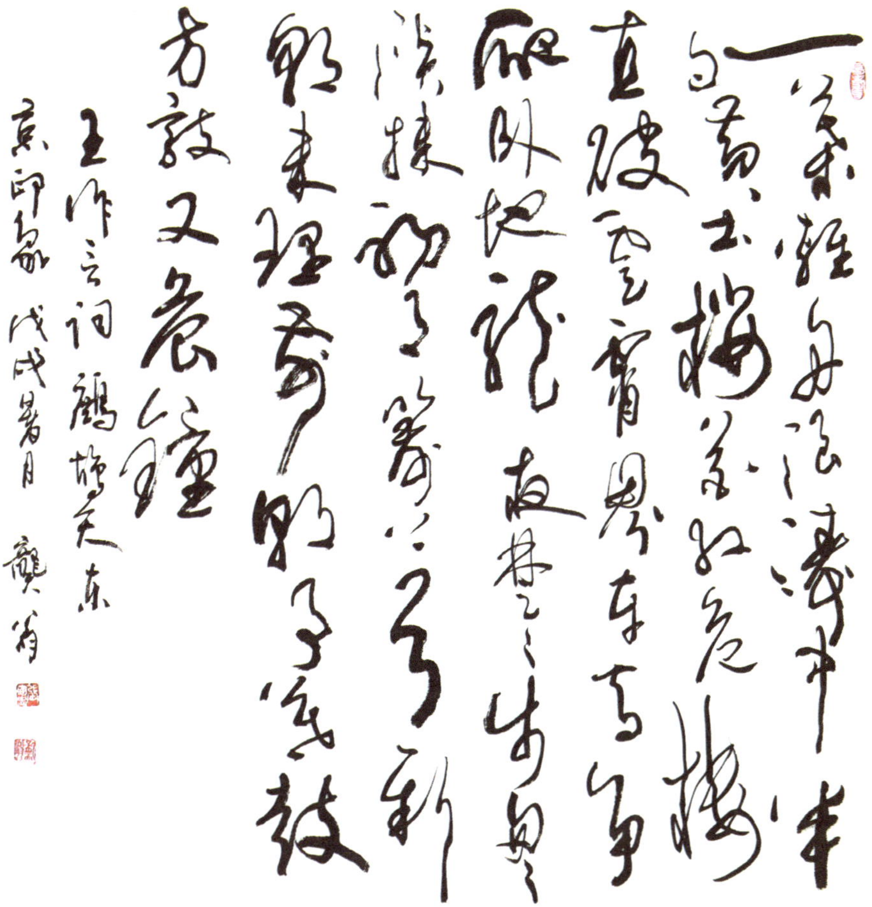

书法·龔翁（张宝忠）

# 鹧鸪天

## 大 雁

木落当归思发前，
西窗惊梦共寒烟。
斜书横写无痕迹，
来去潇湘云雾天。

荒陌上，绿水边，
只分春色到人间。
谁称各有谋粮事，
错看尔曹是等闲。

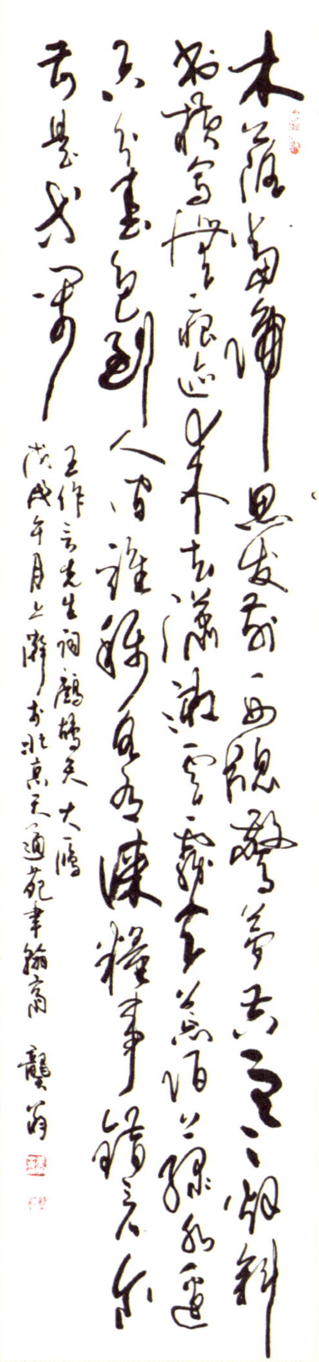

书法·龚翁（张宝忠）

# 鹧鸪天

## 观卡杜里电站[1]并网发电

翠樾延绵云雾穿，
谁藏珠玉在深山？
引来绝顶涓涓水，
一片光明向世间。

风雪吼，
弹雨寒，
虎狼常伴泪常煎。
终将长夜成回忆，
吩咐他年洗汗衫。

注：(1) 卡杜里水电站位于格鲁吉亚境内的潘基西大峡谷深处，与俄罗斯车臣共和国南部地区毗邻。电站由中国四川电力进出口公司投资兴建。

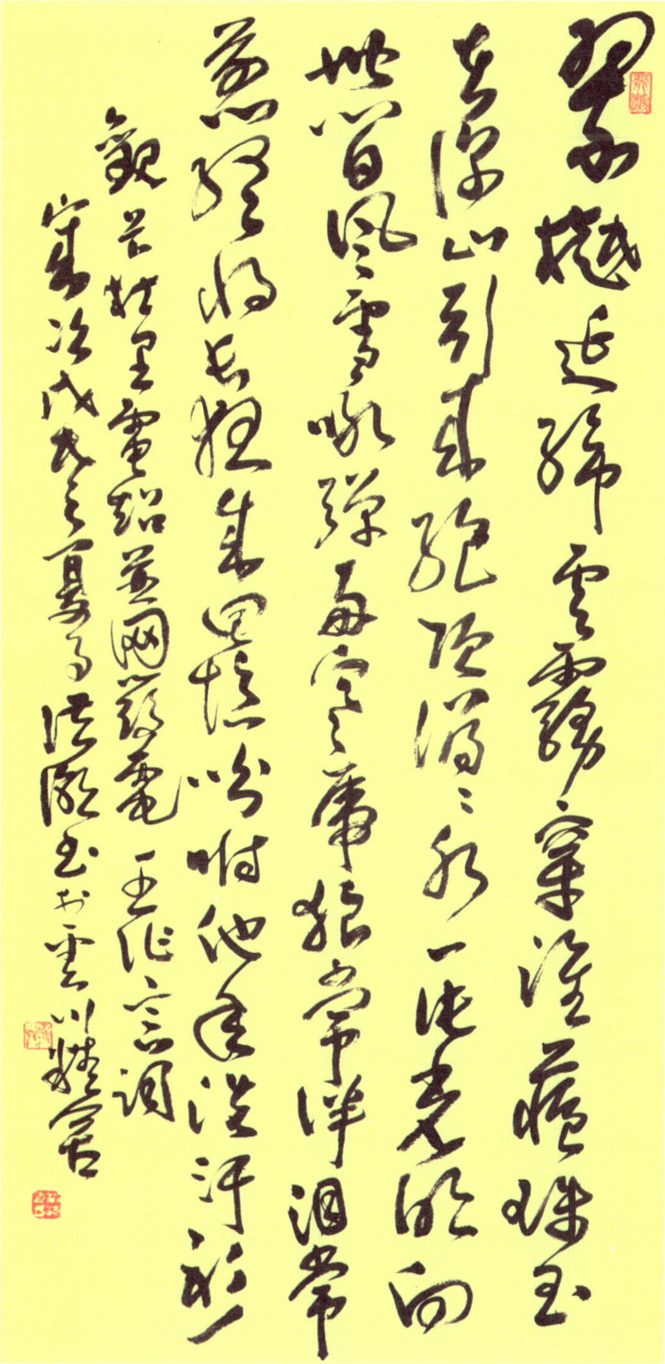

书法 • 洪潮

# 鹧鸪天

## 望鸡年[1]深秋

云淡天高万里疆，
山河一派泛金黄。
大鹏振臂扶摇起，
鸿雁昂头任自翔。

风浩浩，野茫茫，
东边日出西边霜。
可怜枯树听昏鸦，
阵阵哀嘶阵阵凉。

注：(1) 中国共产党十九大于鸡年秋天在京举行。

雲漢天高万里經山河一派泛金黄

大鵬振翼扶摇起鴻雁昂頭任自

朔風浩浩野茫茫東邊日出西邊霜可

憐拓樹聽昏鴉陳哀嘶陳凉

鷓鴣天望鵬一首晴空氣爽美在秋圍人神怡製詞吟之王作言先生詞如此戊戌秋月於會黄炳壮書

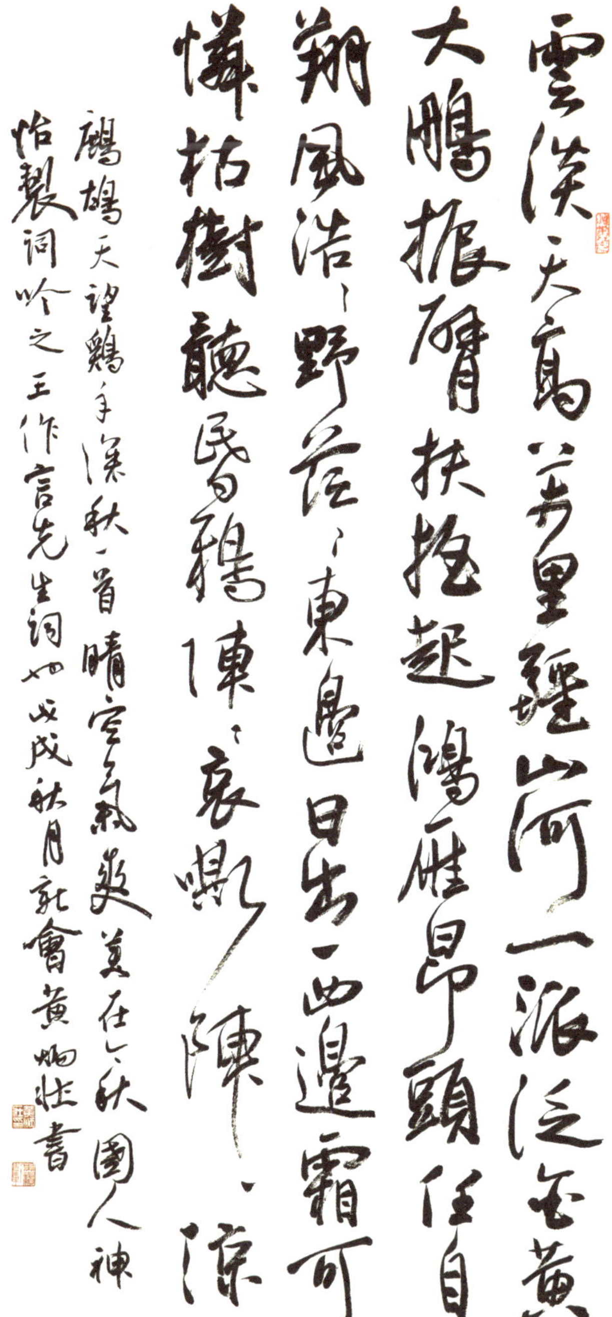

书法·黄炳壮

# 烛影摇红

## 海岛秋夜

谙练流光，
霜星悄至长山岛。
浪平夜静影绰约，
天淡潮音袅。
才把芳华送了，
待此时、鱼鲜酒饱。
秋宵寥廓，钩月高悬，劳舟梦早。

世外人家，
闲云白鹭清风佼。
潮来潮去洗肠怀，
不识忧和恼。
谁道残花败草，
是多情、江山看老。
今无愁信，别恨江淹，螺声破晓。

谐律承光景翡玉长山岛浪平波静

割裾的天涯微音袅才把芳华送

了待戊时鱼鲜渔饱秋宵寒郭

钩月高悬劳千孕早世外人家留云白

鹭清江后潮去陆鹏帐不逢

忧和惆怅谁遇锦花飘是多情江山

水青久世能长子临江滩螺解疏慵

王作言诗 煊新松玉海鲁秋枝荆为平书

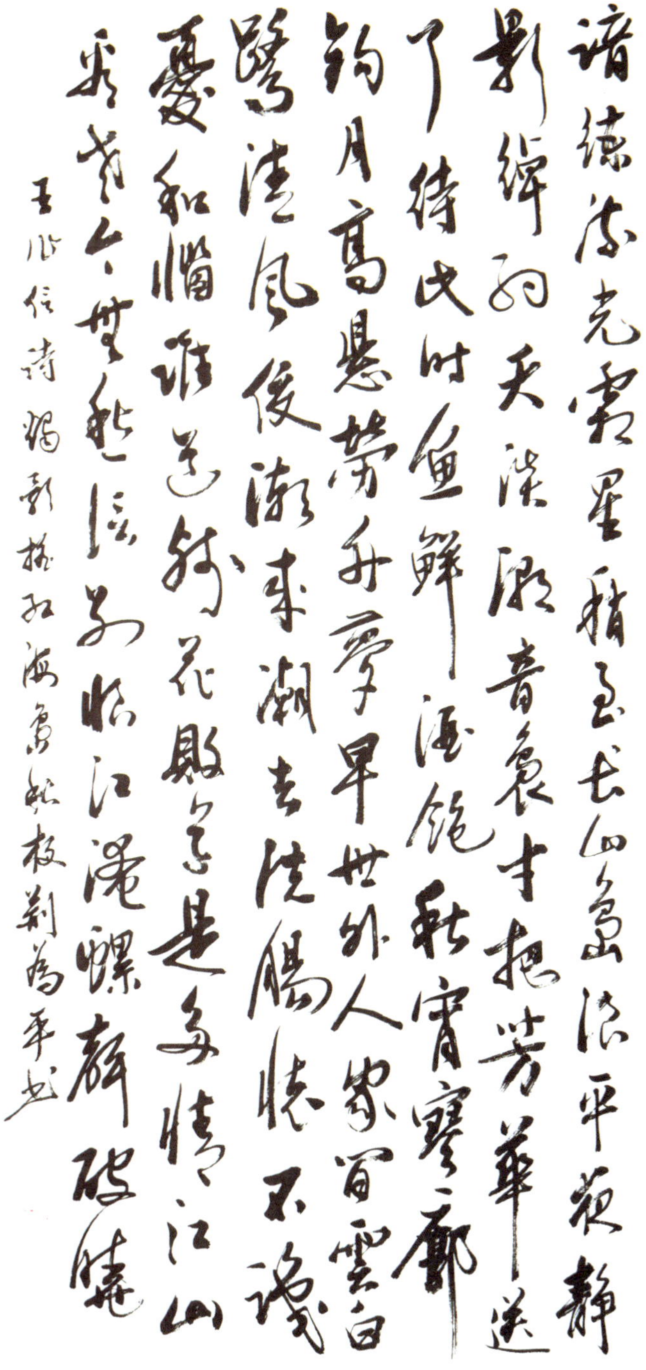

书法·荆为平

## 醉花阴

### 长城顶上迎雁归

万里长空天际雁，
约好东风面。
去岁送君行，
落叶潇潇，
指把今朝盼。

携来粤秀西湖潋，
装点白洋淀。
却探彩云归，
北国芳浓，
已是春烂漫。

万里长空天际一鸿约好东蜜面去岁送君行落叶潇潇相把

今朝盼携来粤秀西湖溅淞点白洋波却操彩云归

北国芳浓已是春滁阳

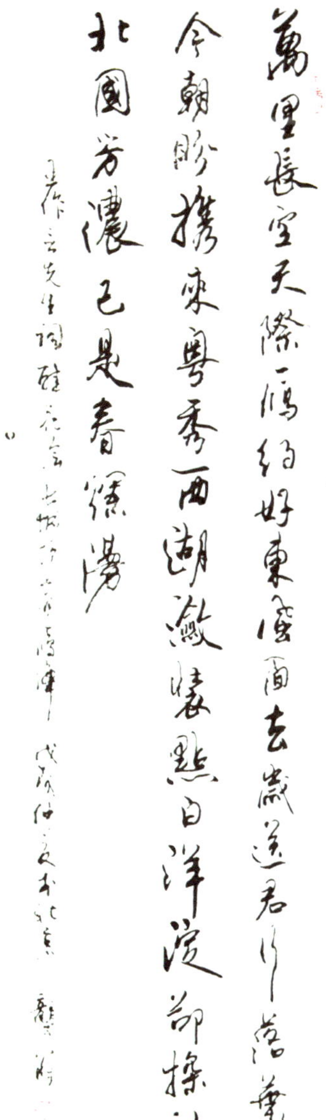

书法·龚翁（张宝忠）

# 临江仙

## 春夜杂感

脉脉青山沧浪水，
无言自古东流。
残阳西下落晖收。
世间多少事，
梦里走登州。

大圣先贤听几个，
晓知天下春秋？
清风明月上高楼。
一摞诗卷在，
笑看恼和忧。

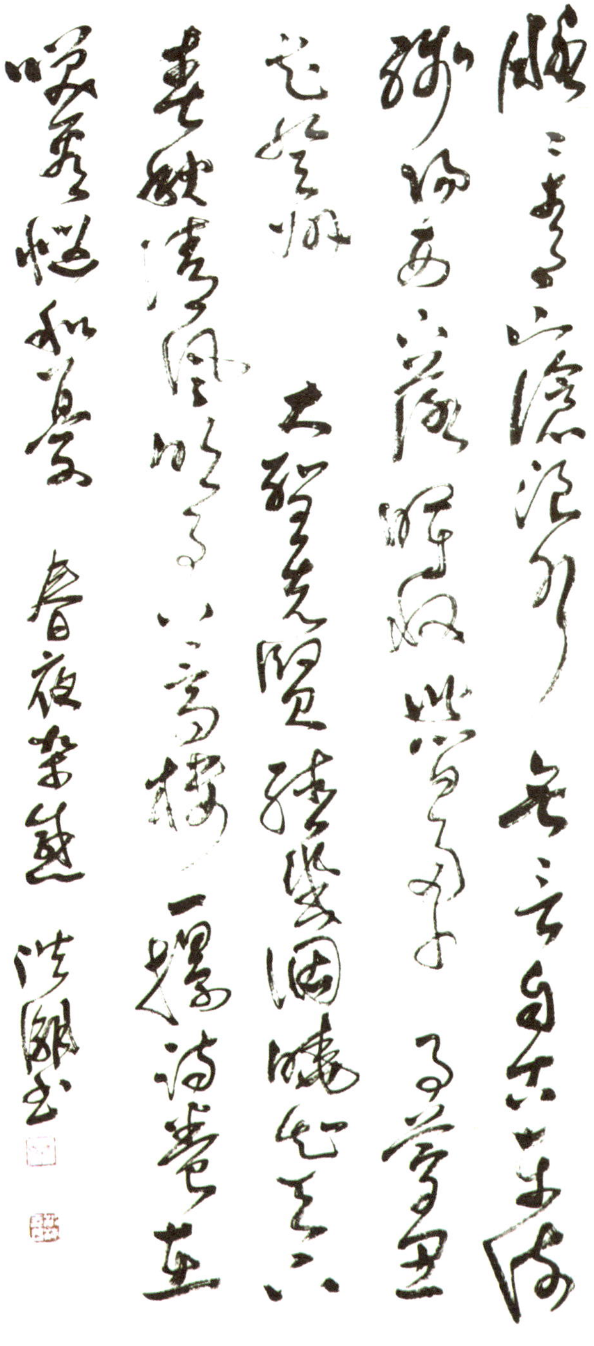

书法·洪潮书

# 烛影摇红

## 夏日海堤唱晚

天幕西垂，游人簇簇华灯挑，
倒泻湖半意清凉，尽把廊堤扫。
鸥鹊低旋姿巧。
妒鸳鸯、凭栏醉饱。
此番勾起，汐燥无眠，
但愁天晓。

放眼堤前，长竿几许闲云缈。
月轮初上送金笛，又报归船早。
那厢琴悠舞袅，
看佳人、桃腮艳好。
来朝潮落，孤雁南飞，
谁携琼岛？

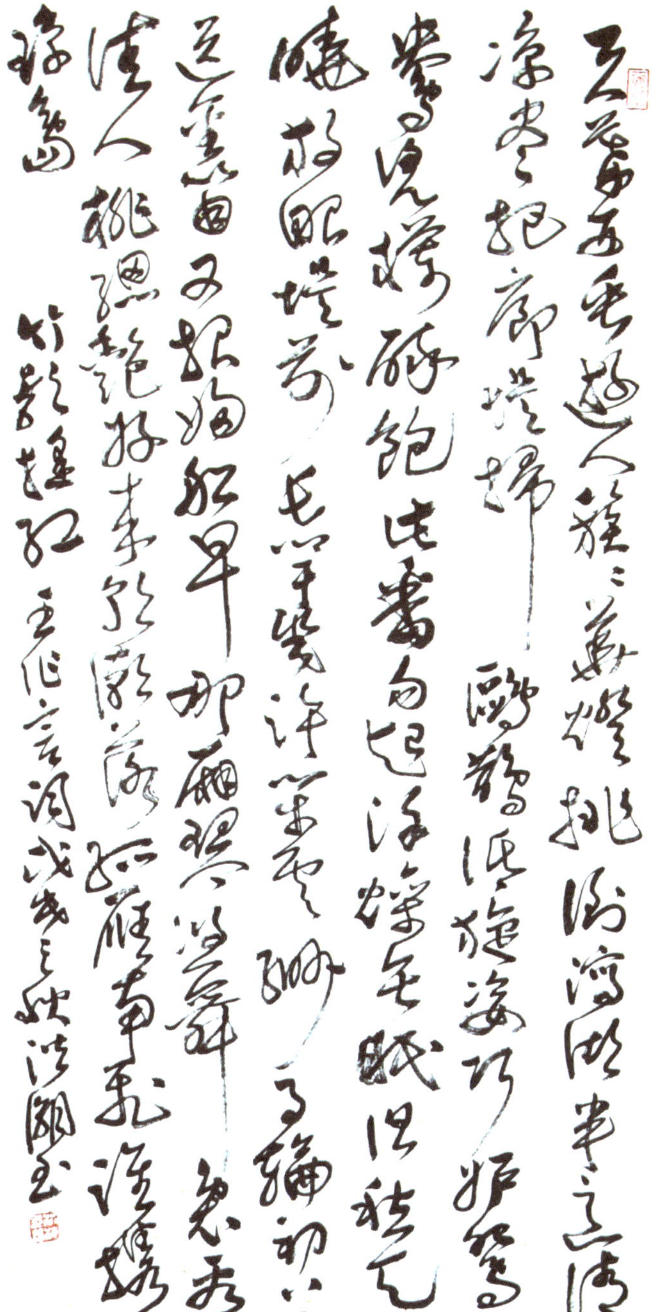

书法·洪潮书

# 南乡子

## 遥望台湾岛[1]

最怕上高楼，
月满星疏望夷州。
阵阵潮音声如诉，
心揪。
一样霜天两地秋。

梦语也金瓯，
不见人归怎个休。
但恨时光空逝去，
堪忧。
谁道江川会断流？

注：(1) 台湾古称夷州。

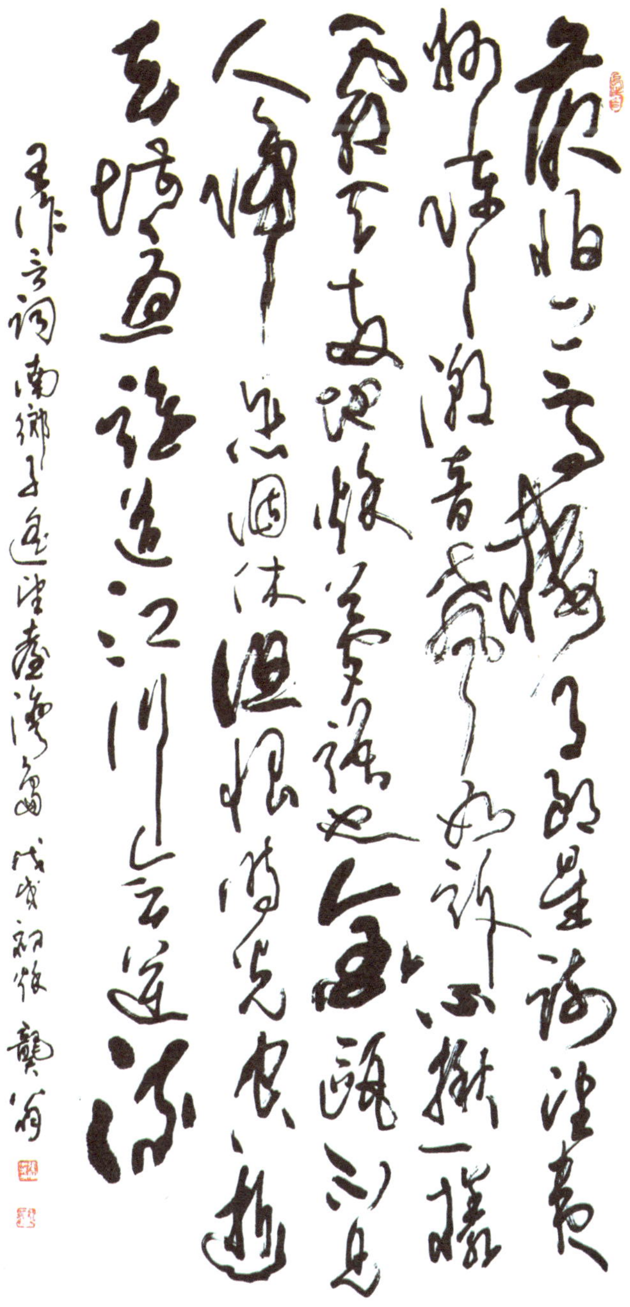

书法 • 龚翁（张宝忠）

体壔浮生未逝
秀色负杨柳
……不逝
人……十……九
宵外斜阳秋
色……榭……
彩……投……酒之
甫……之……少
……时……
回……坐江川
奇……峰崖
陵……情……州
云烟……
……隐……楼上
……向武陵
……处
云又再……眺……
久

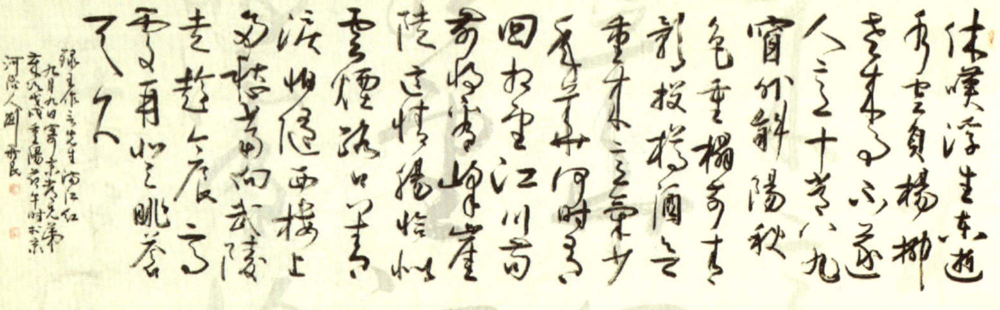

书法·刘新民